# 古典詩歌研究彙刊

## 第十八輯

龔鵬程 主編

## 第 5 冊

## 主體意識的情志抒寫
### ——韋莊詩詞關係研究(下)

林 淑 華 著

國家圖書館出版品預行編目資料

主體意識的情志抒寫——韋莊詩詞關係研究（下）／林淑華
著 — 初版 — 新北市：花木蘭文化出版社，2015〔民104〕
目 6+198 面；17×24 公分
（古典詩歌研究彙刊 第十八輯；第 5 冊）
ISBN 978-986-404-297-5（精裝）
1.（五代）韋莊 2. 詩詞 3. 詩評
820.91                                    104014040

ISBN- 978-986-404-297-5

9 789864 042975

古典詩歌研究彙刊
第十八輯　第五冊
ISBN：978-986-404-297-5

主體意識的情志抒寫——韋莊詩詞關係研究（下）

作　　者　林淑華
主　　編　龔鵬程
總 編 輯　杜潔祥
副總編輯　楊嘉樂
編　　輯　許郁翎
出　　版　花木蘭文化出版社
社　　長　高小娟
聯絡地址　235 新北市中和區中安街七二號十三樓
　　　　　電話：02-2923-1455／傳眞：02-2923-1452
網　　址　http://www.huamulan.tw 信箱 hml 810518@gmail.com
印　　刷　普羅文化出版廣告事業
初　　版　2015 年 9 月
全書字數　299605 字
定　　價　第十八輯 13 冊（精裝）新台幣 20,000 元

# 主體意識的情志抒寫
## ——韋莊詩詞關係研究(下)

林淑華 著

# 目

# 次

# 第四章　韋莊詩詞語言比較

## 第一節　詩詞語言的交涉

### 一、詞話家認爲詩詞同體異用

　　《皺水軒詞荃》曾說：「詞家多翻詩意入詞，雖名流不免。」
〔註1〕詞境的雅化詩化與詩有密切聯繫。詞境與詩境既有各自獨立
的一面，也有互相融合的一面，賀裳又舉晚唐詩詞家引用唐詩例：

> 「無憑諳鵲語，猶得暫寬心。」韓偓語也。馮延巳去偓不
> 多時，用其語曰：「終日望君君不至。舉頭聞鵲喜。」雖竊
> 其意，而語加蘊藉。又賀方回用義山「無端嫁得金龜婿，
> 辜負香衾事早朝。」爲「不待宿醒消，馬嘶催早朝」，亦稍
> 有翻換。〔註2〕

宋以來，晏殊引用唐詩的例子，王偉勇於〈晏殊《珠玉詞》借鑑唐詩
之探析──兩宋詞人大量借鑑唐詩之先驅〉〔註3〕中已經找出許多例
子，及至兩宋詞人好取材唐詩，亦曾發表〈兩宋詞人取材唐詩之方
法〉、〈賀鑄《東山詞》取材唐詩借鑑唐詩之方法〉、〈「臨川先生歌曲」

---

〔註1〕　〔清〕賀裳：《皺水軒詞荃》，見唐圭璋編：《詞話叢編》（臺北：新
　　　　文豐出版社，1988年）冊一，頁696。
〔註2〕　〔清〕賀裳：《皺水軒詞荃》，見唐圭璋編：《詞話叢編》（臺北：新
　　　　文豐出版社，1988年）冊一，頁695。
〔註3〕　王偉勇：〈晏殊「珠玉詞」借鑑唐詩之探析──兩宋詞人大量借鑑唐
　　　　詩之先驅〉《東吳中文學報》（第三期，1997年5月），頁159～210。

借鑒唐詩之探析──王安石爲詞壇開啓集句入詞之風氣〉〔註4〕等加以探析與印證。晏幾道〈臨江仙〉：「夢後樓臺高鎖，酒醒簾幕低垂。去年春恨卻來時，落花人獨立，微雨燕雙飛。　　記得小蘋初見，兩重心字羅衣。琵琶絃上說相思，當時明月在，曾照彩雲歸。」其中膾炙人口的「落花人獨立，微雨燕雙飛」一聯，乃是出自五代翁宏的〈春殘〉詩：〔註5〕「又是春殘也，如何出翠幃‧落花人獨立，微雨燕雙飛。寓目魂將斷，經年夢亦非。那堪向愁夕，蕭颯暮蟬輝。」可見詩與詞之間的關係，往往有許多牽連。

　　查禮《銅鼓書堂詞話》中也說：

> 詞不同乎詩而後佳，然詞不離乎詩方能雅。〔註6〕

陳廷焯認爲詩詞同體異用：

> 溫厚和平，詩詞一本也。然爲詩者，既得其本，而措語則以平遠雍穆爲正，沉鬱頓挫爲變。特變而不失其正，即於平遠雍穆中，亦不可無沉鬱頓挫也。詞則以溫厚和平爲本，而措語即以沉鬱頓挫爲正，更不必以平遠雍穆爲貴。詩與詞同體異用者在此。〔註7〕

他認爲詩詞本體皆以溫厚和平爲情感本原，但其發用，詞之文體要比詩注重要眇婉曲的音樂性質，於是延伸變化出善於描寫沉鬱頓挫之情感，辭義更爲醞藉、情感觸角更爲廣泛，在與詩同是訴求平遠雍穆的情感上，詞與詩基本是相同的。陳廷焯又說：

---

〔註4〕王偉勇：〈兩宋詞人取材唐詩之方法〉，《東吳中文學報》第一期，1995年5月，頁223～258。王偉勇：〈賀鑄《東山詞》取材唐詩借鑒唐詩之方法〉《東吳中文學報》第二期，1995年5月，頁125～155。王偉勇：〈「臨川先生歌曲」借鑒唐詩之探析──王安石爲詞壇開啓集句入詞之風氣〉《東吳中文學報》第四期，1998年5月，頁215～272。

〔註5〕詳見羅宗濤：〈溫庭筠詩詞比較研究〉，《古典文學》第七集（台北：台灣學生書局，1985年8月），頁488。

〔註6〕〔清〕查禮：《銅鼓書堂詞話》，〈施岳詞〉條下，見唐圭璋編：《詞話叢編》（臺北：新文豐出版社，1988年）冊二，頁1482。

〔註7〕〔清〕陳廷焯：《白雨齋詞話》卷八，詞以溫厚和平爲本條，見唐圭璋編：《詞話叢編》（臺北：新文豐出版社，1988年）冊四，頁3967。

> 詩詞一理，然亦有不盡相同者。詩之高境，亦在沉鬱，……
> 即不盡沉鬱，如五七言大篇，暢所欲言者，亦別有可觀。
> 若詞則含沉鬱之外，更無以爲詞。蓋篇幅狹小，倘一直說
> 去，不留餘地，雖極工巧之致，識者終笑其淺也。〔註8〕

詩詞具有溫厚和平的本性，然而詩與詞皆講究「意在筆先，神餘言外」
〔註9〕的含蓄蘊藉，尤其詞因爲短小，更不能明白說去，應含蓄蘊藉、
沉鬱頓挫，否則易受淺俗之譏，而詩境雖較爲寬廣，可以古樸勝、沖
淡勝、鉅麗勝或雄蒼勝，卻不可不將沉鬱化入境中，可見詩詞原是同
一理路。

　　詞興盛於詩後所形成的同體異用，有變化也有保留，以下即實際
觀察韋莊於詩詞交際之間的語言交涉現象。

## 二、晚唐詩詞語言混同之例

　　比韋莊稍早的溫庭筠其詞中即有相同重複的詞語出現，其詩詞間
也有相同或相近的詞語、境界出現。蕭繼宗評點校注《花間集》，讀
到〈更漏子〉之四，集評中錄《花草蒙拾》云：

> 「蟬鬢美人愁絕」果是妙語。飛卿更漏子、河瀆神凡兩見
> 之，李空同所謂自家物，終久還來耶？

又引《栩莊漫記》云：

---

〔註8〕　〔清〕陳廷焯：《白雨齋詞話》卷一，詩詞不盡同條，見唐圭璋編：
　　　　《詞話叢編》（臺北：新文豐出版社，1988年）冊四，頁3776。

〔註9〕　沉鬱含義條：「所謂沉鬱者，意在筆先，神餘言外，寫怨夫思婦之懷，
　　　　寓孽子孤臣之感。凡交情之冷淡，身世之飄零，皆可於一草一木發
　　　　之。而發之又必若隱若見，欲露不露，反復纏綿，終不許一語道破，
　　　　匪獨體格之高，亦見性情之厚。飛卿詞，如『懶起畫額眉，弄妝梳
　　　　洗遲。』無限傷心，溢於言表。又『春夢正關情。鏡中蟬鬢輕。』
　　　　悽涼哀怨，真有欲言難言之苦。又『花落子規啼。綠窗殘夢迷。』
　　　　又『鸞鏡與花枝。此情誰得知。』皆含深意。此種詞，第自寫性情，
　　　　不必求勝人，已成絕響。候人刻意爭奇，愈趨愈下，安得一二豪傑
　　　　之士，與之挽回風氣哉。」〔清〕陳廷焯：《白雨齋詞話》卷一，沉
　　　　鬱含義條，見唐圭璋編：《詞話叢編》（臺北：新文豐出版社，1988
　　　　年）冊四，頁3777～3778。

　　飛卿詞中重句重意，屢見《花間集》中，由於意境無多，

　　造句過求妍麗，故有此弊，不僅蟬鬢美人一句已也。〔註10〕

這只是溫詞間相重複的地方來立論的，其實溫庭筠詩與詞間，「自家物」可謂不少。〔註11〕如溫詞〈酒泉子〉之三：「月孤明，風又起，杏花稀」，其中「杏花稀」與溫詩〈春日〉：「柳岸杏花稀」相同。又溫詩〈郭處士擊甌歌〉中：「軟風吹春星斗稀」，其中「星斗稀」與溫詞〈更漏子〉之三「星斗稀，鐘鼓歇」相同；又同一首詩中〈郭處士擊甌歌〉：「蘭釵委墜垂雲髮」與溫詞〈女冠子〉之二「霞帔雲髮」有關，類似例子還有其他。

　　夏承燾在《唐宋詞欣賞》中也說到「唐宋詞人兼擅詩詞兩種文學的，他的詞風往往和他的詩風相近似。」〔註12〕溫庭筠詩風格近似梁、陳宮體、六朝賦，講究對仗，注重字面的華麗，詩風如此，詞風也如此。因此兼善詩詞的韋莊亦有相應的共同處，韋莊的詩樸素平直、淺顯如話，其詞亦有此特色：

　　韋莊詩樸素平直，善於抒情，接近白居易。他的長詩〈秦婦吟〉和白居易的〈長恨歌〉、〈琵琶行〉風格很接近。他的《浣花集》裏並且誤入白居易的作品。韋莊的詞如〈女冠子〉（四月十七），〈思帝鄉〉〈春日游〉諸首，都淺顯如話，也正和他的詩風相一致。〔註13〕

就詩與詞間的形式方面，詞句式整齊似詩的也造成詩詞混淆，如花間集中收溫庭筠〈楊柳枝〉八首，而此八首又見於溫集詩中，蕭繼宗先生評點校注《花間集》云：「以下〈楊柳枝〉八首，實皆七言絕句，往

〔註10〕　蕭繼宗評點校注：《花間集》（台北：台灣學生書局，1996年，三版），頁30。

〔註11〕　羅宗濤在〈溫庭筠詩詞比較研究〉中即歸納其許多溫庭筠詩詞間的相關程度。見《古典文學》第七集（台北：台灣學生書局，1985年8月），頁487～528。

〔註12〕　夏瞿禪（夏承燾）：《唐宋詞欣賞》（台北：文津出版社，1983年10月），頁41。

〔註13〕　夏瞿禪（夏承燾）：《唐宋詞欣賞》（台北：文津出版社，1983年10月），頁41～42。

日譜書，以花間入集，故混列入詞。此八首具見溫集詩中，則前人初不視之爲詞，按其音節，既不異於詩，自不宜闌入詞中。」〔註14〕又溫詩〈春曉曲〉一首，被《全唐詩》收入古詩類，又收入卷891，題曰：「木蘭花」，視之爲詞，注云：「即〈春曉曲〉，集作古詩。」〔註15〕可見詩詞之間因形式的相同，詩詞意境間也略有混同。

## 第二節　韋莊詩詞語言比較

### 一、韋莊詩詞中語彙類別的比較

中國古典詩詞中充滿了簡單名詞字彙，以下以最常出現的天文、地理、采色、器物、形體與服飾類，作爲分類項，將詩詞各字面出現的頻率列爲表格。（韋莊詩作品據《全唐詩》所錄 319 首，韋莊詞據《全唐詩》所錄 54 首，溫庭筠詞據《花間集》所錄 66 首）

### （一）天文類〔註16〕

| 字彙 | 煙 | 雨 | 風 | 雲 | 雪 | 露 | 早和時間不明 | 傍晚日暮 | 夜 | 春 | 夏 | 秋 | 冬 | 季節不明 |
|---|---|---|---|---|---|---|---|---|---|---|---|---|---|---|
| 韋莊詩 | 72 | 86 | 95 | 102 | 50 | 26 | 110 | 20 | 69 | 95 | 6 | 51 | 4 | 162 |
| 百分 | 22.6% | 27% | 29.8% | 32% | 15.7% | 8.2% | 34.4% | 6.3% | 21.6% | 29.8% | 1.9% | 16% | 1.3% | |
| 韋莊詞 | 11 | 16 | 10 | 17 | 4 | 4 | 14 | 41 | 20 | 34 | 1 | 1 | 0 | 18 |
| 百分 | 20.4% | 29.6% | 18.5% | 31.5% | 7.4% | 7.4% | 20.8 | 3.7% | 37% | 63% | 1.9% | 1.9% | 0 | |

〔註14〕 蕭繼宗評點校注：《花間集》（台北：台灣學生，1996 年，三版），頁 44。

〔註15〕 《花間集》中收溫庭筠詞共六十六首，未收〈新添聲楊柳枝二首〉、〈木蘭花〉（即春曉曲。集作古詩。）、〈菩薩蠻〉（玉纖彈處眞珠落）四首，這四首見於《溫飛卿詩集》。蓋《花間集》編者歐陽炯認爲這四首是詩而非詞。而《全唐詩》則認爲〈新添聲楊柳枝二首〉、〈楊柳枝〉八首爲詩，非詞。

〔註16〕 春夏秋冬與時間類數據部份參考青山宏先生的《唐宋詞研究》。見〔日〕青山宏著、程郁綴譯：《唐宋詞研究》（北京：北京大學出版社，1995 年 1 月），第一章第一節溫庭筠的詞，第二節韋莊的詞，頁 11、頁 37。

| 溫庭筠詞 | 11 | 18 | 15 | 7 | 12 | 6 | 24 | 6 | 14 | 52 | 3 | 3 | 0 | 8 |
|---|---|---|---|---|---|---|---|---|---|---|---|---|---|---|
| | 16.7% | 27.3% | 22.7% | 10.6% | 18.2% | 9% | 36.4% | 1.5% | 9% | 50% | 0 | 10.6% | 0 | |

　　韋莊詩詞在使用煙、雨、風、雲類字面皆同樣屬多數。溫庭筠詞在使用雲、煙、雨之字面，略少於韋莊詞，但詞中的雲雨有時不是形容自然山水，而是用來形容女子的容貌樣態，尤其詞中的「雲」字大多不是用來形容自然天空中的雲，而是常用來形容女字的秀髮，或用以襯托離別的場景。

　　詩中的煙雨給人一股寂寥淒清之感，輕雨絲如麻，色澤朦朧暗碧，令人全身煩悶沉鬱，故多用來描述哀傷之景，加上風雲的流動不定，具有飄泊感：如描寫送別時：〈古離別〉：「晴煙漠漠柳毿毿」、〈送福州王先輩南歸〉：「明日一杯何處別，綠楊煙岸雨濛濛」；流落他鄉：〈自孟津舟西上雨中作〉：「秋煙漠漠雨濛濛，不卷征帆任晚風」、〈江南送李明府入關〉：「雨花煙柳傍江村，流落天涯酒一樽」；描寫江南景緻：〈三堂東湖作〉：「黃昏煙雨亂蛙聲」、〈漁塘十六韻〉：「晚風輕浪疊，暮雨溼煙凝」；愁困：〈飲散呈主人〉「更聞城角弄，煙雨不勝愁」；遠眺舊家園時：〈台城〉：「無情最是台城柳，依舊煙籠十裏堤」、〈家叔南遊卻歸因獻賀〉：「澤國煙深暮雨微」等，皆出現煙雨的場景。

　　韋莊詞的煙雨場景不像詩的豐富，多當成孤單相思時的襯托背景：〈更漏子〉（鐘鼓寒）：「煙柳重，樓閣暝……待郎郎不歸」、〈酒泉子〉（月落星沈）：「柳煙輕，花露重，思難任。」、〈清平樂〉（瑣窗春暮）：「夢魂飛斷煙波」、〈應天長〉（別來半歲音書絕）：「惆悵夜來煙月」、〈謁金門〉（春雨足）：「雲淡水平煙樹簇，寸心千里目。」等。

　　韋莊詩使用雲的字面時，是在遠望他方時。遠處浮雲總是代替成爲注視的焦點，以及浮雲之離散代漂浮無定的悵惘：〈酬吳秀才雪川相送〉：「一葉南浮去似飛，楚鄉雲水本無依」、〈清河縣樓作〉：「有客微吟獨憑樓，碧雲紅樹不勝愁」、〈江上題所居〉：「碧雲歸鳥謝家山」、〈旅中感遇寄呈李秘書昆仲〉：「南望愁雲鎖翠微」，〈聞春鳥〉：「雲晴

春鳥滿江村，還似長安舊日聞」、〈春雲〉：「春雲春水兩溶溶」等。

　　韋莊詞中浮雲極多用來形容女子的髮〈天仙子〉（悵望前回夢裏期）：「鬢雲垂」、〈天仙子〉（金似衣裳玉似身）：「眼如秋水鬢如雲」、〈酒泉子〉（月落星沈）：「綠雲欹」；室內器物「雲屏」，如〈天仙子〉（夢覺雲屏依舊空）：「夢覺雲屏依舊空」，也有形容漂泊的離情：〈上行杯〉（白馬玉鞭金轡）：「惆悵異鄉雲水」；象徵朝廷之青雲，如〈喜遷鶯〉（街鼓動）「鳳銜金榜出雲來」等；也有襯托清柔情景的作用：〈河傳〉（錦浦）：「霧薄雲輕，花深柳暗」、〈河傳〉（何處）：「輕雲裏，綽約司花妓」。

　　韋莊詩中涉及較多的季節是春天和秋天，而韋莊詞中所涉及的季節幾乎是春天，時間是從傍晚到拂曉，與溫庭筠的情形相同。

　　韋莊詩使用煙雨的場景較爲多樣，而詞則較集中於別離相思時候的場景。

## （二）地理類

| | 花 | 樹 | 草 | 塵 | 堤 | 水 | 江 | 山 | 柳 | 江南 | 洛陽 |
|---|---|---|---|---|---|---|---|---|---|---|---|
| 韋莊詩 | 111 | 53 | 54 | 18 | 8 | 65 | 90 | 109 | 27 | 11 | 3 |
| 百　分 | 34.8% | 16.6% | 16.9% | 5.6% | 2.5% | 20.4% | 28.2% | 34.2% | 8.4% | 3.4% | 9.4% |
| 韋莊詞 | 39 | 3 | 8 | 6 | 3 | 14 | 7 | 8 | 13 | 3 | 2 |
| 百　分 | 72.2% | 5.6% | 14.8% | 11.1% | 5.6% | 25.9% | 13% | 14.8% | 24% | 5.6% | 3.7% |
| 溫庭筠詞 | 49 | 4 | 12 | 1 | 3 | 14 | 8 | 17 | 13 | 1 | 1 |
| 百　分 | 74.2% | 6% | 18.1% | 1.5% | 4.5% | 21.2% | 12.1% | 25.8% | 19.7% | 1.5% | 1.5% |

　　地理類韋莊詩以「山」和「花」的字面較多。韋莊詞以「花」字面較多，溫庭筠也是如此。溫庭筠詞中使用「山」的字面雖然較韋莊多，但卻是以山的形狀來形容室內器物，如形容枕頭的形狀「山枕膩」（〈更漏子〉金雀釵）；形容女子的眉「宿妝眉淺粉山橫」（〈遐方怨〉花半拆），或者描述室內畫屏中的山水「鴛枕映屏山」（〈南歌子〉撲蕊添黃子）「曉屏山斷續」（〈歸國遙〉香玉）等，詞中所使用的「山」

不是真的描寫自然中的山景，而是室內器物的仔細描摹，表現出封閉的視野。

　　韋莊詩中較多使用山字面來表現開闊的自然氣象，凸顯廣大壯闊的視野：如描寫眼前的景色〈登咸陽縣樓望雨〉：「亂雲如獸出山前，細雨和風滿渭川。」、〈宿山家〉：「山行侵夜到，雲竇一星燈。」、〈早秋夜作〉：「莎庭露永琴書潤，山郭月明砧杵遙。」、〈河內別村業閒題〉：「阮氏清風竹巷深，滿溪松竹似山陰。」、〈贈薛秀才〉：「欲結巖棲伴，何山好薜蘿」；有時山景的描述帶有著眺望意味，而寄與家鄉的情感，如〈中渡晚眺〉感嘆家鄉遭遇劫難的悲慘：「妖氣欲昏唐社稷，夕陽空照漢山川。」、〈又聞湖南荊渚相次陷沒〉：「莫問流離南越事，戰餘空有舊山河。」、〈天井關〉：「太行山上雲深處，誰向雲中築女牆。」；山在時間的摧殘下仍然不移不動，成為看盡天下滄桑的長老者：〈新正日商南道中作寄李明府〉：「嵩山不改千年色，洛邑長生一路塵。」、〈含山店夢覺作〉：「燈前一覺江南夢，惆悵起來山月斜。」、〈耒陽縣浮山神廟〉：「山曾堯代浮洪水，地有唐臣奠綠醽」等。

　　韋莊詞中使用山的字面大多是形容女子的眉如遠山，較少形容眼前景色，如：〈謁金門〉（春漏促）：「遠山眉黛綠」、〈荷葉杯〉（絕代佳人難得）：「一雙愁黛遠山眉」。

　　韋莊詩中出現花的種類有蘆花、雨花、杏花，大多以花的繁盛反襯哀傷感慨的情感，繽紛花草的美麗使詩人聯想起生命的短暫與逝去，如〈送人歸上國〉：「泣向江邊滿樹花」。以花的艷麗嬌美反襯自己的落魄憔悴，如〈聞春鳥〉：「紅杏花前應笑我，我今憔悴亦羞君」；杏花是春天開的花，形容女子白而紅潤的容顏，也常用杏花借代美女，如〈洪州送西明寺省上人遊福建〉：「紅杏花中覓酒仙」；至於江邊的蘆花與雨花則多與水的意象相關聯，具有別離流浪的淒清情感，如〈訪潯陽友人不遇〉：「蘆花雨急江煙暝」、〈江南送李明府入關〉：「雨花煙柳傍江村，流落天涯酒一樽」。

　　韋莊詞中使用花的字面情況，有梅花、杏花、桃花，詞中所使用

的花的情境多是在歡樂的氣氛下，花的艷麗奔放、怡情悅色的景色使詩人也心花怒放：〈定西番〉（芳草叢生纓結）：「芳草叢生纓結，花豔豔」、〈思帝鄉〉（燭燼香殘簾半卷）：「杏花吹滿頭」、〈歸國遙〉（春欲晚）：「戲蝶遊蜂花爛熳」，甚至以花暗喻美女如雲的酒樓歌妓，如〈菩薩蠻〉（如今卻憶江南樂）：「翠屏金屈曲，醉入花叢宿」；也有以花形容女子的高貴美麗，如〈浣溪沙〉（惆悵夢餘山月斜）：「一枝春雪凍梅花，滿身香霧簇朝霞」、〈女冠子〉（昨夜夜半）：「依舊桃花面，頻低柳葉眉」；韋莊詞中的落花具有青春年華逝去的悲傷，如：〈訴衷情〉（春日遊）：「花欲謝……舞衣塵暗生，負春情。」；甚至看到花便想起以前美好的往事，如〈酒泉子〉（月落星沈）：「花露重，思難任」、〈天仙子〉（悵望前回夢裏期）：「悵望前回夢裏期，看花不語苦尋思」等。

　　韋莊詩擅用大的自然山川景物鋪陳壯闊之景，韋莊詞較少形容眼前景色，擅於描寫美麗的花草事物，或以之喻女子五官。

## （三）采色類

| 顏色 | 黃 | 金 | 銀 | 白 | 紅 | 紫 | 丹 | 朱 | 青 | 綠 | 翠 | 碧 | 藍 | 顏色出現總次數 | 作品總數 | 百分 |
|---|---|---|---|---|---|---|---|---|---|---|---|---|---|---|---|---|
| 韋莊詩 | 25 | 63 | 7 | 61 | 76 | 23 | 8 | 9 | 39 | 56 | 27 | 24 | 1 | 419 | 319 | 129% |
| 百分 | 7% | 19.7% | 0.2% | 19% | 23.8% | 7.2% | 2.5% | 2.8% | 12% | 17.6% | 8.5% | 7.5% | 0.3% | | | |
| 綠色系列 | 45.6% | | | | | | | | | | | | | | | |
| 韋莊詞 | 6 | 27 | 1 | 4 | 17 | 0 | 0 | 3 | 2 | 12 | 13 | 6 | 0 | 91 | 54 | 166% |
| 百分 | 11.1% | 50% | 0.2% | 7.4% | 31.4% | 0 | 0 | 5.6% | 3.7% | 22.2% | 24% | 11.1% | 0 | | | |
| 綠色系列 | 61% | | | | | | | | | | | | | | | |
| 溫庭筠詞 | 8 | 32 | 2 | 3 | 16 | 0 | 3 | 1 | 3 | 12 | 16 | 6 | 0 | 102 | 66 | 154% |
| 百分 | 12.1% | 48.4% | 3% | 4.5% | 24.2% | 0 | 4.5% | 1.5% | 4.5% | 18.1% | 24.2% | 9% | 0 | | | |
| 綠色系列 | 55.8% | | | | | | | | | | | | | | | |

　　溫庭筠詞與韋莊詞在使用金色、紅色，皆是不相上下，只有綠色系列字溫庭筠加起來稍少於韋莊，綠色系的有：青、綠、翠、碧。韋莊詩也是以綠色系的顏色為多，但詩少注重顏色的敘寫，故次數普遍都遠少於詞。詩詞中皆以綠色系為主要視覺呈現。

　　韋莊詩綠色系列多用以形容自然界的色彩，綠蘿、青峰、芳草、青雲、青山……，都是自然界的呈現，是詩人到處行走、眺望遠處之景。如：〈登漢高廟閒眺〉：「天畔晚峰青簇簇，檻前春樹碧團團」、〈上元縣（浙西作）〉：「殘花舊宅悲江令，落日青山吊謝公」、〈銅儀〉：「窗中遠岫青如黛，門外長江綠似苔」、〈奉和觀察郎中春暮憶花言懷見寄四韻之什〉：「天畔峨嵋簇簇青，楚雲何處隔重扃」、〈思歸〉：「紅垂野岸櫻還熟，綠染迴汀草又芳」。

　　韋莊詞喜用綠色系、金色、紅色等鮮豔亮麗、對比明亮的顏色，形容室內器物的精美：〈荷葉杯〉：「閒掩翠屏金鳳」、〈河傳〉（錦浦）：「遙望翠檻紅樓」、〈思帝鄉〉（雲髻墜）：「翡翠屏深月落」、〈定西番〉（挑盡金燈紅燼）：「挑盡金燈紅燼」、〈上行杯〉（芳草灞陵春岸）：「紅縷玉盤金鏤盞」；女子容貌飾物上的顏色也是詞的描寫重點，以綠色形容眉色：〈河傳〉（春晚）：「翠蛾爭勸臨邛酒」、〈定西番〉（挑盡金燈紅燼）：「閒愁上翠眉」、〈歸國遙〉（春欲晚）：「睡覺綠鬟風亂」、〈浣溪沙〉（欲上鞦韆四體慵）：「玉容憔悴惹微紅」；形容女子飾物〈怨王孫〉（錦里）：「滿街珠翠，千萬紅妝，玉蟬金雀」；溫庭筠詞綠色系列字也是同韋莊詞一樣多用以形容女子飾物或室內器物，如〈南歌子〉（臉上金霞細）：「眉間翠鈿深」、〈定西番〉（細雨曉鶯春晚）：「羅幕翠簾初卷」等。

　　韋莊詩的顏色較不像詞那樣繁複艷麗，詩所使用的顏色較為清淡，也較不常使用對比色，色彩較不鮮豔，而溫庭筠詞與韋莊詞則大加使用多種艷麗的色彩，給人目眩恍惚、紙醉金迷的極樂快感，惟韋莊詞更勝於溫庭筠詞喜用綠色系字。

## （四）器物類

| | 門 | 閣 | 繡 | 玉 | 畫 | 屏 | 枕 | 鏡 | 衾 | 帷 | 簾 | 爐 | 香 |
|---|---|---|---|---|---|---|---|---|---|---|---|---|---|
| 韋莊詩 | 0 | 11 | 9 | 45 | 28 | 8 | 6 | 12 | 0 | 0 | 11 | 9 | 38 |
| 百分 | 0 | 3.4% | 2.8% | 14.1% | 8.8% | 2.5% | 1.8% | 3.8% | 0 | 0 | 3.4% | 2.8% | 11.9% |
| 韋莊詞 | 8 | 4 | 12 | 18 | 14 | 5 | 2 | 0 | 3 | 0 | 6 | 3 | 16 |
| 百分 | 14.8% | 7.4% | 22.2% | 33.3% | 25.9% | 9.2% | 3.7% | 0 | 5.6% | 0 | 11.1% | 5.6% | 29.6% |
| 溫庭筠詞 | 8 | 5 | 12 | 21 | 13 | 7 | 7 | 7 | 6 | 1 | 8 | 5 | 19 |
| 百分 | 12.1% | 7.6% | 18.2% | 31.8% | 19.7% | 10.6% | 10.6% | 10.6% | 9% | 9% | 12.1% | 7.5% | 28.8% |

　　韋莊詩使用室內器物類較少，韋莊詞與溫庭筠詞使用次數皆較多，但溫庭筠詞更多一些，詞中所描寫的室內器物：屏、枕、鏡、衾、帷、簾、爐，這些常伴著女性生活作息的器具，營構了由精緻寢具包圍的孤獨小空間。

　　韋莊詩偶一才用到室內器物枕、屏類，如在枕上與朋友聊到天南地北：〈寄江南逐客〉：「記得竹齋風雨夜，對床孤枕話江南」，〈春早〉：「一帶窗間月（一作日），斜穿枕上生（一作明）」外面明月透過窗戶照射到枕上，由外在的空間縮進小窗的世界中，〈將卜蘭芷村居留別郡中在仕〉：「避世漂零人境外，結茅依約畫屏中。」畫屏是大自然的縮小版，用來比喻清幽離世的自然界，可見室內器物的使用只是暫時由大轉換到小，或由小轉換到大空間的過渡物品。

　　韋莊詞使用的室內器物則多有封閉、隔絕外在世界的作用，以營造孤獨寂寞的空間，如：〈酒泉子〉（月落星沈）：「金枕膩，畫屏深」、〈江城子〉（恩重嬌多情易傷）：「緩揭繡衾抽皓腕，移鳳枕，枕檀郎」、〈謁金門〉（春漏促）：「夜夜繡屏孤宿」、〈應天長〉（綠槐陰裏黃鶯語）：「畫簾垂，金鳳舞，寂寞繡屏香一炷」、〈荷葉杯〉（絕代佳人難得）：「閑掩翠屏金鳳」，這樣的專注於室內的一事一物，溫庭筠更甚於韋莊。

## （五）形體、服飾類

|  | 唇 | 眉 | 鬢 | 眼 | 手 | 腮 | 衣 | 身 | 鈿 | 妝 |
|---|---|---|---|---|---|---|---|---|---|---|
| 韋莊詩 | 1 | 5 | 7 | 7 | 10 | 0 | 31 | 21 | 5 | 7 |
| 百分 | 0.3% | 1.6% | 2.2% | 2.2% | 3.1% | 0 | 9.7% | 6.6% | 1.6% | 2.2% |
| 韋莊詞 | 1 | 10 | 2 | 3 | 3 | 1 | 8 | 5 | 2 | 5 |
| 百分 | 1.9% | 18.5% | 3.7% | 5.6% | 5.6% | 1.9% | 14.8% | 9.3% | 3.7% | 9.3% |
| 溫庭筠詞 | 0 | 13 | 9 | 3 | 1 | 1 | 4 | 0 | 6 | 11 |
| 百分 | 0 | 19.7% | 13.6% | 4.5% | 1.5% | 1.5% | 6% | 0 | 9% | 16.7% |

　　韋莊詩雖然也有描寫形體服飾類，但奔波流離、粗糙困苦的生活使詩人感受折磨，其所描寫的形體、服飾樸素困苦，具有鶉衣百結的貧窮味與病老味；溫詞與韋詞皆著重在形容女性形體、服飾之繁華艷麗，具有香澤馥郁的脂粉氣與富貴氣。

　　韋莊詩所描寫衣飾樣式較為樸素，如：佛家六銖衣、仕御史之繡衣，如〈放榜日作〉：「彩雲新換六銖衣」、〈題裴端公郊居〉：「白雲不識繡衣郎」、有爭戰所穿的戎衣、征衣，如〈家叔南遊卻歸因獻賀〉：「歸來行色滿戎衣」，有白丁所穿的葛衣、草衣、臥雲衣，如〈贈漁翁〉：「草衣荷笠鬢如霜」。其描述的形體類未如詞般形容繁多，也未詳細摹畫，多描寫自身的愁苦：〈宿泊孟津寄三堂友人〉：「只恐愁苗生兩鬢，不堪離恨入雙眉」描寫的大多是擔憂年老〈東林寺再遇僧益大德〉：「今日相逢鬢已凋」、〈愁〉：「朝為鬢上霜」、描寫眼〈酬吳秀才雪川相送〉：「病眼何堪送落暉」；及描寫其身患病、飄搖、不自保的悲苦：〈晚春〉：「風月應相笑，年年醉病身」、〈東陽酒家贈別〉：「天涯方歎異鄉身」、〈寄江南諸弟〉：「吾身不自保」、〈歲晏同左生作〉：「歲暮鄉關遠，天涯手重攜」。

　　韋莊詞形容女子的形體服飾類則變化多彩，描寫穿著的有舞衣、羅帶、羅衣、紅袂、鳳釵、繡衣、繡羅金縷，如〈清平樂〉（野花芳草）：「羅帶悔結同心」、〈清平樂〉（何處遊女）：「窣地繡羅金縷」等。形容其眼〈天仙子〉（金似衣裳玉似身）：「眼如秋水」形容眉有黛眉、翠眉、

柳葉眉、遠山眉、蛾眉，如〈江城子〉（髻鬟狼藉黛眉長）：「髻鬟狼藉黛眉長」、〈定西番〉（挑盡金燈紅燼）：「閑愁上翠眉」、〈女冠子〉（昨夜夜半）：「依舊桃花面，頻低柳葉眉」、〈清平樂〉（鶯啼殘月）：「妝成不畫蛾眉」、〈荷葉杯〉（絕代佳人難得）：「一雙愁黛遠山眉」；形容其唇，〈江城子〉（恩重嬌多情易傷）：「朱唇未動，先覺口脂香」；妝有春妝、紅妝〈河傳〉（何處）：「青娥殿腳春妝媚」、〈怨王孫〉（錦里）：「千萬紅妝」；頭上飾有金雀、花鈿、寶髻、玉蟬等：〈浣溪沙〉（清曉妝成寒食天）：「柳球斜嫋間花鈿」、〈清平樂〉（何處遊女）：「妝成不整金鈿」、〈怨王孫〉（錦里）：「玉蟬金雀，寶髻花簇鳴璫」；其鬟〈天仙子〉（悵望前回夢裏期）：「鬟雲垂」、〈天仙子〉（金似衣裳玉似身）：「鬟如雲」；其手〈河傳〉（春晚）：「纖纖手，拂面垂絲柳」，詞中形體服飾的修飾，形容字彙變化繁多，可見詞的艷麗富貴之氣。

## 二、詩詞語彙特點

### （一）詞約一半的字面也是詩的意象語言

　　筆者以韋莊詞的語詞字面，拿來與韋莊詩作比較，檢查韋莊全部五十四首詞作的 638 個字面中，發現約有 335 個字面在韋莊詩中也曾出現，平均有 52.5% 的重複率，有一半詞的字面也是詩的意象語言，這個現象告訴我們，韋莊詞的語意構想有一半與詩是糾纏不清的。但是韋莊詩的數量龐大，三百多首詩約有三萬多字（重複出現的字也算進去），而韋莊詞只有五十四首，也才約三千八百個字，可以說是韋莊一生煎煮燉熬的字面幾乎都呈現在詩中，因此詩的創作可是韋莊才筆慣長發揮的天地，也是沉積多年想像戲碼的空間園地。韋莊詞作品數不到詩的 15%，照理說韋莊詩的意象字面應該涵括詞，不過韋莊詞中卻將近有一半的字面是另外依據詞體而創造意象詞面，可見韋莊對詞與詩這兩者文體的創作是以不一樣的態度進行。韋莊創作詞時是一部分承續了詩的語言，詩中的語詞在詞中的戲台上，慣性的出現，但並非陳腔濫調，而是另外創造新的語言與搭配舊有的語彙創造新

境，以詮釋詞體。還需注意的一點是，在韋莊詩中曾出現過的詞句字面，事實上大多非韋莊詩中的熱門字句，有些字面只是偶一在詩中出現。韋莊詞的語言並非是全面移植詩的主要意象語言。

## （二）語彙類別傾向清淡類意象

　　綜上比較，韋莊詩詞語言傾向翠、綠、青、碧等綠色系列的顏色字，給人清淡感覺。詞比起詩來，雖不免較多艷麗詞語，然而其中傾向清疏朗淡的意象用語則是不變的。

## 1、就詩而言

　　韋莊詩中較多使用山水字面來表現開闊的自然氣象，眺望遠處，色彩以綠色系的顏色爲多，綠蘿、青峰、芳草、青雲、青山等都是山水自然色彩的呈現，韋莊詩的顏色較不像詞那樣繁複艷麗，較爲清淡，也較少描摹細膩精緻的室內器物、玲瓏有緻的形體或繁華艷麗的服飾，而較多描寫所到之處的眼前景色、風土民情，藉以抒發幽情懷抱。韋莊詩的語言特色，可以「平易自然」四字來概括。其詩平易不險怪，明暢不艱澀，自然不詰屈。

　　如〈章台夜思〉：

　　　　清瑟怨遙夜，繞弦風雨哀。孤燈聞楚角，殘月下章台。芳
　　　　草已雲暮，故人殊未來。鄉書不可寄，秋雁又南回。

此首詩在清瑟的絃音中，有著一份冷冷幽靜感，清澈的音樂烘托著幽思的寂靜，哀愁也隨著清音裊裊上升，前四句借悽清蕭瑟之絃聲以寫懷，瑟聲若淒風苦雨，繞絃雜遝而來，況殘月孤燈，益以角聲悲奏，楚江行客，其何以堪勝！下四句言草木變衰，不見所思故人，雁行空過，天遠書沈，一片空靈，含情無際。俞陛雲云：「五律中有高唱入雲，風華掩映，而見意不多者，韋詩其上選也。……初學宜知此詩之佳處，前半在神韻悠長，後半在筆勢老健，如筆力尚弱，而強學之，則寬廓無當矣。」〔註17〕俞陛雲所云此詩之神韻悠長與一片空靈，皆與清瑟、

_____

〔註17〕見俞陛雲：《詩境淺說》（台北：開明書店，1982 年 3 月），頁 25～

　　風雨、孤燈、楚角、秋雁、芳草等樸實的語言意象，構成的清幽悲傷、流蕩無依的情感有關，清瑟、風雨、芳草等清淺的色彩意象使詩的哀愁濃度變淡、變隱約幽深，不覺其用語艱澀厚重，卻讀來平淡流暢。

　　且詩所描述人物的形態如〈長安舊里〉云：「傷時傷事更傷心」、〈曲池作〉：「性爲無機率，家因守道貧」、〈晚春〉：「風月應相笑，年年醉病身」，具窮苦士子的清儉形象。他更喜歡使用用雲、煙、雨之等字面以描寫送別、困頓、漂泊之感，以風雲的流動不定、雨的迷濛、蒼涼、暗綠、無邊、表示著生命的某種悵惘、某種失落感，如〈尹喜宅〉：「紫氣已隨仙仗去，白雲空向帝鄉消。」、〈途中望雨懷歸〉：「滿空寒雨漫霏霏，去路雲深鎖翠微」、〈秋日早行〉：「煙外驛樓紅隱隱，渚邊雲樹暗蒼蒼」、〈搖落〉：「黃昏倚柱不歸去，腸斷綠荷風雨聲」。韋莊詩形容字彙樸素簡單，不像詞以繁複的形容詞和艷麗彩色形容女性的形體、服飾。其詩用語自然、清新，再由韋莊詩喜用「清」字可見端倪，〔註18〕如〈聽趙秀才彈琴〉：「湘水清波指下生」、〈漁塘十六韻〉：「碧經嵐氣重，清帶露華澄」、〈和薛先輩見寄初秋寓懷即事之作二十韻〉：「清風乍遠襟」、〈同舊韻〉：「清光漸惹襟」、〈憶昔〉：「子夜歌清月滿樓」、〈對酒賦〉：「清酤盞盞深」、〈謁蔣帝廟〉：「素髯清骨舊風姿」等，風清、月清、江清、波清、澗清、歌清、骨清等，令人有爽淨淡遠之感，及其氣質清疏的神韻。

## 2、就詞而言

　　韋莊詞在使用煙、雨、風、雲類字面較溫庭筠多，略可見韋莊詞無論在抒情、寫景、敘事或描摹人物的神態方面，都喜用淡雅一類的語言，「所謂清淡詞語，是從人的感覺上來說的，指這些詞語不會強烈刺激人們的感官，自然和諧地與讀者的思想情感融爲一體」〔註19〕

---

26。

〔註18〕參考江聰平：《韋端己及其詩詞研究》（高雄：高雄師範大學國文系博士論文，1997 年）第五章韋端己的詩風與詞風，頁 311～323。

〔註19〕清淡的語言幾無修飾，近乎口語，切近人們的生活感受。見鄭榮馨：

清況周頤《蕙風詞話》云溫韋齊名並點出韋莊風格：

> 韋文靖詞與溫方城齊名，薰香掬艷，眩目憐心，尤能運密
> 入疏，寓濃於淡，花間群賢，殆鮮其匹。〔註20〕

清周濟《介存齋論詞雜著》中亦云：

> 端己詞清艷絕倫，初日芙蓉春月柳，使人相想見風度。〔註21〕

顧憲融《詞論》：

> 世以溫韋並稱，然溫濃而韋淡，各極其妙，固未可軒輊焉。
> 〔註22〕

近人繆鉞〈花間詞評議〉：

> 《花間集》詞人以溫庭筠、韋莊為冠冕。溫詞穠麗，韋詞
> 清疏，各有其獨自的特色。〔註23〕

韋莊詞在穠麗的花間風格上，以疏朗明快的清麗之詞，開創了一股清流，例如〈應天長〉：

> 綠槐陰裏黃鶯語，深院無人春晝午。畫簾垂，金鳳舞，寂
> 寞繡屏香一炷碧天雲，無定處，空有夢魂來去。夜夜綠窗
> 風雨，斷腸君信否。

此詞以景開頭，首句寫簾外之靜，從綠槐樹蔭裡的黃鶯，到飄動著的金色鳳凰的畫簾，到簾內繡花的屏風，到飄煙裊裊的爐香，空氣間的飄香、鶯聲、簾動，輕盈流快，靜中之動，襯托著寂靜幽絕的境界。下片「碧天雲、無定處」既象徵遠行者的飄忽不定，也暗示閨中人的徬徨無主，夢裡飄邈來去醒來卻只是一場空。末兩句使用風雨形象，

---

《語言表現風格論──語言美的探索》（合肥市：安徽大學出版社，1999 年）十六空靈二淡遠之美，頁 209。

〔註20〕 見況周頤：《蕙風詞話》引自《詞話叢編》（台北：新文豐出版公司，1988 年 2 月台一版）冊四，頁 3779。

〔註21〕 〔清〕周濟《介存齋論詞雜著》，見唐圭璋：《詞話叢編》（台北：新文豐出版公司，1988 年 2 月台一版）冊二，頁 1631。

〔註22〕 李誼校注：《韋莊集校注》（四川：四川省社會科學院出版社，1986 年），頁 663。

〔註23〕 本文收錄於繆鉞、葉嘉瑩《靈谿詞說》（台北：正中書局，1993 年 8 月台一版），頁 57。

風雨有令人鬱悶的作用，如果紅樓是象徵娼家婦，那麼綠窗又有著樸素的故人意味，以夜夜綠窗風雨暗喻家鄉等待者心境的極度不安及反覆思念的痛苦。在層層景象的烘托之下，雖有「畫簾」、「金鳳」、「繡屏」等色調較重的部分，但就通篇而言，佔不了多少份量，詞中「綠槐黃鶯」「碧天雲」「空有夢魂」「綠窗風雨」等色彩清淡的碧綠、感覺飄忽的雲雨，主導了通篇的情境，也就使人感受到清疏淡雅的韻味。吳衡照說：「韋相清空善轉」（註24）是相當貼切的。而溫庭筠錯彩縷金的密麗，則無似韋莊詞般令人輕鬆，溫庭筠〈菩薩蠻〉：「小山重疊金明滅，鬢雲欲度香腮雪。懶起畫蛾眉，弄妝梳洗遲。　　照花前後鏡，花面交相映。新帖繡羅襦，雙雙金鷓鴣。」整首詞金色、香氣、裝飾就佔了主導境界，「金明滅」、「香腮雪」、「花面交相映」、「金鷓鴣」等這樣的意象組合，密集的重疊於女性的細部動作，呈現閨婦的嬌豔富貴，就像沒有青菜調味的肥肉，令人厭膩。韋莊詞則時有清新字句，如〈謁金門〉：

> 春雨足，染就一溪新綠。柳外飛來雙羽玉，弄晴相對浴
> 樓外翠簾高軸，倚遍闌干幾曲。雲淡水平煙樹簇，寸心千
> 里目。

在這首詞中，韋莊以清新淡雅的文字，來抒寫外在的景物。新綠之春水上，一對白色小鳥對浴戲水。白色雙鳥與新綠春水，具有新生活力、都是清疏淡雅的文詞。下片由人物寫起，女子登樓遠望，「翠簾高軸」即翠簾高捲以便遠眺，憑欄懷人時不禁唱幾遍無人了解的相思曲，由平常動作表達了動人的深情。「雲淡水平煙樹簇，寸心千里目」是描寫遠望所見，雲淡水平，隱隱煙樹在地平邊上，一切景物在遠望之下都隱約平淡，這樣的極目馳騁，正是方寸之心的熱切盼望，驅使目與心飛越千里天邊。這首詞以簡樸淡雅、流暢自然的文字，表達盼切痴

---

[註24]　〔清〕吳衡照：《蓮子居詞話》卷一，見唐圭璋：《詞話叢編》（台北：
　　　　新文豐出版公司，1988 年 2 月）冊三，頁 2401。韋詞清空條：「韋
　　　　相清空善轉，殆與溫尉，異曲同工」。

情。詞中主導用語傾向「清曉」、「柳毵」、「梨雪」、「玲瓏」、「夢餘」、「小樓」、「高閣」、「春雪」、「梅花」、「柳絲」、「鶯啼」、「憑欄」等等清淡的文辭，就會造成清眞蘊藉的感受。

　　韋莊詩的古樸清新與韋莊詞的清麗淡雅，詩與詞語言特色的相通點是清淡。這與韋莊個人的人格特性有關，韋莊節儉樸素、清疏曠朗的性格，在詩中表現無遺，連韋莊詞在字句的選擇上，就算是沾染了艷麗的措詞，也不由自主的透露清疏淡雅的堅持。

## 三、韋莊詩詞中語詞的相關程度

　　以下歸納韋莊詩詞間的語詞相互關係：

### （一）整句相同

　　凡全句相同，未予以更動變化者歸入此類。

　　（1）〈浣溪沙〉詞：

　　　　惆悵夢餘山月斜，孤燈照壁背紅紗，小樓高閣謝娘家。
　　　　暗想玉容何所似，一枝春雪凍梅花，滿身香霧簇朝霞。

　　〈春陌〉詩二首之一：

　　　　滿街芳草卓香車，仙子門前白日斜。腸斷東風各回首，
　　　　一枝春雪凍梅花。

　　按：詞中「一枝春雪凍梅花」系與詩中末句「一枝春雪凍梅花」相同。詞中「暗想玉容何所似，一枝春雪凍梅花」是心中暗想小樓高閣上的謝娘容貌如何，最後以物象「春雪梅花」的情景來表示心目中的美麗女子，其嬌嫩容貌如冰雪芳霏，令人驚艷，具有仰望、讚嘆的意味；而詩中「腸斷東風各回首，一枝春雪凍梅花。」其「凍梅花」帶有一點抵抗寒冷的堅強味道，因爲一般女子都會在春天出遊玩賞，滿街擁擠的車子都爲賞春，可是這位女子一直到天黑了卻等不到人與她一起春遊，不免抑鬱斷腸而心寒，「腸斷東風各回首」頻頻望著外頭的她如東風一樣孤獨的回首，又或者解釋爲日落時分，大家都依依不捨的回首道別了，只有她還在等待，而其容貌就如同持續在寒冷中

凝結的一枝梅花，堅持保持美麗的姿態，帶有無人賞其美麗的感嘆，其心境正如同是在溫暖的東風來時，最後一枝寒冷襲心的花朵，正如李寶玲解爲「〈春陌〉中的梅花，暗示著紅樓女子，悲悽自己的身世，卻仍不願與世同流，強調她的標格高超，卓然出眾」〔註25〕以梅花堅忍的特性來比喻女子精神的高妙意境。「一枝春雪凍梅花」本句具有倒裝的趣味，春雪可用一枝來形容，春雪就像是梅花，梅花又像春雪，春雪與梅花在凍結的凝固下，淡粉與雪白的交融，停止了紛爭，保持了嬌嫩的鮮度，若改爲「春雪凍一枝梅花」就缺少創意與新奇，也較無多樣聯想的刺激，可見語境的精心設計。

## （二）字句片段相同

凡詩詞中有字句片段相同，均歸入此類。

（2）〈怨王孫〉詞：

錦裏，蠶市，滿街珠翠。千萬紅妝，玉蟬金雀，寶髻花簇鳴璫，繡衣長　　日斜歸去人難見，青樓遠，隊隊行雲散。不知今夜，何處深鎖蘭房，隔仙鄉。

〈丙辰年鄜州遇寒食城外醉吟〉詩五首之三：

開元坡下日初斜，拜掃歸來走鈿車。可惜數株紅豔好，不知今夜落誰家。

按：詞中「不知今夜」與詩〈丙辰年鄜州遇寒食城外醉吟〉末句「不知今夜落誰家」有字句片段相同，詩題丙辰年爲乾寧三年（896），詞中所寫之景物則爲入蜀的所見所聞，故詩的創作較詞早，可謂詞截取自詩。詞與詩同樣描寫遇見美女歸去後，遐想今日夜晚美

---

〔註25〕李寶玲：《五代詩詞比較研究》（台北：國立政治大學中國文學研究所碩士論文，1990 年），頁 142。「當寒冬即將結束，春回大地之際，梅花總是先百花之前來到，綻放枝頭，成爲群芳之冠。由於開的早，往往要與初春的冰雪抗爭，經過一番寒徹骨的洗禮之後，堅忍的梅花，終能脫穎而出，中國歷代詠梅的詩人很多，主要即在於梅花兼具君子之德及美人之豔。」以梅花的本質精神作爲此處解釋的設想也是極有見地，然本文的解釋可再補充另外的想像意境。

女的遭遇，以「不知今夜」作爲預想的陳敘。

（3）〈江城子〉詞：

恩重嬌多 情易傷 ，漏更長，解鴛鴦。朱唇未動，先覺口
脂香。緩揭繡衾抽皓腕，移鳳枕，枕檀郎。

〈閨月〉詩：

明月照前除，煙華蕙蘭溼。清風行處來，白露寒蟬急。
美人 情易傷 ，暗上紅樓立。欲言無處言，但向姮娥泣。

按：〈江城子〉中「恩重嬌多 情易傷 」與補遺詩〈閨月〉中的「美
人 情易傷 」有字句片段相同關係。

（4）〈菩薩蠻〉詞：

勸君今夜須沈醉， 尊前莫話 明朝事。珍重主人心，酒深
情亦深　　須愁春漏短，莫訴金杯滿。遇酒且呵呵，人
生能幾何。

〈病中聞相府夜宴戲贈集賢盧學士〉詩：

滿筵紅蠟照香鈿，一夜歌鐘欲沸天。花裏亂飛金錯落，
月中爭認繡連乾。 尊前莫話 詩三百，醉後寧辭酒十千。
無那兩三新進士，風流長得飲徒憐。

按：〈菩薩蠻〉詞中「 尊前莫話 明朝事」與〈病中聞相府夜宴戲
贈集賢盧學士〉詩字面部分相同。作者在詩詞中皆認爲，尊前不宜提
及令人傷心或正經的事情，與美酒相襯的該是痛快歡樂之事。

（5）〈應天長〉詞：

綠槐陰裏黃鶯語， 深院無人 春晝午。畫簾垂，金鳳舞。
寂寞繡屏香一炷。　　碧天雲，無定處。空有夢魂來去，
夜夜綠窗風雨。斷腸君信否。

〈春愁〉詩：

自有春愁正斷魂，不堪芳草思王孫。落花寂寂黃昏雨，
深院無人 獨倚門。

按：〈應天長〉詞中「 深院無人 春晝午」與〈春愁〉：「 深院無人

獨倚門。」字面片段相同，皆形容寂靜無人的深院。

（6）〈喜遷鶯〉詞：

街鼓動，禁城開，天上探人回。鳳銜金榜出雲來，平地
一聲雷　　鶯已遷，龍已化，一夜滿城車馬。家家樓上
簇神仙，爭看鶴沖天。

〈長安春〉詩：

長安二月多香塵，六街車馬聲轔轔，家家樓上如花人，
千枝萬枝紅豔新。簾間笑語自相問，何人占得長安春？
長安春色本無主，古來盡屬紅樓女。如今無奈杏園人，
駿馬輕車擁將去。

按：〈喜遷鶯〉詞中：「家家樓上簇神仙」與〈長安春〉：「家家
樓上如花人」中的「家家樓上如花人」有部分相同關係。詩詞皆指中
舉之時，人人爭相瞻望及第狀元，樓上也簇擁著紅樓女觀看，長安一
片放榜熱鬧的情景。

（7）〈清平樂〉：

鶯啼殘月，繡閣香燈滅。門外馬嘶郎欲別，正是落花時
節　　妝成不畫蛾眉，含愁獨倚金扉。去路香塵莫掃，
掃即郎去歸遲。

〈東陽酒家贈別二絕句〉之一：

送君同上酒家樓，酩酊翻成一笑休。正是落花饒悵望，
醉鄉前路莫回頭。

按：〈清平樂〉詞中「正是落花時節」與〈東陽酒家贈別二絕句〉
之一中「正是落花饒悵望」有字句片段相同關係。另與〈和同年韋學
士華下途中見寄〉：「綠楊城郭雨凄凄，過盡千輪與萬蹄。送我獨遊三
蜀路，羨君新上九霄梯。馬驚門外山如活，花笑尊前客似泥。正是清
和好時節，不堪離恨劍門西。」中「正是清和好時節」也有字面片
段相同的關係。

以上兩種凡七句。

### （三）字面部分改易

凡詩或詞取材自對方中整句，不易其文意、語序，僅增減一、二字，或改易一、二字者，均歸入此類。

（1）〈浣溪沙〉：

惆悵夢餘山月斜，孤燈照壁背紅紗，小樓高閣謝娘家。
暗想玉容何所似，一枝春雪凍梅花，滿身香霧簇朝霞。

〈含山店夢覺作〉：

曾爲（一作是）流離慣別家，等閒揮袂客（一作各）天涯。燈前一覺江南夢，惆悵起來山月斜。

按：〈浣溪沙〉詞中首句「惆悵夢餘山月斜」與〈含山店夢覺作〉末句「惆悵起來山月斜」只有「起來」與「夢餘」兩字的改易而已。〈含山店夢覺作〉詩根據夏承燾所作的年譜可爲詞定寫作時間。含山店在今山西聞喜，夏承燾以爲是光啓三年（887）韋莊迎駕不成，中途至相州路折返，過昭義相州路歸金陵時作。詩詞似乎是同樣描寫一件事，讓人不禁懷疑，作詞的時間地點也是在含山店時。

（2）〈荷葉杯〉：

記得那年花下，深夜，初識謝娘時。水堂西面畫簾垂，攜手暗相期　惆悵曉鶯殘月，相別，從此隔音塵。如今俱是異鄉人，相見更無因。

〈江上別李秀才〉詩：

前年相送灞陵春，今日天涯各避秦。莫向尊前惜沈醉，與君俱是異鄉人。

按：詞中「如今俱是異鄉人」與〈江上別李秀才〉詩末句「與君俱是異鄉人」相異處只在首兩字的改易。詩詞字面雖大致相同，但詞是寫與謝娘的分別此離，而詩則是寫與李秀才同是天涯淪落人。

（3）〈上行杯〉：

白馬玉鞭金轡，少年郎，離別容易。迢遞去程千萬里。惆悵異鄉雲水，滿酌一杯勸和淚。須愧！珍重意，莫辭醉。

〈過內黃縣〉詩：

相州吹角欲斜陽，匹馬搖鞭宿內黃。僻縣不容投刺客，
野陂時遇射鵰郎。雲中粉堞新城壘，店後荒郊舊戰場。
$\boxed{猶指去程千萬里}$，秣陵煙樹在何鄉。

按：〈上行杯〉：「迢遞去程千萬里」與〈過內黃縣〉詩中「猶指去程千萬里」一句字面部分相同。

(4)〈女冠子〉：

四月十七，$\boxed{正是去年今日}$。別君時，忍淚佯低面，含羞
半斂眉。　　不知魂已斷，空有夢相隨。除卻天邊月，
沒人知。

〈對梨花贈皇甫秀才〉詩：

林上梨花雪壓枝，獨攀瓊艷不勝悲。依前此地逢君處，
$\boxed{還是去年今日}$時。且戀殘陽留綺席，莫推紅袖訴金卮。
騰騰戰鼓正多事，須信明朝難重持。

按：〈女冠子〉中「正是去年今日」，與〈對梨花贈皇甫秀才〉詩中的「還是去年今日時」字面相似，只有一字之改易。但詞是寫回憶當時與君相別時情景，而詩則是回憶當時相逢情景。一別一合的不同情境，卻因為要表現這種時間相同的巧合，今昔的時間對比帶給他深刻印象，而有相同的構詞方式。

以上凡四句。

## （四）句意相似

凡詩或詞字句部分相同者少，而句意相似者多，均屬句意相似的範疇。

(1)〈小重山〉：

$\boxed{一閉昭陽春又春}$。夜寒宮漏永，夢君恩。臥思陳事暗消
魂。羅衣濕，紅袂有啼痕　　歌吹隔重闈。繞庭芳草綠，
倚長門。萬般惆悵向誰論？凝情立，宮殿欲黃昏。

〈宮怨〉詩：

一辭同輦閉昭陽，耿耿寒宵禁漏長。釵上翠禽應不返，
鏡中紅艷豈重芳。螢低夜色棲瑤草，水咽秋聲傍粉牆。
展轉令人思蜀賦，解將惆悵感君王。

按：〈小重山〉首兩句：「一閉昭陽春又春。夜寒宮漏永」與〈宮怨〉詩首兩句：「一辭同輦閉昭陽，耿耿寒宵禁漏長」有句意相似的相互關係。皆以「昭陽」喻指君王，詩詞兩首皆表達宮中閨怨。

(2)〈江城子〉詞：

髻鬟狼藉黛眉長，出蘭房，別檀郎。角聲嗚咽，星斗漸
微茫。露冷月殘人未起，留不住，淚千行。

〈秋日早行〉詩：

上馬蕭蕭襟袖涼，路穿禾黍繞宮牆。半山殘月露華冷，
一岸野風蓮蕚香。

按：〈江城子〉詞中：「露冷月殘人未起」似與〈秋日早行〉詩中：「半山殘月露華冷」有句意相似關係。皆描寫早行悽涼之景，「月」與「露水」的殘與冷，形容月將下不下時的清冷孤絕，凝結冷氣的露水反映當時氣溫是寒冷冰涼的。

(3)〈天仙子〉詞：

蟾彩霜華夜不分，天外鴻聲枕上聞。繡衾香冷懶重熏，
人寂寂，葉紛紛，才睡依前夢見君。

〈柳谷道中作卻寄〉詩：

馬前紅葉正紛紛，馬上離情斷殺魂。曉發獨辭殘月店，
暮程遙宿隔雲村。心如岳色留秦地，夢逐河聲出禹門。
莫怪苦吟鞭拂地，有誰傾蓋待王孫。

按：〈天仙子〉中的「葉紛紛」，與〈柳谷道中作卻寄〉詩首句「馬前紅葉正紛紛」有句意相似關係。

(4)〈上行杯〉詞：

白馬玉鞭金轡，少年郎，離別容易。迢遞去程千萬裏。
惆悵異鄉雲水，滿酌一杯勸和淚。須愧！珍重意，莫辭
醉。

〈長干塘別徐茂才〉詩：

　　亂離時節別離輕，別酒應須滿滿傾。纔喜相逢又相送，
　　有情爭得似無情。

　　按：詞中〈上行杯〉「離別容易」似與〈長干塘別徐茂才〉「亂
離時節別離輕」有句意相似的關係，皆描寫不甚重視別離這事。詞是
寫少年郎或許懷有壯志逸氣，所以輕別離，詩是描寫亂離時節，妻離
子散的慘狀時有可聞，故對於送別之事，已習以為常。

（5）〈浣溪沙〉詞：

　　夜夜相思更漏殘，傷心明月憑闌干，想君思我錦衾寒呎
　　尺畫堂深似海，憶來惟把舊書看，幾時攜手入長安。

〈夜景〉詩：

　　滿庭松桂雨餘天，宋玉秋聲韻蜀弦。烏兔不知多事世，
　　星辰長似太平年。誰家一笛吹殘暑，何處雙砧擣暮煙。
　　欲把傷心問明月，素娥無語淚娟娟。

　　按：〈浣溪沙〉詞中「傷心明月憑闌干」化用自〈夜景〉中的「欲
把傷心問明月」句。描寫同樣內容時常會不自覺出現句意相似，甚至
出現相同的情境安排，詩與詞皆是以女子的角度描寫閨怨的內容。詞
中「傷心明月」句是形容詞＋名詞排列，但是與後面「憑闌干」人的
動作來看，顯然傷心不是用來形容明月，而是用來形容人的傷心，詞
中的斷裂與空白，很可能是濃縮了詩中曾以「傷心、明月」字彙組合
過的「欲把傷心問明月」句子。

（6）〈應天長〉詞：

　　綠槐陰裏黃鶯語，深院無人春晝午。畫簾垂，金鳳舞，
　　寂寞繡屏香一炷　　碧天雲，無定處，空有夢魂來去。
　　夜夜綠窗風雨，斷腸君信否。

〈梁氏水齋〉詩：

　　獨醉任騰騰，琴棋亦自能。卷簾山對客，開戶犬迎僧。
　　蟻移苔穴，聞蛙落石層。夜窗風雨急，松外一庵燈。

按：〈應天長〉詞中：「夜夜綠窗風雨」與〈梁氏水齋〉中「夜窗風雨急」一句意相似的關係。詩中所述景似乎在風雨夜急之中，有一澹然處之的安定之心境，風雨之境純粹描寫外在客觀的環境；而詞中所述之景，似乎是人如窗外風雨交加的心急凌亂，以物擬人。兩者所使用夜雨意象來描述的情境不同。

以上凡六句。

## （五）故實相同

（1）〈小重山〉詞：

一閉昭陽春又春。夜寒宮漏永，夢君恩。臥思陳事暗消魂。羅衣濕，紅袂有啼痕　歌吹隔重闇。繞庭芳草綠，<u>倚長門</u>。萬般惆悵向誰論？凝情立，宮殿欲黃昏。

〈宮怨〉詩：

一辭同輦閉昭陽，耿耿寒宵禁漏長。釵上翠禽應不返，鏡中紅艷豈重芳。螢低夜色棲瑤草，水咽秋聲傍粉牆。<u>展轉令人思蜀賦，解將惆悵感君王。</u>

按：〈小重山〉中「倚長門。萬般惆悵向誰論？」與〈宮怨〉詩中「展轉令人思蜀賦，解將惆悵感君王。」皆引用相同的陳皇后故實。漢武帝陳皇后別在長門宮，聞蜀郡司馬相如工文辭，乃奉黃金百斤為相如、文君取酒。相如為作〈長門賦〉以悟主上，遂復得親幸。後用「蜀賦」為典，指后妃求幸之事。詩與詞同寫宮怨，而引用的故實也相同。

## （六）綜合運用

### 1、整句及字句片段相同

惆悵夢餘山月斜，孤燈照壁背紅紗，小樓高閣謝娘家。暗想玉容何所似，一枝春雪凍梅花，滿身香霧簇朝霞。（〈浣溪沙〉）

按：「惆悵夢餘山月斜」係增損〈含山店夢覺作〉：「曾為流離慣別家，等閒揮袂客天涯。燈前一覺江南夢，<u>惆悵起來山月斜</u>。」；「一

枝春雪凍梅花」係襲用〈春陌〉詩二首之一：「滿街芳草卓香車，仙
子門前白日斜。腸斷東風各回首，┃一枝春雪凍梅花。┃」詞的字面與兩
首詩有關，經由詩題的提示，詩題〈含山店夢覺〉與〈春陌〉，則流
落江南應在春天時，且詞的寫作地點可經由詩的聯繫而臆測應在含山
店〔註26〕所作。不過夏承燾認爲含山店在山西聞喜，故此詩應在過昭
義相州路〔註27〕歸河南金陵時的秋天所作。他借由另一首詩所言的內
容來證明，根據〈夏初與侯補闕江南有約，同泛淮汴西赴行朝莊，自
九驛路先至甬橋，補闕由淮楚續至泗上寢病旬日遽聞捐館，回首悲慟
因成長句四韻吊之〉詩題，可知韋莊原預定夏初由浙西沿汴宋路北上
迎駕。又根據〈自孟津舟西上雨中作〉：「秋煙漠漠雨濛濛，不卷征帆
任晚風。百口寄安滄海上，一身逃難綠林中。來時楚岸楊花白，去日
隋堤蓼穗紅。卻到故園翻似客，歸心迢遞秣陵東。」指自江南來時正
是春天，而去日則已深秋。也就是夏初開始出發，秋天自河南孟津泛
舟西去，然後自昭義、相州折返，光啓三年（887）初春返至江南。
夏承燾認爲含山店在山西，故是北上時秋天所作。但若依江聰平所校
注，含山店在今安徽，則應是韋莊回歸江南時候所作，此詩作於春天
就有可能了。〔註28〕

## 2、句意相似及故實相同

　　悵望前回夢裏期，看花不語苦尋思。露桃宮裏小腰枝，眉

---

〔註26〕含山，又名橫山，在今安徽省含山縣西三十里。群山列峙，勢若吞
　　　　含，唐因以名縣。見江聰平校注：《韋端己詩校注》（台北：台灣中
　　　　華書局，1969年9月），頁137。夏承燾認爲含山路在山西聞喜，故
　　　　認爲〈含山店夢覺作〉爲北上山西秋天時所作。夏承燾：〈韋端己年
　　　　譜〉，收錄在夏承燾：《唐宋詞人年譜》（台北：明倫出版社，1970
　　　　年12月），頁13。
〔註27〕昭義相州路：指相州昭義軍。《新唐書・地理志》三：「相州鄴郡，……
　　　　有昭義軍，大歷元年置。」
〔註28〕詩詞字詞的相似雖然可幫助我們了解作者的思考方向，但不能因爲
　　　　詩詞字詞的相似而斷自定奪同一時間所作，詩詞字彙的相似，很多
　　　　時候有可能是沉積的字彙的再次運用所導致的情況，而更需要以較
　　　　多客觀的詩詞或史事作判斷依據。

眼細，鬢雲垂，惟有多情宋玉知。（〈天仙子〉）

按：〈天仙子〉末一句「惟有多情宋玉知」與補遺詩中〈奉和左司郎中春物暗度感而成章〉詩：「纔喜新春已暮春，夕陽吟殺倚樓人。錦江風散霏霏雨，花市香飄漠漠塵。今日尚追巫峽夢，少年應遇洛川神，有時自患多情病，莫是生前宋玉身。」末二句「有時自患多情病，莫是生前宋玉身。」似有句意相似關係。詩描寫蜀地之作，與創作詞的時間應相當。但詩是描寫自身如宋玉般多情，而詞則是代女性言，希望女子的窈窕美麗能被多情如宋玉之人欣賞。以相反的兩角色，卻都運用到了相同的典故，詩詞兩方面抒發聲氣相應的內容。

## 四、詩詞語言相同的原因

綜合以上觀察韋莊詩與詞間語詞相互運用之類型，韋莊的詩詞兩者使用相同或相似的詞句不少。能從其詩中找到相同或相似者韋莊詞的詞句，多於由詞中去尋找與詩句相同者。韋莊詩詞有整句相同關係的有一例，字句片段相同有六例，字面部分改易的有四例，句意相似的七例，引用相同故實的有一例。五十四首詞與三百多首詩之間的相關詞語可算不少。造成詩詞之間的關連性，與晚唐詩人兼詞人一方面依據燕樂曲調的要求，利用近體律絕詩的字聲音韻組合原則，來使歌詞的體式格律完善和規範化；另一方面則援引晚唐詩的風神格調入詞，確立和強化詞作為特種抒情詩體的內在藝術特質有關，因此適時在外在形式和內在特質兩方面完成詞體的創造工程之初，不可避免的經過詩詞相似的階段。因此就外在形式而言：

（一）詩詞的體制形式相似，故易以傳統詩作用語製詞。小令形式近似詩，作者易於以熟悉方式創作詞。詞承詩後，變齊言為長短句，亦猶詩之由四言而五言而七言，乃文學演進必然之趨勢。而詞之初期發展，以小令為大宗，小令之句式，仍以五、七言為主，且唐詩語言精鍊、真率流麗，適用於詞，〔註29〕故能因相同情境的構想下借鑒運

〔註29〕詞家填詞，襲用前人詩句，其主要來源於唐詩，以唐詩能歌，便於

用。

　　（二）另外唐詩能歌，便於拹律，於是詩詞同時配合音樂，以詩入詞的混雜情況即發生。詞之產生與樂府之產生，據唐元稹所言，其始皆係「選詞以配聲，非由樂以定詞」，亦即先有詩後有音樂；唐人以詩爲樂府歌辭甚爲普遍，宋王灼所謂「唐時古意亦未全喪，〈竹枝〉、〈浪淘沙〉、〈拋球樂〉、〈楊柳枝〉，乃詩中絕句，而定爲歌曲。故李太白〈清平調〉三章皆絕句，元、白諸詩，亦爲知音者協律作歌。」遂列舉唐人歌詩事例十二則，並曰：「以此知李唐伶伎取當時名士詩句入歌曲，蓋常俗也。」〔註30〕比韋莊還晚的晏殊，其日常生活亦時與嘉賓酬酢，「歌樂相佐」、「相與賦詩」呈藝，〔註31〕詞中借鑒唐詩以成詞章，藉以配樂，蓋可得見。〔註32〕韋莊生平傳記中並未有斜狹宴樂之類紀錄，但借其詞之大部分內容，不難想見韋莊歌宴的情景。於歌宴中，唱詩唱詞可能同時並進，《西圃詞說》說：「第唐宋以來，原無歌曲。其黎園弟子所歌者，皆當時之詩與詞也。夫詩、詞既已入歌，則當時之詩、詞，大抵皆樂府耳，安有樂府而不叶律呂者哉！故古詩之與樂府、近體之與詞，分鑣並騁，非有先後。」〔註33〕當時詩

---

拹律，此其一；唐詩眞率流麗，易於入詞，此其二；唐詩語言精錬，適用於詞，此其三。見徐柚子：《詞範》（上海：華東師範大學出版社，1993 年 4 月第一次印刷），頁 61。

〔註30〕見〔宋〕王灼：《碧雞漫志》卷一，見唐圭璋《詞話叢編》（台北：新文豐出版公司，1988 年 2 月台一版）冊一，頁 77～78。

〔註31〕葉夢得：《避暑錄話》卷上，見《影印文淵閣四庫全書》冊 863（台北：商務印書館，1986 年 8 月），頁 660。「頃有蘇丞相子容嘗在公（晏殊）幕府，見每有嘉客必留，但人設一空案一杯。既命酒，果實蔬茹漸至，亦必以歌樂相佐，談笑雜出，數行之後，案上已燦然矣。稍闌，即罷遣歌樂，曰：『汝曹呈藝已，吾當呈藝。』乃具筆札，相與賦詩，率以爲常。」。

〔註32〕見王偉勇：〈晏殊《珠玉詞》借鑒唐詩之探析——兩宋詞人大量借鑒唐詩之先驅〉，《東吳中文學報》第三期（1997 年 5 月），頁 159～210。

〔註33〕〔清〕田同之：《西圃詞說》，見唐圭璋：《詞話叢編》冊二（台北：新文豐出版公司，1988 年 2 月台一版），頁 1471～1472，詞曲之所分條。

詞同時，或唱聲詩、或唱詞，自由多樣，分頭並進，以詩入詞之混雜情況則可想見。且〔清〕劉體仁《七頌堂詞繹》觀察晚唐諸詞人之作，也認為五代歌辭離不開唐詩，曰：「牛嶠、和凝、張泌、歐陽炯、韓偓、鹿虔扆輩，不離唐絕句。」〔註34〕除了鹿虔扆，其他諸家皆有聲詩，所用長短調也間由詩蛻變，〔註35〕晚唐諸家歌詞與詩脫離不了關係。

（三）晚唐士人視詞為小道，故易將詩雜入詞中。《花間集》序：「自南朝之宮體，扇北里之倡風。何止言之不文，所謂秀而不實。有唐已降，率土之濱，家家之香徑香風，寧尋越艷；處處之紅樓夜月，自鎖嫦娥。」即言詞乃上承齊梁宮體，下附里巷倡風，為綺筵公子、繡幌佳人，用資尊前羽蓋之歡的佐料。文人對作詞的態度是以捨棄「風骨」的德性，以離經叛道的遊戲態度對待之。一直到宋時，詞之發展仍以音樂為主，而當時文士仍未予以重視；〔註36〕或僅視為詩中樂府，甚而用樂府以代稱詞體。〔註37〕而樂府之為體，固有「拼湊和分割」〔註38〕之現象，故「選詞以配聲」或「由樂以定詞」之際，雜入

---

〔註34〕〔清〕劉體仁：《七頌堂詞繹》，詞亦有初盛中晚條，見《叢書集成新編》（臺北：新文豐出版公司，1985 年，臺一版）第 81 冊文學類，頁 422。

〔註35〕見任半塘：《唐聲詩》（上海：上海古籍出版社，1982 年 10 月），頁577。

〔註36〕王偉勇：《南宋詞研究》（台北：文史哲出版社，1987 年 9 月），頁72～79。

〔註37〕如王應麟《困學紀聞》（引致堂語）云：「古樂府者，詩之旁行也；詞曲者，古樂府之末造也。」（卷十八評詩。胡寅的題酒邊詞裡，亦有此語。）王國維也說：「詩餘之興，齊、梁小樂府先之。」（戲曲考源），又如黃庭堅〈小山詞序〉，即以「樂府」稱小山及其所作長短句；而張耒〈東山詞序〉，亦以「樂府」稱賀鑄所作詞。

〔註38〕樂府歌辭中常有分割拼湊的現象，古樂府重聲不重辭，樂工取詩合樂，往往隨意併合裁剪，不問文義。這種現象和「聲辭雜寫」同為古樂府歌辭的特色，余冠英先生〈樂府歌辭的拼湊和分割〉一文考察其拼合方式，約分為八類，（一）本為兩辭合成一章，這種情形最早見於漢郊祀歌。（二）合併兩篇聯以短章，例如相和歌辭瑟調曲〈飲馬長城窟〉其中「青青河畔草」八句和「客從遠方來」八句各為一

唐詩，亦極自然。〔註39〕

　　韋莊詩詞語言經由上述歸納的外在形式原因之外，可再進一步探究其創作內在因素爲：

　　（一）詩詞語言相似通常是在描述相同內容情境時。韋莊詩詞截取關係的例子有七例，截取關係大概是在描述內容相似時，聯想到相同的情境，故詩詞語句有重複出現的現象，如〈怨王孫・錦裏〉詞與〈丙辰年鄜州遇寒食城外醉吟〉五首之三（首句：「開元坡下日初斜」）都同樣描寫遇見美女歸去後，預想今日夜晚美女的遭遇，以「不知今

首詩。「枯桑知天風」四句與上下文意亦俱不相蒙。（三）一篇之中插入他篇，例如相和瑟調〈艷歌何嘗行〉（四）分割甲辭散入乙辭，例如相和瑟調〈步出夏門行〉魏明帝辭，此篇除採魏武帝〈短歌行〉〈烏鵲南飛〉數句外，又取文帝〈丹霞蔽日行〉全篇，將「丹霞蔽日」到「悲鳴其間」六句插入第二解，又以「月盈則沖」四句放在篇末。（五）節取他篇加入本篇。如楚調〈怨詩〉曹植辭「明月照高樓」篇共七解，其最後的一解「我欲竟此曲，此曲悲且長，今日樂相樂，別後莫相忘」就是節取〈怨歌行〉古辭末四句。（六）聯合數篇各有刪節。聯合幾個部分成一篇歌辭，而各部分都不是完整的詩，如文帝〈臨高臺〉篇，「水清」「黃鵠」等句都出於漢鐃歌〈臨高臺〉曲，「願令皇帝陛下三千歲」也是從漢曲「令我主壽萬年」變來。「鵠欲南遊」以下是「艷歌何嘗行」的簡約，更爲顯著。（七）以甲辭尾聲爲乙辭起興，例如〈步出夏門行〉篇末四句和〈隴西行〉開端相同。（八）套語，在樂府詩句裡常見「今日樂相樂，延年萬歲期」，「今日樂相樂，延年壽千霜」，「吾欲竟此曲，此曲愁人腸」，「吾欲竟此曲，此曲悲且長」或「願令皇帝陛下三千歲」，「欲令皇帝陛下三千萬」之類，大同小異，隨意湊合，已成套語，無關文義。其分割拼湊常以「解」爲單位。可知樂府歌辭，許多是經過割截拼湊的，方式並不一定，完全爲合樂的方便。見余冠英：〈樂府歌辭的拼湊和分割〉《漢魏六朝詩論叢》（台北：河洛圖書出版社，1975 年），頁 26～38。令外提及樂府拼湊可參考王運熙：《樂府詩述論》（上海：上海古籍出版社，1996 年），頁 34。王偉勇先生歸納晏殊借鑑唐詩之原因說法提供韋莊詩詞間關係的線索，見王偉勇：〈晏殊「珠玉詞」借鑑唐詩之探析——兩宋詞人大量借鑑唐詩之先驅〉，《東吳中文學報》第三期（1997 年 5 月），頁 199～200。

〔註39〕據王偉勇先生歸納晏殊借鑑唐詩之原因說法，見王偉勇：〈晏殊「珠玉詞」借鑑唐詩之探析——兩宋詞人大量借鑑唐詩之先驅〉，《東吳中文學報》第三期（1997 年 5 月），頁 199～200。

夜」作爲預想的陳敘。應用相同典故，也大多發生在陳述相同的內容時，如〈小重山‧一閉昭陽春又春〉和〈宮怨〉詩皆描寫宮怨內容。

　　（二）詩詞相似或許是剛好詩與詞在同時間創作，因此同一語料自然被運用在詩與詞上，因此語詞在不同的文體，自然而然展現相同的樣貌，對於詩或詞的編年、校注與解釋就有更多參考的來源。如上述〈浣溪沙‧惆悵夢餘山月斜〉和〈含山店夢覺作〉、〈春陌〉詩二首之一（首句：「滿街芳草卓香車」）。

　　（三）詩詞相似是因爲情感相同時。就增損字面的例子而言，韋莊詩詞整首的內容較不相同，但在某一方面的情感相同，於是雖然內容不同，但是在些微同樣情感的引導下，這些舊句子容易迸出來攪和與干擾原來的創作語詞。如〈荷葉杯‧記得那年花下〉詞與〈江上別李秀才〉詩，詞是寫與謝娘的分別仳離，而詩則是寫與李秀才同是天涯淪落人，因同寫分離的悲傷情緒而有同樣的語言用語。

## 第三節　韋莊詩詞寫作技巧比較

　　一件作品的誕生與作者的藝術思維是密不可分的。所謂藝術思維是作者對客觀事物的理性認識，它始終伴隨著作者的主觀感情，並由一定思想貫穿於作品的內容和形式的總體觀念，它是主體的心理活動，同時又表現爲主、客一體的一種密合的關係。因爲思維模式的不同，詩人主體在觀察、認識、表現事物的角度、態度、方式或手段上也會有區別，從而在詩歌的主題確立、選擇題材、組織結構、文字表達、意象經營等方面，就會顯現出自己的特色來。詞人採取不同的思維模式與其審美體驗的表現方式有關。體驗不同於經驗。體驗是對經驗中所產生過的情緒、情感、印象與回憶做一種回味、反省或反芻。因而是主體對心理活動所作的觀照。〔註40〕

---

〔註40〕黃雅莉：《兩宋「詞人詞」雅化的發展與嬗變研究——以柳、周、姜、吳爲探究中心》（台北：國立台灣師範大學國文研究所博士論文，2002年），頁 212。

　　韋莊詩詞的語言，經過以上統計，除了傾向清淡類意象的使用，其寫作手法的運用，也多多少少使的詩詞皆有清疏朗淡的感覺。

# 一、詩詞皆擅用直線敘述

　　詩詞皆以語氣順暢的方式，直線敘述來龍去脈，詩雖有對仗關係，但韋莊擅用串對連接，詞則較無對仗限制，所以善用賦筆直書以展開情節序列。以下分別述之：

## （一）韋莊詩擅用串對連接與散句化

　　為了敘事的方便，韋莊詩中對仗的地方，善於以串對連接，前後句之間有明顯的發展關係，以便使語氣順暢。對偶的類型，從內容分，有正對、反對和串對三種。〔註41〕串對「是前後兩個句子或詞組在意義上相連、相承的對偶格。一般是承接、因果、條件、假設的關係。」，〔註42〕「有些對偶句上下兩聯內容互相串聯，構成相承關係、因果關係、條件關係、假設關係等。這類對偶叫串對。其內容有如流水，順勢而下，故又叫『流水對』」〔註43〕上下句字面相對，而意義緊密相關、連接，互為依存，便成了串對，「正對」和「反對」，上下兩句都是並列關係，只有串對不是並列，而是由因果、條件、遞進等關係連接起來的。當要表達因果、條件、遞進等關係時，可藉由詞序來表達〔註44〕來聯繫關係。為了使語意完備，上下聯以意義為接續的流水

---

〔註41〕正對（平對），是前後兩個句子或詞組意義相近、相同，互為補充的對偶格。反對是上下兩個句子或詞組意義相對、相反又相成的對偶格。見楊子嬰、孫芳銘、王宜早：《文學和語文裏的修辭》（香港：麥克米倫出版社，1987），頁82～83。

〔註42〕同上注，頁84。

〔註43〕成偉鈞、唐仲揚、向宏業：《修辭通鑑》（〔台北縣〕中和市：建宏出版社，1996年），第四篇修辭格，頁813。

〔註44〕「詩史」詩歌自有一套獨特的語碼，詩人用倒語不但不受指責，還頗多讚嘆之辭。俞樾認為：「詩人之詞必用韻，故倒句尤多」（《古書疑義舉例》卷一）。錢鍾書指出：「蓋韻文之制，局囿於字數，拘牽於聲律」，故屬詞造句，可破「文字之本」（《管錐篇》149頁）。陳平原：《中國小說敘事模式的轉變》（台北：九大文化股份有限公司，

對,情感一洩而下,敘述則不會因對偶而停滯,因詩的固定體製而打斷。

如:

> 皆言洞裡千株好,未勝庭前一樹幽。(〈庭前桃〉)

此句是轉折關係,缺上句或下句都不可。前一句說了一個意思,但後一句意卻不是順著前一句意,而是作了一個轉折,說出同上一句相反的意思來,而有上下轉折關係。上句寫大家都說洞裡的花千般豔麗嬌嫩的好,然繁膩太過,卻比不上庭前樹,給人一片幽涼清爽的舒坦感覺。

> 正喜琴聲長作伴,忽攜書劍遠辭君。(〈送范評事入關〉)

這句也是轉折關係,首句言正歡喜能悠遊方外世界,與好友彈琴作伴,不料卻要送好友攜帶書劍入關,上下句情緒隨喜轉憂。

> 才聞闕下徵書急,已覺回朝草詔忙。(〈寄右省李起居〉)

這句是相承關係,上句才聽聞下徵書,下句卻已經忙著回朝之草詔。開頭的時序副詞,使兩句有時間關係上的相承。

> 才聞破虜將休馬,又道征遼再出師。(〈汴堤行〉)

此句是遞進關係,後面一句表達的意思比前一句更進一層,程度由輕到重。上句言才剛聽到捷報戰勝,卻又要出師征遼,形容戰事頻繁,國家不安危急。

韋莊詩中因流水對而使語氣一貫,未須對句之處,則有散化句傾向。散化句,即近於散文的句子,如以古文式的章法、散文的記敘法、散文常用的句法、近似散行的句子等寫詩, [註45] 呈現出具有敘事性的陳述特色。如:

> 馬驕風疾玉鞭長,過去唯留一陣風(〈丙辰年鄜州遇寒食,城外醉吟〉)

> 繚繞江南一歲歸,歸來行色滿戎衣。(〈家叔南游卻歸因獻賀〉)

---

1990 年 5 月),頁 316。

[註45] 參考李致洙:《陸游詩研究》(台北:文史哲出版社,1991 年),頁246。

感君情重惜分離，送我殷勤酒滿巵。(〈離筵訴酒〉)

今日與君同避世，卻憐無事是家貧。(〈新正日商南道中作寄李明府〉)

無論是寫王公風流瀟灑、或感嘆世上的險惡、抒離別愁緒、戰亂的貧困等等，詩人的情感都在直陳的語氣中，自然的流露出來。此外，或詠史：「南朝三十六英雄，角逐興亡盡此中。」(〈上元縣〉)；或說理：「誰謂傷心畫不成，畫人心逐世人情。」(〈金陵圖〉)；或敘事：「纔喜中原息戰鼙，又聞天子幸巴西。」(〈聞再幸梁洋〉)；或寫景：「無情最是臺城柳，依舊煙籠十里堤。」(〈臺城〉)韋莊皆用散化句的型態，酣暢的表達了尤其詩歌中不須對仗的首聯和末聯，恣意馳驟其情感，讀來自然流暢、平易明白。

## （二）韋莊詞擅用賦筆敘述

袁行霈說：「韋詞的意象比較稀疏，意象之間基本上是連貫的，脈絡比較分明，有散文的意趣。韋詞常常是一句一個意思或兩個句合起來才表達一個意思。」〔註46〕敘寫就是要交代關係，有章法順序的，韋莊詞裡也有一種散文的意趣。吳惠娟也說溫庭筠詞的符號集合是可以分解的，故溫庭筠的詞是不講究是否構成句子的排列、句意的順暢，他可以是同類符號與符號的排列，在跳躍的符號間構成意向疊合的敘述法，開創模稜兩可的詞意；但韋莊詞的符號則是不能分解，〔註47〕因為韋莊句意靠上下層關係符號的連接，順暢而下，給人直接而鮮明的意涵。

韋莊詞在直抒情感時，予人一種勁直激切的噴發情感，葉嘉瑩說：「端己用情切至，每一落筆亦有一份勁直激切之力噴湧而出。」

〔註46〕袁行霈：《中國詩歌藝術研究》(台北：五南圖書出版社，1989 年 5月)，頁 322。

〔註47〕吳惠娟：《唐宋詞審美觀照》(上海：學林出版社，1999 年)，頁 106。溫詞排列的意象符號較爲密集，在情感的表達上顯的濃烈，韋詞中的符號排列較爲疏放，故在情感表達上給人的感覺就比較清簡。

〔註48〕如清代賀裳在《皺水軒詞筌》說「小詞以含蓄爲佳，亦有作決絕而妙者，如韋莊『陌上誰家年少，足風流。妾擬將身嫁與，一生休。縱被無情棄，不能羞。』」韋莊詞之情感所以決絕噴發，也與他的直切敍述有關。詩詞中注重比興，要用形象，但使詩歌傳達出興發感動的力量，更主要的是用賦的直接敍述方法。韋莊用賦筆敍述，幾乎無拗意，消盡渣滓，貼近人們的生活感受，使人容易感受韋莊詞勁直的傳達力量。葉嘉瑩說：

> 所謂「賦」者，就是直接敍寫，敍寫的口吻很重要，如果你只堆砌一大堆形象，而沒有敍寫，那麼這些形象都是雜亂的，死板的，不成章法的。把形象結合起來的是敍寫的口吻。有許多好的作品的力量，並不在於它有多少美麗的形象，而在於有多少力量的傳達的口吻。〔註49〕

「賦」是「鋪陳其事而直言之」，有力量的傳達口吻，是對詩歌內容直接敍寫，敍物言情，直抒其事，使其暢快明達，讓讀者儘快獲得對描述內容的印象和感受，韋莊詞善用賦筆直書以展開情節序列，不在意象上玩堆疊跳躍的遊戲，而以真情實意直接敍寫所感所悟，以中介詞結合起上下語意，使內容情節順口、敍述暢快明達。王國維在《人間詞話》卷上亦曰：「溫飛卿之詞，句秀也；韋端己之詞，骨秀也；李重光之詞，神秀也。詞至李後主而眼界始大，感慨遂深，遂變伶工之詞而爲士大夫之詞。」〔註50〕溫庭筠詞各句雖秀異，但句與句間卻斷裂迷離。韋詞敍述內容自成一個情節系統，句與句之間，如同人的骨架一般成有機且有序的組合，一根接著一根，故曰「骨秀」。〔註51〕韋莊往往境隨意轉，自然鋪陳；或以今昔對照的章法，或以虛實映照

〔註48〕 葉嘉瑩：《迦陵論詞叢稿》（台北：明文書局，1987 年 12 月），頁 51。
〔註49〕 葉嘉瑩：《唐宋名家詞賞析（1）》（台北：大安出版社，1992 年 4 月），頁 26。
〔註50〕 王國維：《人間詞話》附錄一，引自《詞話叢編》（台北：新文豐書局，1988 年 2 月台一版）冊五，頁 4242。
〔註51〕 參考吳明德：〈溫庭筠、韋莊詞的「語言特徵」與「敍述手法」之比較析論〉，《中國學術年刊》第二十二期（2001 年 5 月），頁 406。

的結構，形成迴環往復的意境，以吐露清遠綿邈不能自己之情，如其詞〈女冠子〉二首：

> 四月十七，正是去年今日。別君時，忍淚佯低面。含羞半斂眉。　　不知魂已斷，空有夢相隨。除卻天邊月，沒人知。
>
> 昨夜夜半，枕上分明夢見。語多時，依舊桃花面。頻低柳葉眉。　　半羞還半喜，欲去又依依。覺來知是夢，不勝悲。

第一首模擬女子口吻，第二首自抒其情，兩首聯章，以夢相連，以互訴相思離情的雙方畫面，形成對話造成盪氣迴腸的韻致。蕭繼宗評云：「直而且拙，正因其直拙，益見其深摯之情。」〔註52〕上片寫昔，直寫別時情態，清楚點名別時之日，語氣自然的抒發當時因感傷流淚、因憂愁蹙眉，然不忍遠去之人心懷掛念而不得故作開解。下片寫今，今昔對照，昔時離別的哀婉纏綿，在事隔多年的今日，依舊深情。第二闋之脈絡由入夢寫起，次寫夢境，終而夢醒，境隨意轉，一任自然。

又如韋莊〈望遠行〉：

> 欲別無言倚畫屏，含恨暗傷情。謝家庭樹錦雞鳴，殘月落邊城。　　人欲別，馬頻嘶。綠槐千里長堤，出門芳草路萋萋。雲雨別來易東西，不忍別君後。卻入舊香閨。

韋莊詞情意真切，由臨別之前（上面）依序展開，描寫欲別之前的含恨傷別的情景，經分別之時（五六七句），寫人去馬嘶的纏綿不捨，終於別後獨歸，順序依分別時間由前而後一氣連貫，而韋莊又多用情語或表意明確的狀態詞、連接詞等，如描寫別前之黯然痛楚，「欲別無言倚畫屏，含恨暗傷情」一句令人得以直入感受其情緒思維，至如雞鳴催促，殘月慘淡鋪敘離別場景，馬嘶蹄踏人終相別，長堤、芳草的千里蔓延，顯露其悽怨遠望。韋莊詞中以賦筆直接敘事的方式，多以時間順序作為全詞脈絡，前後句之間有明顯的發展關係，故清晰有力量。若與溫庭筠詞中同樣以描寫別離情景的〈菩薩蠻〉相較，則更

---

〔註52〕蕭繼宗：《花間集評點校注》（台北：學生書局，1981 年），頁 143。

可見韋莊詞以賦筆敘寫之手法，溫庭筠〈菩薩蠻〉：「玉樓明月長相憶，柳絲嫋娜春無力。門外草萋萋，送君聞馬嘶。　　畫羅金翡翠，香燭銷成淚。花落子規啼，綠窗殘夢迷。」全首幾乎只有景語、物語的描繪，景物意象之間省略情語的描寫，也省略了連接詞的聯繫，上闋點到「送君聞馬嘶」而「相憶」之事，然而下闋則連三句景語、物語的意象堆疊，他截取與離別愁緒有關的諸印象雜置一處，細加探析，才能領會其「醞釀之深」的情感訊息，至最後一句「殘夢迷」才稍說明人的淒迷之情。

溫詞中的符號可以分解，意象疊合間的裂隙空白，使聯想豐富多樣，以象徵表達情感，甚至多變到曖昧不明。而韋莊的符號集合較不能分解，很少以意象疊合方式來象徵詞意，韋莊詞的符號組合較似句子結構，符號間不能分解，共同組成完整意義，如賦般直敘，一氣流注，故詞顯的清率疏宕。

## 二、詩詞符號排列多用中介詞

韋莊詩詞的符號排列，多使用中介詞以幫助敘述的條理性、流暢性。以下分述之。

### （一）韋莊詩的中介詞使用

格律嚴謹的中國詩歌（特別是近體詩）之所以能在極其有限的篇幅中不斷出奇制勝，除了應歸因於中國古代詩歌語序的「自由」轉換，藉由中介詞也能幫助語意的順暢。如〈令狐亭〉中的上下句具有選擇性關係的虛詞：

> 若非天上神仙宅，須是人間將相家。想得當時好煙月，管
> 弦吹殺後庭花。

「若非……須是」為選擇語氣，如果不是 A 就是 B，兩者中必有一項選擇，如果不是天上宅，就是人間的將相家，上下兩句的選擇項皆具有富貴錦麗的建築特色，以顯當年生活的闊綽豪華。韋莊的上下對仗除了可靠意義的連接外，還在上下句中加上虛字，以幫助實字意象的

流暢性。根據黃永武《字句鍛鍊法》〔註53〕增加實字或虛字的效用有八點，〔註54〕而韋莊詩中於流水對中增加虛字確實有以下幾個優點：

## 1、以盡情態

如〈台城〉最出色的地方就在於虛字的運用，幫助暢發婉屈的情感。

江雨霏霏江草齊，六朝如夢鳥 空 啼。

無情最是 台城柳，依舊 煙籠十裏堤。（〈台城〉）

首句是寫江草煙雨之景，二句以六朝切金陵，鳥空啼即寫感慨意，三句臺城又是切金陵，四句煙柳籠堤仍是歸結到圖景。《唐詩三百首詳析》曰：「其中空、無情、依舊等字，是本詩動脈，蓋非下這等字，不能發抒感慨，並且使詩中實字挑得鬆動，不致呆板，所以詩中用虛

---

〔註53〕黃永武：《字句鍛鍊法》（台北：洪範書局，1986 年 5 月初版，1986 年 11 月五版）鍊字的方法（三）增字法，頁 299～308。

〔註54〕黃永武認為增加虛字的八點效用如下：

　（1）增字可盡情態：如杜甫的登高詩：「無邊落木蕭蕭下，不盡長江滾滾來。」沈德潛在唐詩別裁中說：「好在無邊、不盡」又說：「昔人謂兩聯俱可截去二字，試思落木蕭蕭下，長江滾滾來，成何語耶？」這是說「落木蕭蕭下，長江滾滾來」雖然寫出景物的實狀，但一增「無邊、不盡」四字，風物更見淒迷悲壯，在浩浩無垠的景色之中，使人神觀飛越，動盪不已了。

　（2）增字可屬文理：文有省脫而卒使文理不屬者，必須增補，文理乃完。

　（3）以達旨意：劉熙載藝概曰：「文章所尚，不外當無者盡無，當有者盡有。」

　（4）以明指稱：省略不當，常使指稱不明。

　（5）以暢氣脈：文章必須氣脈流轉，誦讀起來才有鏗鏘的氣韻。有時為求簡省，卒使氣脈不順，必須增加一二虛字，使文朗朗可誦。

　（6）以調單複：劉勰在鍊字篇中主張「調單複」，並說「善酌字者，參伍單複，磊落如珠矣。」使單字複字參伍，氣韻乃優美。

　（7）以美聲調：文章尚繁尚簡，本視內容而異趣，故文章有增字而後聲調始美者。

　（8）以成對文。

　見黃永武：《字句鍛鍊法》（台北：洪範書局，1986 年 11 月五版）鍊字的方法（三）增字法，頁 299～308。

字,非但可以幫助口氣,且能使它空靈有致。」〔註55〕虛字常蘊含情感,「空」有徒然無用的感慨情感,「無情最是」則具故意挑剔台城柳的沒有感情,「依舊」感嘆時間我行我素的流逝。物象與人的相對情感、有情無情的對照,借用以上幾個虛字,透露著人與物虛實間的對話,虛實相映,留白的空間較大,能表現一種清空的境界。

## 2、以暢旨意

韋莊詩中最多的是律詩,在不得不對仗的頷聯頸聯中,韋莊更是能以抒發情感的虛字彌補實字的僵硬物象,或是以情語陳事直書,使旨意更加暢達。上下句有漸層關係。如:

始因絲一縷,漸至雪千莖。不避佳人笑,唯慚稚子驚。(〈鑷白〉)

鑷白,以鑷子去白髮也。這是詩的頷聯和頸聯,頷聯描寫頭髮白的情形,一開始只是一絲白髮,後來卻如雪般千莖密佈,由少至多的漸層關係,確實把時間催促,造成年老髮蒼的傷感表現無遺。

## 3、以明旨稱

依前此地逢君處,還是去年今日時。(〈對梨花贈皇甫秀才〉)

上下句具有承接關係,上句「依前」即「明指稱」的指出依據前年之事,回想以前在此地與君相逢,也是去年的今日。上句寫去年相逢的空間,下句寫過去的時間,以實接虛,具有連接關係。又如:

紫氣已隨仙仗去,白雲空向帝鄉消。(〈尹喜宅〉)

「已隨」兩字已道出時間上的過去,上句寫祥瑞之氣已隨老子逸去,下句寫徒留下的白雲空在帝鄉遠處消散。《關令尹內傳》:「關令登樓四望,見東極有紫氣西邁,喜曰:『當有聖人經過京邑。』至期乃齋戒,其日果見老子。」此因過尹喜宅而憶及其仙去的傳說。

## 4、以暢氣脈

增加虛字可以順暢氣脈,如:

〔註55〕見喻守真:《唐詩三百首詳析》(台北:台灣中華書局,1991 年台 23 版),頁 324。韋莊的〈台城〉詩在《唐詩三百首詳析》名為〈金陵圖〉。

　　能詩<u>豈是</u>經時策，愛酒<u>原非</u>命世才。(〈對雨獨酌〉)

此聯上句加上「豈是」的反詰語氣與「原非」的否定語氣，這兩句承接關係使氣勢變的強烈。這句話是說：能作詩哪裡能夠作爲治世之策略，我迷戀酒味是因爲感嘆自己原不是才高一世能受命的人才。對於鬱鬱不得志的慨歎，虛字的運用加強文章的情感強度。

### 5、以美聲調

　　加上抒發情感的虛詞，能使詩句的表達更爲順口，不拗扭。例如：

　　　芳草已雲暮，故人殊未來。(〈章台夜思〉)

殊，猶也。上下句是承接關係，上句寫芳草日暮的時空背景，下句則寫思念的老朋友仍然未來，上句「已」與下句「殊」的使用，使詩句的語意表達更爲順口。

　　　性爲無機率，家因守道貧。(〈曲池作〉)

爲，因也。二句互文見義，上句寫性格因爽直守正，不屑夤緣，至今猶拓落不堪也。〔註56〕這類例子還有許多，不勝煩舉。

## （二）韋莊詞的中介詞使用

　　韋莊詞之語言風格質樸眞率，加以時間順序作爲全詞脈絡，又或者前後句之間有明顯的發展關係，故順暢自然，即使不以先後順序爲全詞脈絡，亦多於詞中點明，故而脈絡清晰。溫詞的意象稠密，意象之間的中介常常被省去，因而顯得緊密，一句詞裡包含多層意思；而韋詞恰好相反，意象之間常借中介拉拔關係，且多句一意或一句一意，使句意顯得疏鬆，韋莊詞明白如話，是因爲多使用中介詞如虛詞等以應照相續，以交代前後關係，或補充說明，或緩和閱讀時的語氣，使敘述更清楚。《詞苑萃編》說明詞比詩更需要虛字的原因：

　　　詞與詩不同，詞之句語兩字、三字、四字至七八字者，若
　　　惟疊實字，讀之且不通，況付雪兒乎。合用虛字呼喚，一
　　　字如正、但、任、況之類，兩字如莫是、又還之類，三字

〔註56〕參考江聰平：《韋端己及其詩詞研究》(國立高雄師範大學國文學系
　　　博士論文，1997 年 6 月)，頁 237～238。

如更能消、最無端之類，卻要用之得其所。〔註57〕

詞因爲句式長長短短，有兩字、三字、四字到七八字的變化，若全用實字則窒礙凝重，難以歌唱，所以需要以虛字加以潤滑，通融實字間的連接，這樣虛字實字的交錯變化，適合女性演唱者的依呼哆喚，更因此能清楚的把錯綜雜亂的形象結合起來，使敘述順暢。韋莊使用附屬結構的虛字語詞較多，形成「敘述性」的線形發展，使得全詞在某序列的控制之中，幫助描述內容的順暢，使詞意朗朗有致。所謂附屬結構，是有不同的聯繫字詞，可以連接相異的時間或因果關係。〔註58〕不同於溫庭筠較多使用「並列法」，〔註59〕韋莊較多使用虛字來建構「附屬結構」，這些虛字有：

「又」：副詞，另外。表示某一動作、行爲或情況之外，另外引舉某一動作、行爲或情況，成爲轉折句。

> 欲上鞦韆四體慵，擬交人送又心忪，畫堂簾幕月明風（〈浣溪沙・欲上鞦韆四體慵〉之二）

> 半羞還半喜，欲去又依依。（〈女冠子・昨夜夜半〉之二）

> 君不歸來情又去，紅淚散霑金縷（〈清平樂・瑣窗春暮〉之五）

復，再；第二次。表示行爲動作的重複。

> 難相見，易相別，又是玉樓花似雪（〈應天長・別來半歲音書絕〉之二）

> 隔牆梨雪又玲瓏，玉容憔悴惹微紅。（〈浣溪沙・欲上鞦韆四體慵〉之二）

更加。表示動作、行爲或性狀的程度比從前更爲加深。

> 一閉昭陽春又春。（〈小重山・一閉昭陽春又春〉）

「欲」：副詞，將要、快要。表示動作、行爲或情況很快就要發

---

〔註57〕〔清〕馮金伯輯：《詞苑萃編》收於收於唐圭璋：《詞話叢編》（台北：新文豐書局，1988 年 2 月台一版）冊二，頁 1790。

〔註58〕孫康宜著，李奭學譯：《晚唐迄北宋詞體演進與詞人風格》（台北：聯經出版事業公司，1994 年），頁 54。

〔註59〕「並列法」指的是詞、句的排比。

生、出現，下句再補充說明事件過程。

　　花<u>欲</u>謝，深夜，月籠明（〈訴衷情‧燭燼香殘簾半卷〉之一）

　　春<u>欲</u>暮，滿地落花紅帶雨（〈歸國遙‧春欲暮〉之一）

　　春<u>欲</u>晚，戲蝶遊蜂花爛熳（〈歸國遙‧春欲晚〉之三）

　　獨上小樓春<u>欲</u>暮……魂夢<u>欲</u>教何處覓（〈木蘭花‧獨上小樓春欲暮〉）

　　凝情立，宮殿<u>欲</u>黃昏（〈望遠行‧欲別無言倚畫屏〉）

　動詞，想；打算；想要。助動字。後接受詞補充上面的語意。

　　<u>欲</u>去又依依（〈女冠子‧昨夜夜半〉之二）

　　<u>欲</u>上鞦韆四體慵（〈浣溪沙‧欲上鞦韆四體慵〉之二）

　　門外馬嘶郎<u>欲</u>別（〈清平樂‧鶯啼殘月〉之四）

　「卻」：助詞。了；得；著。助詞語使語氣和諧勻稱。

　　除<u>卻</u>天邊月，沒人知。（〈女冠子‧四月十七〉之一）

　副詞。倒；反而。表示動作、行為相反的發展。此副詞具有轉折意義，帶出下面的轉折分句。

　　如今<u>卻</u>憶江南樂，當時年少春衫薄。（〈菩薩蠻‧如今卻憶江南樂〉之三）

　　消息斷，不逢人，<u>卻</u>斂細眉歸繡戶。（〈木蘭花‧獨上小樓春欲暮〉）

　　不忍別君後，<u>卻</u>入舊香閨。（〈望遠行‧欲別無言倚畫屏〉）

　「莫」……「須」：莫，副詞。勿；不要。表示對動作、行為的禁制、告誡、勸阻。所以下一句就是「應該怎樣做」的分句，根據情況，敘述連貫而下。

　　未老<u>莫</u>還鄉，還鄉<u>須</u>斷腸（〈菩薩蠻‧人人盡說江南好〉之二）

　　「須」……「莫」：勸君今夜<u>須</u>沈醉，尊前<u>莫</u>話明朝事……

　　<u>須</u>愁春漏短，<u>莫</u>訴金杯滿（〈菩薩蠻‧勸君今夜須沈醉〉之四）

　　<u>須</u>勸！珍重意，<u>莫</u>辭滿（〈上行杯‧芳草灞陵春岸〉之一）

　　<u>須</u>愧！珍重意，<u>莫</u>辭醉（〈上行杯‧白馬玉鞭金轡〉之二）

判斷詞「是」是用來斷定人或事物的名稱、類別或屬性的；無論在文言或是現代漢語裏大都以名詞做謂語的主要成分，判斷詞加強敘述內容的準確性，幫助理解詞中內容。韋莊的判斷句多以「是」當作繫詞。如：

> 四月十七，正<u>是</u>去年今日。（〈女冠子·四月十七〉）
>
> 門外馬嘶郎欲別，正<u>是</u>落花時節（〈清平樂·鶯啼殘月〉）
>
> 難相見，易相別，又<u>是</u>玉樓花似雪（〈應天長·別來半歲音書絕〉）
>
> 歸時煙裏鐘鼓，正<u>是</u>黃昏，暗銷魂。（〈河傳·春晚〉）
>
> 霧薄雲輕，花深柳暗，時節正<u>是</u>清明，雨初晴（〈河傳·錦浦〉）

韋莊常用「時間」的附屬結構詞，「時」指「時候」的意義，說明當時那段時間所發生的事，明白指出事件發生的時間。例如：

> 人灼灼，漏遲遲，未眠<u>時</u>。（〈定西番·挑盡金燈紅燼〉）
>
> 四月十七，正是去年今日。別君<u>時</u>（〈女冠子·四月十七〉）
>
> 昨夜夜半，枕上分明夢見。語多<u>時</u>（〈女冠子·四月十七〉）
>
> 殘月出門<u>時</u>，美人和淚辭（〈菩薩蠻·紅樓別夜堪惆悵〉）
>
> 記得那年花下，深夜，初識謝娘<u>時</u>。（〈荷葉杯·記得那年花下〉）

孫康宜說若連接詞化於詩詞之中，每能「引發邏輯或時序之感」，讀者也會覺得全詩正在「某序列的控制之中」，使詞意自然朗現、一氣呵成，敘說上自成整體：

> 詞人寫出來的若是這種前後照應的相續句，則序列結構的效果立即顯現。如果能深入使用示意字，詳陳某時地與人物，則詞意自然外現，朗朗有致。〔註60〕

這些時間語詞的明確用語，讓我們迅速進入作者所營造的場景，使我們較快掌握詞境，所以韋莊詞的流暢是善於用中介的附屬結構敘述方式。

---

〔註60〕 孫康宜著，李奭學譯：《晚唐迄北宋詞體演進與詞人風格》（台北：聯經出版事業公司，1994 年），頁 58。

## 三、詩詞皆有紀實特色

　　康有爲曾說杜甫「上念君國危，下憂黎民病，中間痛身世，慷慨傷蹉跎」〔註61〕這句話也足以形容韋莊詩的情感，韋莊詩歌思想涵容極大，「夫詩之道甚大：一人之性情，天下之治亂，皆所藏納」，〔註62〕創作上反映社會問題、關懷民生疾苦，正是蘊含著「史詩」精神。中國史家的敘事藝術，是審愼的遣辭用字，不以文字而失去史實之眞；委婉的窮原竟委，不以既往的沉跡而失去詞章之美；文求其約，在省筆墨；事求其豐，在垂往事；而華質適中，是史筆點竄之奇；文直事核，乃鑑擇去取之功。〔註63〕韋莊所寫詩作詩歌中含有極大的家國情感、社會責任，也正發揚了敘事詩的光芒，這個史傳系統，爲晚唐所承襲，所以楊世明先生品題韋莊爲「傷時憂生的清麗詩人」。〔註64〕

　　在唐五代詞人中，韋莊詞的寫情記實，頗具特色，〔註65〕與其詩的寫實方式相關，詩詞有感事性、時地性、情節性的特色。

### （一）具感事性

　　韋莊詩的紀實感時性濃厚，由於詩人始終懷慮國家命運、人民的安危，親眼目睹「魚爛鳥散、人煙斷絕」的嚴酷現實，才能以一種嚴肅認眞的創作態度，比較客觀的描述當時動亂帶來的家破人亡、田園

〔註61〕 康有爲〈避地檳榔嶼不出，日誦杜詩消遣〉
〔註62〕 黃宗羲：〈南雷詩歷題辭〉，《南雷集·南雷詩歷》文學類，見《叢書集成新編》（北京：中華書局，1985年，臺二版）冊2290，頁620。
〔註63〕 「中國史家敘事，最能將歷史萬象，鉅細托出，無遺無漏。初視之，像是『瑣碎餖飣』，細稽之，卻盡是往史的剪影。舉目世界，未有如中國史家敘事如此詳盡者。此無他，與中國博大的史學體例有關。中國史學體例，編年之外，有紀傳，紀傳之外，有記事本末。」杜維運：《與西方史家論中國史學》（台北：東大圖書有限公司，1981年8月）第三章與西方正統史家論中國史學，頁95。
〔註64〕 參考楊世明：《唐詩史》（重慶：重慶出版社，1996年10月）第四編第二章第二節，頁689～695。
〔註65〕 參考王兆鵬：《宋南渡詞人群體研究》（台北：文津出版社，1992年3月三版），頁276。

荒蕪、荊榛蔽野的社會現實。尤其〈秦婦吟〉更是感人肺腑，描寫黃巢軍前鋒抵進長安，僖宗倉皇出逃，城中秩序大亂的情景，朝士們「如癡如醉」地失去了主張「南鄰走入北鄰藏，東鄰走向西鄰避。北鄰諸婦咸相湊，戶外崩騰如走獸。轟轟崑崑乾坤動，萬馬雷聲從地湧。火併金星上九天，十二官街煙烘焻。」這悲慘世界正是當時的狀況。其他詩作如〈雨霽晚眺〉：「仍聞關外火，昨夜徹皇都」、〈立春日作〉：「九重天子去蒙塵，御柳無情依舊春。」、〈賊中與蕭韋二秀才同臥重疾二君尋愈余獨加焉恍惚之中因有題〉：「與君同臥疾，獨我漸彌留。弟妹不知處，兵戈殊未休」、〈重圍中逢蕭校書〉：「底事征西將，年年戍洛陽」、〈又聞湖南荊渚相次陷沒〉：「幾時聞唱凱旋歌，處處屯兵未倒戈。天子只憑紅斾壯，將軍空恃紫髯多。」、〈洛陽吟〉：「胡騎北來空進主，漢皇西去竟昇仙。」、〈喻東軍〉：「四年龍馭守峨嵋，鐵馬西來步步遲。」等等，都是對當時黃巢亂象的描寫。

　　韋詞一些感傷感事之篇，不像溫詞只是抒發人類共通共有的情感，而是緣現實事件而發、書寫自我情感。如韋莊的〈清平樂〉第一首就是唐僖宗中和元年辛丑（881）有感於黃巢入長安、僖宗西幸興元、而自己滯留長安不得出而作。詞說「盡日相望王孫，塵滿衣上淚痕。誰向橋邊吹笛，駐馬西望銷魂」便可與同年所作〈辛丑年〉詩：「西望翠華殊未返，淚痕空濕劍文班。」相印證。〔註66〕

　　即使寫男女之間的相思情愛，韋莊詞也不同於溫詞的擬情造境，而實寫自我的悲歡離合，如〈荷葉杯〉二首似為悼亡姬之作、〈女冠子〉（四月十七）、（昨夜夜半）二首、〈浣溪沙〉（清曉妝成寒食天）、（欲上鞦韆四體慵）、（惆悵夢餘山月斜）、（綠樹藏鶯鶯正啼）、（夜夜相思更漏殘）五首等，皆源於自我愛情經歷中的真實情感，故寫的真切具體。

---

〔註66〕　參考夏承燾：〈韋端己年譜〉《唐宋詞人年譜》（台北：明倫出版社，1970年12月初版），第9頁；施蟄存：〈讀韋莊詞札記〉《詞學論稿》（上海：華東師範大學出版社，1986年版），頁129。

## （二）時地性

韋莊詩絕大部分確實是寓目緣情，因事而發，紀實特色之一是時間地點的具體描述。〈秦婦吟〉一開頭「中和癸卯春三月，洛陽城外花如雪。東西南北路人絕，綠楊悄悄香塵滅。……」韋莊一開頭，首先講述它在什麼時間什麼地點什麼樣的場景中，見到詩中的女主角。又〈送李秀才歸荊溪〉：「八月中秋月正圓，送君吟上木蘭船。」也點名送別時間在中秋，地點在江邊送君上船。〈鄠杜舊居〉：「卻到山陽事事非，穀雲谿鳥尚相依。阮咸貧去田園盡，向秀歸來父老稀。」寫回到杜陵樗社的地方。〈信州溪岸夜吟作〉：「夜倚臨溪店，懷鄉獨苦吟」首明在信州溪岸懷鄉之作等等詩作，都具時地性。

韋莊詞常常點明詞作情事所發生的時間、地點，具有顯明的紀實性，與詩的敘述方式相同。〈女冠子〉（四月十七）：「四月十七，正是去年今日。別君時，忍淚佯低面，含羞半斂眉　　不知魂已斷，空有夢相隨。除卻天邊月，沒人知。」一開頭把時間交代的那樣具體，是敘述體極端的例證，其他如〈清平樂〉第三首寫「蜀國多雲雨」，〈河傳〉之二（春晚）：「春晚，風暖，錦城花滿」〈河傳〉之三（錦浦）：「錦浦，春女，繡衣金縷。」、〈怨王孫〉：「錦里，蠶市，滿街珠翠。」描繪成都的市井風情，有顯明的地域性。

## （三）情節性

韋莊詩的情節完整可以〈秦婦吟〉一詩當作代表，〈秦婦吟〉這首詩以公元八七五年的黃巢起義為題材，通過一個流落在外的秦婦的泣訴，反映了一場社會動亂帶來的苦難情景。從故事情節來看，本詩是用八個片斷組成的，一是義軍入城，二是秦婦被補，三是黃巢稱帝，四是長安絕糧，五是秦婦逃難，六是金天神訴苦，七是陝州、蒲津主帥護兵自守，八是新安東老翁的控訴。詩人在敘述之前，先佈置了一個場面，時間是「陽春三月」地點是「洛陽城外」的「綠楊蔭下」，人物是詩人和婦人，通過問答對話的形式，引出秦婦的回憶，將八個

片段一個個倒敘出來。婦女由回憶當時黃巢未入長安時生活的倒敘法開始。以前的敘事詩，如《詩經》的〈氓〉、〈谷風〉、〈生民〉，樂府詩中的〈焦仲卿妻〉、〈木蘭詩〉，蔡琰的〈悲憤詩〉，白居易的〈長恨歌〉、〈琵琶行〉等名作，從結構上來看都沒有打破順序描寫的常規，因此這樣的新奇結構，在敘事詩上市是個創舉。〔註67〕且全詩細節描寫真實生動。詩人從千頭萬緒、紛繁博雜的社會現象中，擷取那些富於表現力，又能反映事物本質和人物精神面貌的細節，取得強烈的藝術效果。如通過「長戈擁得上戎車」的東鄰女，「紅粉香脂刀下死」的西鄰女，「女兒女弟同入井」的南鄰女和「梁上懸尸已作灰」的北鄰少婦等具有典型意義的細節描寫，細膩真切的表現婦女們在動亂中的悲慘遭遇。

　　韋莊詞也通過具體的活動、事件來寫男女兩性的悲歡離合。韋莊〈菩薩蠻〉：「紅樓別夜堪惆悵，香燈半卷流蘇帳。殘月出門時，美人和淚辭　琵琶金翠羽，弦上黃鶯語。勸我早歸家，綠窗人似花。」將離別的地點──紅樓，時間──殘月夜，環境──室內香燈高照和流蘇帳半捲等一一寫明，離別雙方的外貌「美人和淚辭」彈著琵琶，我聽著琴聲，彷彿是勸我早歸家，不忍離去，彷彿一曲獨幕劇，時、地、人、事、場景、過程都具體完整，富有情節性的離別場景。韋莊的〈荷葉杯〉：「記得那年花下，深夜，初識謝娘時。水堂西面畫簾垂，攜手暗相期　惆悵曉鶯殘月，相別，從此隔音塵。如今俱是異鄉人，相見更無因。」相識的地點──花下、時間──那年深夜、環境──水堂西面畫簾垂，相別的時間──曉鶯殘月，思念的時間──今日，地點──在異鄉，描寫詩人回想起在異鄉相識的謝娘，當時相別時感到惆悵萬分，如今卻身為異鄉人，連見面都是難事，不免更為消沉。

---

〔註67〕韋莊以對話倒敘的方式，創造性的打破了以前我國文學中一般故事　　　體平鋪直敘的常規，寫出了這首長篇史詩，表現了深廣的社會內容。　　　參考李讓白、安克環：〈試談《秦婦吟》〉收錄在《秦婦吟研究彙錄》　　　（上海：上海古籍出版社，1990 年 7 月第一次印刷），頁 188。

時、地、情節交代的非常清楚，且以倒敘造成懸念，由記得當時之事開頭，掀起故事的波瀾，使文章結構富有變化，〔註68〕而且強調了結果，為全文奠定了感情基調，此種回憶式倒敘法，反映出作者的沉痛心情。與其詩〈秦婦吟〉的倒敘法相同。

## 第四節　韋莊詩詞語詞的空間比較

在研究韋莊詞的語言意象使用中，發現詞中語彙的構成特點，大多與室內器物、空間擺設有關，基於此，觀察韋莊詩的語彙卻不然，因此由空間角度切入探究韋莊詩詞語言的使用。

### 一、韋莊詩詞的空間性質

空間是凡有事物、現象所存在的場所，也是人具體生活的場所。就文學創作的空間書寫而言，呈現在作品中的空間，作者可依其主體意願，含容、參與且直接關懷，賦予自我價值的投射和造型〔註69〕，「空間經驗其實不只於感官知覺，而是『全面的、整體地涵蘊了所有感覺記憶』。人們在其間參與、遊賞，即是進行所謂空間的『身體書寫（writing in body）』」。〔註70〕晉人陸機在〈文賦〉中說：「觀古今於須臾，撫四海於一瞬。……籠天地於形內，挫萬物於筆端。」〔註71〕文章情感的興發，與人所生存的空間所給予的影射大有關係，古今、天地、四海、

---

〔註68〕 敘述即是對事件、人物和環境做概括性的或具體的說明和交代的技法。敘述的作用在於介紹事件發生的時間、地點和發展過程，介紹人物的經歷和事蹟，或者人物活動背景，以揭示事理或為議論說理提供充足的事實。見成偉鈞、唐仲揚、向宏業：《修辭通鑒》（台北：建宏出版社，1996年），頁1049。

〔註69〕 詳見潘朝陽：〈現象學地理學——存在空間的一個詮釋〉，收在《中國地理學會會刊》第十九期（1991年7月），頁82、73～74。

〔註70〕 詳參李謁政〈九份的空間美學〉，《當代》105期「空間專輯」（1995年1月），頁40～42。

〔註71〕 （晉）陸機：《陸士衡集》見《叢書集成初編》，（北京：中華書局，1985年北京新一版）第1842冊《陸士衡集》，頁1～2。

萬物的須臾變化讓多情的人類，啓發感觸良深的契機。經過詩人情感浸透的時空，是一種詩化的心理時空，雖然必要受到客觀時空規律的制約，如空間具有的長、寬、高三個方向的三維性，但在人類心理的藝術想像中，它表面上不符合生活中實存的眞實，卻創造一個忠於審美感情的時空情境，表現詩人靈動的感觸，正如璧華所說：「經過人的心靈所映照出的空間──人化或藝術化了的空間，它跳躍著生命的律動，煥發出斑駁陸離的光彩，充滿詩意的美。」〔註72〕

詩的時空，是詩美學的一個十分重要的領域，由詩詞的時空設計觀察，可以掌握詩詞運用素材的不同。黃永武先生在《中國詩學》中說：「研究詩的時空設計，在中國詩歌裏特別重要，因爲詩的素材，不外時、空、情、理，中國詩裏的理，是一種『別趣』；中國詩裏的情，往往高度複雜而縱橫鉤貫於時空之間，藉著自然時空的推移忽隱忽現。人與自然時空是那樣奇妙地融合無間，情感與哲理，不喜歡脫離時空景象，去作純粹的摹情說理，每每透過時空實象的交互映射予以形象化。因此可以說，時空設計，是中國詩裏最重要的環節。」〔註73〕

傳統中國居室有內外之別相當清楚：以堂屋後楣四分之一以後或後來的中門來劃分內外，內則爲女子活動範圍而成爲女性空間，外則爲男子活動範圍而爲男性空間。因此，男女性空間的存在本身也構成了男女性別在文化區辨上的基礎之一。同時，這種空間的構成也開始限制男女的活動，如「婦人無故不窺中間」，「男僕非有繕修及有大故不入中門；入中門，婦人必避之」等。甚至「外部的話不傳到內部，內部的話也不傳到外部，男子不談說內部的事情，女子也不談外部的事情」。〔註74〕中國文化中對於男女人格發展的塑模與安排，顯然是

〔註72〕 璧華：《意境的探尋》（香港：天地圖書，1984年），頁22。
〔註73〕 黃永武：《中國詩學設計篇》（台灣：巨流圖書公司，1976年），頁43。
〔註74〕 參考黃應貴：〈導論──空間、力與社會〉，黃應貴主編：《空間、力與社會》（臺北：中央研究院民族研究所，1995年12月），頁11～12。

以男性的外向擴張的「離心型」與女子的內向收斂的「向心型」形成
對立。〔註75〕「對男人來說，『社會成就』與『愛情』差不多是同一
件事，因為想要愛情就得取得某種程度的社會成就……女人，則不
然。『社會成就』與『愛情』不但是兩回事，而且是互相牴觸的兩回
事」。〔註76〕男性在公領域中尋求其理想目標，而香閨蘭房的情愛追
求並非其目標。女子的活動空間則以在室內為主，營造男性肯再次造
訪、醞釀愛情的私密空間。詩與詞所描寫的主角不同，故所著重空間
的安排也成為離心型與向心型的不同。以下分析詩詞的空間性質：

## （一）韋莊詩多所在空間

　　唐朝以功名取仕，能「雁塔題名，曲江賜宴，名園探花，是有唐
一代文人心目中最榮耀的事情。」〔註77〕這種強烈的功名慾望，在政
局變動，民生凋敝中，遭遇政局失敗的挫折、理想無法實現之時仍然
驅使著韋莊。韋莊詩的空間，如果依造活動性質區分，可粗略分為居
處、所在、遙想空間等三類。居處環境為生活居住場所，所在空間為
現實奔走登臨之地，遙想空間為理想之地，其中所在空間佔最多。

　　居處空間是詩人平日生活的主要場所，然韋莊甚少在詩中表達出
安定、歸屬、家的感覺。韋莊詩中極少言及居處空間（見表一），有
限敘述的居處情境，又似乎是在異地暫時的居住地，故呈現出孤獨、

---

〔註75〕　參考蔡祝青：《明末清初小說中男女扮裝之性別與文化意義》（國立
　　　　　南華大學文學研究所碩士論文，2001 年），頁 35。

〔註76〕　在父權框架下，男人的情欲驅力強化了他的成就動機。女人的情欲
　　　　　驅力卻摧毀她的成就動機，強化她的依賴意識、次等意識、被保護
　　　　　意識。在這個框架下，女人「變成異性戀」不只意味著在愛情關係
　　　　　「裡面」受制於男人，更意味著：即使她還在「外面」，也得低著頭，
　　　　　否則她就沒辦法進到任何一個愛情關係「裡面」。參考張娟芬：〈「人
　　　　　盯人」式的父權〉收錄在顧燕翎、鄭至慧主編：《女性主義經典——
　　　　　十八世紀歐洲啟蒙，二十世紀本土反思》（台北：女書文化，1999
　　　　　年），頁 50。

〔註77〕　見簡政珍：《詩的瞬間狂喜》（台北：時報文化出版公司，1991 年 9
　　　　　月），頁 79。

思鄉、憶家的面相。韋莊詩中很少感覺對於專屬空間的「擁有」和「掌握」，對於居處空間多是寄宿借住的暫時休憩。

## 表一：韋莊詩中的居處空間

| 名　稱 | 相　關　詩　句（例舉） |
|---|---|
| 庭 | 馬上正吟歸去好，覺來江月滿前庭。（〈夢入關〉）、爲憶長安爛熳開，我今移爾滿庭栽。（〈庭前菊〉）、何事愛留詩客宿，滿庭風雨竹蕭騷。（〈南省伴直〉） |
| 堂 | 庭前芳草綠於袍，堂上詩人欲二毛。（〈語松竹〉） |
| 門 | 出門雞未唱，過客馬頻嘶。〈早發〉、門外寒光利如劍，莫推紅袖訴金船。（〈對雪獻薛常侍〉） |
| 居舍 | 階前雨落鴛鴦瓦，竹裏苔封蟋蜮橋。莫問此中銷歇事，娟娟紅淚滴芭蕉。（〈過舊宅〉） |

所在空間（見表二），即當時奔走之地，韋莊汲汲奔走的目的主要原因是爲逃難與追求用世的機會，這一部分佔韋莊詩集的大部分。韋莊的性格是自然率性、沒有機心的，傳統文人觀念，如孔子所說的：「志於道，據於德，依於仁，游於藝」(《論語‧述而》)韋莊以樸實守眞的態度謹守正道而行，在遭遇黃巢災難的惡劣迫害後，流離到長安、洛陽、江南以及蜀等地，經歷了一番波折逃離，詩人對困苦的烝民百姓，寄與同情，對局勢的轉變，付出關切，也感嘆自身一事無成。詩的空間是配合其心境而淒迷蕭索的，不是黃昏、就是濛雨，描寫的風俗事物也憊憊不振。至於描述四川蜀地，則多是奉和郎中之作，一樣具有懷鄉和人生的遲暮感。

## 表二：韋莊詩中的所在空間

| 名　稱 | 相　關　詩　句（例舉） |
|---|---|
| 咸陽縣樓<br>（陝西省） | 亂雲如獸出山前，細雨和風滿渭川。盡日空濛無所見，雁行斜去字聯聯。〈登咸陽縣樓望雨〉<br>獨尋仙境上高原，雲雨深藏古帝壇。天畔晚峰青簇簇，檻前春樹碧團團。參差郭外樓臺小，斷續風中鼓角殘。一帶遠光何處水，釣舟閑繫夕陽灘。〈登漢高廟閒眺〉 |
| 清河縣樓<br>（河北） | 有客微吟獨憑樓，碧雲紅樹不勝愁。盤鵰迥印天心沒，遠水斜牽日腳流。千里戰塵連上苑，九江歸路隔東周。故人此地揚帆去，何處相思雪滿頭。〈清河縣樓作〉 |

| 洛　陽 | 萬戶千門夕照邊，開元時節舊風煙。(〈洛陽吟〉)<br><br>魏王堤畔草如煙，有客傷時獨扣舷。妖氣欲昏唐社稷，夕陽空照漢山川。千重碧樹籠春苑，萬縷紅霞襯碧天。家寄杜陵歸不得，一迴回首一潸然。(〈中渡晚眺〉)<br><br>十畝松篁百畝田，歸來方屬大兵年。巖邊石室低臨水，雲外嵐峰半入天。鳥勢去投金谷樹，鐘聲遙出上陽煙。無人說得中興事，獨倚斜暉憶仲宣。(〈洛北村居〉) |
|---|---|
| 河　南 | 阮氏清風竹巷深，滿溪松竹似山陰。門當谷路多樵客，地帶河聲足水禽。閒伴爾曹雖適意，靜思吾道好霑襟。鄰翁莫問傷時事，一曲高歌夕照沈。(〈河內別村業閒題〉)<br><br>琴堂連少室，故事即仙蹤。樹老風聲壯，山高臘候濃。雪多庭有鹿，縣僻寺無鐘。何處留詩客，茆簷倚後峰。(〈潁陽縣〉)<br><br>秋煙漠漠雨濛濛，不卷征帆任晚風。……卻到故園翻似客，歸心迢遞秫陵東。(〈自孟津舟西上雨中作〉)<br><br>二十四橋空寂寂，綠楊摧折舊官河。(〈過揚州〉) |
| 江西省 | 四顧無邊鳥不飛，大波驚隔楚山微。紛紛雨外靈均過，瑟瑟雲中帝子歸。(〈泛鄱陽湖〉)<br><br>楊花慢惹霏霏雨，竹葉閒傾滿滿杯。欲問維揚舊風月，一江紅樹亂猿哀。〈章江作〉 |
| 浙江省 | 南去又南去，此行非自期。一帆雲作伴，千里月相隨。浪迹花應笑，衰容鏡每知。鄉園不可問，禾黍正離離。(〈南遊富陽江中作〉) |
| 湖南省 | 千重煙樹萬重波，因便何妨弔汨羅。楚地不知秦地亂，南人空怪北人多。臣心未肯教遷鼎，天道還應欲止戈。否去泰來終可待，夜寒休唱飯牛歌。(〈湘中作〉) |
| 三堂(河南府靈寶縣) | 獨倚危樓四望遙，杏花春陌馬聲驕。池邊冰刃暖初落，山上雪稜寒未銷。溪送綠波穿郡宅，日移紅影度村橋。主人年少多情味，笑換金龜解珥貂。〈三堂早春〉 |
| 蜀　地 | 錦江風散霏霏雨，花市香飄漠漠塵。今日尚追巫峽夢，少年應遇洛川神。〈奉和左司郎中春物暗度感而成章〉<br><br>天畔峨嵋簇簇青，楚雲何處隔重扃。〈奉和觀察郎中春暮憶花言懷見寄四韻之什〉 |

　　遙想空間，指的是未曾親臨，但以遙瞻遠眺（或加上耳聞）所及為述寫的對象，即在登臨下所被瞻望的空間。韋莊詩中的遙想空間以長安帝鄉為主，長安對韋莊來說是家鄉，也是實現志業的帝都，每年的科舉應考就是吸引韋莊回長安的動力，長安是韋莊人生中的根源地、中心點。瞻望長安時，韋莊一方面擔心敵寇重圍，長安氣數將盡，一方面對於回歸長安卻有著深深的期待，這種矛盾的心理交織在深層的隱憂中，而有少數因厭倦亂世，而欲想歸隱山中的詩作。

## 表三：韋莊詩中的遙想空間

| 名　稱 | 相　關　詩　句（例舉） |
|---|---|
| 長安 | 洛岸秋晴夕照長，鳳樓龍闕倚清光。玉泉山淨雲初散，金谷樹多風正涼。席上客知蓬島路，坐中寒有柏臺霜。多慚十載遊梁士，卻伴賓鴻入帝鄉。（〈和集賢侯學士分司丁侍御秋日雨霽之作〉） |
| 長安 | 嫖姚何日破重圍，秋草深來戰馬肥。已有孔明傳將略，更聞王導得神機。陣前鼙鼓晴應響，城上烏鳶飽不飛。何事小臣偏注目，帝鄉遙羨白雲歸。（〈聞官軍繼至未睹凱旋〉） |
| 長安 | 望闕路仍遠，子牟魂欲飛。道開燒藥鼎，僧寄臥雲衣。<br>故國饒芳草，他山挂夕暉。東陽雖勝地，王粲奈思歸。（〈婺州和陸諫議將赴闕懷陽羨山居〉） |
| 長安 | 西望長安白日遙，半年無事駐蘭橈。欲將張翰秋江雨，畫作屏風寄鮑照。（〈江行西望〉） |
| 長安 | 帶雨晚駝鳴遠戍，望鄉孤客倚高樓。（〈綏州作〉） |
| 楚鄉 | 斜風細雨江亭上，盡日憑欄憶楚鄉。（〈題貂黃嶺官軍〉） |

## （二）韋莊詞多居處空間

　　韋莊詞以居處空間為主要活動地點。以下依活動性質可分為居處空間、所在空間、遙想空間。

　　居處空間是屬於平日生活的空間，詞中的居處空間大多屬於女子的私密空間，少數描寫杯觥之間的餞別場景。閨房、庭院、閣樓這三個空間主要是室內女主人的活動場景，這三種空間時而分立，時而相連，構成了女性存在與活動的主要場域。這些與女性共同等待情人的空間，大多具有美麗的裝飾物、金紅玉翠的炫目奪光，應是酒樓妓院的描述。

## 表一：居處空間

| 名　稱 | 相　關　詩　句（例舉） |
|---|---|
| 閣樓 | 鐘鼓寒，樓閣暝，月照古桐金井。（〈更漏子·鐘鼓寒〉）、鶯啼殘月，繡閣香燈滅。（〈清平樂·鶯啼殘月〉之四） |
| 畫堂 | 咫尺畫堂深似海，憶來惟把舊書看，幾時攜手入長安。（〈浣溪沙·夜夜相思更漏殘〉之五）、閒掩翠屏金鳳，殘夢，羅幕畫堂空。（〈荷葉杯·絕代佳人難得〉之一）、柳球斜嫋間花鈿，卷簾直出畫堂前（〈浣溪沙·清曉妝成寒食天〉之一）、欲上鞦韆四體慵，擬交人送又心忪，畫堂簾幕月明風（〈浣溪沙·欲上鞦韆四體慵〉之二） |

| | |
|---|---|
| 蘭房 | 不知今夜，何處深鎖蘭房，隔仙鄉〈怨王孫‧錦里（與河傳、月照梨花二詞同調）〉、髻鬖狼藉黛眉長，出蘭房，別檀郎。（〈江城子（一名水晶簾）‧髻鬖狼藉黛眉長〉之二） |
| 庭 | 芳草叢生縷結，花艷豔，雨濛濛，曉庭中。（〈定西番‧芳草叢生縷結〉之二）、深院閉，小庭空，落花香露紅（〈更漏子‧鐘鼓寒〉）繞庭芳草綠，倚長門。萬般惆恨向誰論？（〈小重山〉） |
| 居舍 | 繡衾香冷懶重熏，人寂寂，葉紛紛，纔睡依前夢見君。（〈天仙子‧蟾彩霜華夜不分〉之三） |
| 妓戶 | 霞裙月帔一群群，來洞口，望煙分，劉阮不歸春日曛。（〈天仙子‧金似衣裳玉似身〉之五） |
| 門外 | 門外馬嘶郎欲別，正是落花時節（〈清平樂‧鶯啼殘月〉之四） |
| 酒樓 | 芳草灞陵春岸，柳煙深，滿樓弦管。……今日送君千萬，紅縷玉盤金鏤盞。（〈上行杯‧芳草灞陵春岸〉之一）<br><br>惆恨異鄉雲水，滿酌一杯勸和淚。（〈上行杯‧白馬玉鞭金轡〉之二） |

　　詞的所在空間，以遊賞玩樂的性質為主要。韋莊詞大多是描寫室內居處空間，就算是描寫戶外空間，也大多是以女子為主體。如描寫其暮春出遊時女子的孃娜多姿。尤其蜀勝地，其地之太平安樂，令晚年安身此地的韋莊身心愉悅，是韋莊詞中直寫春遊的地方。暮春時節蜀地錦城花團錦簇，游女魚貫而出，男男女女狎暱相遊，至風景美麗的地方賞花，一片春風洋溢，處處歡樂。就連錦城市集的街頭，韋裝著眼在女子的繁華裝飾，也襯托出市集的盛大隆重。另外也有描寫樓上簇擁著美人爭看街頭上放榜時的盛況和舉子們的得意神態。

## 表二：所在空間

| 名　稱 | 相　　關　　詩　　句（例舉） |
|---|---|
| 蜀地美景處 | 春晚，風暖，錦城花滿。狂殺遊人，玉鞭金勒尋勝（〈河傳‧春晚〉之二）錦浦，春女，繡衣金縷。霧薄雲輕，花深柳暗，時節正是清明，雨初晴（〈河傳‧錦浦〉之三）<br><br>何處遊女，蜀國多雲雨。雲解有情花解語，窣地繡羅金縷妝成不整金鈿，含羞待月鞦韆。住在綠槐陰裏，門臨春水橋邊。（〈清平樂〉）<br><br>碧沼紅芳煙雨靜，倚蘭橈。垂玉佩，交帶，嫋纖腰。鴛夢隔星橋，迢迢。越羅香暗銷，墜花翹。（〈訴衷情〉） |
| 街 | 人洶洶，鼓冬冬，襟袖五更風。大羅天上月朦朧（〈喜遷鶯（即鶴沖天）‧人洶洶〉之一）、街鼓動，禁城開，天上探人回。……家家樓上簇神仙，爭看鶴沖天。（〈喜遷鶯（即鶴沖天）‧街鼓動〉之二）、錦里，蠶市，滿街珠翠。（〈怨王孫（與河傳、月照梨花二詞同調）‧錦里〉） |

遙想空間，則是韋莊在詞中回憶當時在江南或洛陽的風光少年時光。

表三：遙想空間

| 名　稱 | 相　關　詩　句（例舉） |
|---|---|
| 江南 | 如今卻憶江南樂，當時年少春衫薄。騎馬倚斜橋，滿樓紅袖招（〈菩薩蠻・如今卻憶江南樂〉之三） |
| 洛陽 | 洛陽城裏春光好，洛陽才子他鄉老。柳暗魏王堤，此時心轉迷（〈菩薩蠻・洛陽城裏春光好〉之五） |

綜上觀察詩詞中的空間性質，發現韋莊詩多所在空間，也就是離心型空間，韋莊詞多居處空間，也就是向心型空間。韋莊詩能呈現長期接觸，情感融入的地方和殿閣，大江南北是他前半生活的主要場所，有明顯的地方感，長安則是理想的認同，是實現個人價實現的可能，因而努力與之相應。韋莊詞則是描寫女性的居處空間，多半是記憶的複寫或虛幻的假設，固定的居室空間，主人卻總是在等待，似無從找到心理的歸屬，屋內似乎只居住虛無飄渺的軀殼。

而詞中少部分出現的空間場景，如江南水鄉，〈菩薩蠻〉（如今卻憶江南樂）或都城市井，如〈喜遷鶯〉或蜀地市集，如〈怨王孫〉（錦里），在韋莊詩中都可見，如描寫江南之地的詩有，〈潁陽縣〉〈南游富陽江作〉〈湘中作〉〈三堂早春〉等，描寫都城市井，如〈放榜日作〉「一聲天鼓闢金扉，三十仙材上翠微。」描寫蜀地，如〈奉和左司郎中春物暗度感而成章〉「錦江風散霏霏雨，花市香飄漠漠塵。今日尚追巫峽夢，少年應遇洛川神。」、〈奉和觀察郎中春暮憶花言懷見寄四韻之什〉：「天畔峨嵋簇簇青，楚雲何處隔重扃。」〈傷灼灼〉下注「灼灼，蜀之麗人也。近聞貧且老，殂落于成都酒市中，因以四韻弔之」韋莊應在四川成都時所作才得聞灼灼之事。但韋莊詩著力於對當時人民困苦生活、社會不安的描寫，因此韋莊詩中關中洛陽的北地描寫、江南水鄉的南方敘述，總不離開憂患意識。

## 二、詩詞語境意向的呈現

詩詞間的時空境界及其表現手法極其不同，時間與空間是兩個非常抽象的概念，我們能覺知它們的存在，主要是具體物象的引導，韋莊詩多展現離心型的空間路線、韋莊詞多向心型的空間，以下分述詩詞所形成的語境意向。

### （一）韋莊詩多離心型的現實空間——壓迫與遙望

「家」原本是人最親切的場所，象徵著接納與歸屬，是人們休息、停泊的港灣，也是人積存動力的來源。居家的經驗是建立在「著根」、「歸屬」、「更新」、「輕鬆」、「溫馨」。「家」同時含具了神聖和歸屬感，是人存有的根基所在（rooted place）〔註78〕反之，未能在家安身立命，缺失了這五個屬性，則人身心得不到歸宿，而漂流於大地。韋莊詩中的空間是開放的、外出的，在他的詩中很少提到「家」的「居處空間」，而是紀錄漂流的、豐富旅程的山水空間，現實的壓力被迫詩人汲汲尋求達成理想的方法，故韋莊詩多離心型的空間，多行道中而作，詩中留下長安北原、洛陽、江南、蜀地等足跡。詩中語境意向的呈現如下：

### 1、開放、現實的山水畫面

韋莊詩多以記傳式方法紀錄行程，他的生活在遭遇黃巢之亂後，描寫行旅的空間中，側重的是人的活動和人的感受，以反映人類憂患、騷動與希冀的人文精神爲主，詩所投射出來的空間世界，就是一

---

〔註78〕見潘朝陽：〈空間・地方觀與「大地具現」暨「經典訴說」的宗教性詮釋〉《中國文哲研究通訊》第十卷第三期（2000年9月）五、「家與居家的存在空間意蘊」，頁179。二次大戰後，地理學空間典範的轉移的論爭，充分地反映了哲學思辯的洶湧波濤；人文主義地理學乃是其中異軍突起的重要派別，有別於傳統地理典範輕忽主體彰顯的人或將主體人加以客體性物化之傾向，人文主義地理學以人之主體存有爲地表空間的核心，亦即以之爲地理學的核心，這樣的空間詮釋典範拓深了當代地理學的哲學深度，使其提升至與其它重要學術領域相等的層次，共同參與人類的空間討論和構劃而毫無遜色。

個活生生的現實世界。在各地旅遊時所作的詩,皆大部分敘述人事經歷,而只有一兩句自然山水的鋪陳,如〈湘中作〉:「千重煙樹萬重波,因便何妨吊汨羅。楚地不知秦地亂,南人空怪北人多。臣心未肯教遷鼎,天道還應欲止戈。否去泰來終可待,夜寒休唱飯牛歌。」只有首句「千重煙樹萬重波」描寫自然空間的景色,且千重與萬重的視野界是伸展廣闊的,似流離多方之後,看盡江邊煙樹與湖中波濤,具有歷盡滄桑之感。又如〈過揚州〉:

> 當年人未識兵戈,處處青樓夜夜歌。花發洞中春日永,月明衣上好風多。淮王去後無雞犬,煬帝歸來葬綺羅。二十四橋空寂寂,綠楊摧折舊官河。

以描寫揚州人事上的今昔變化為主,當時青樓夜夜笙歌,到處花開燦爛,春風拂衣,明月高照,何等風光。此地曾有淮南王得道時,舉家升天,畜產皆仙,犬吠於天上,雞鳴於雲中,何等消遙的事蹟流傳,可是經歷時間的琢練替汰之後,這個聚眾旺地卻漸漸成為曠蕩蕘土。隋煬帝於大業十二年(616)南巡至此地為美景酒色所沉湎,不想歸城,但荒逸尋樂之後卻為禁軍將領宇文化及等用綺羅縊殺於行宮。現在揚州城內的二十四橋美人吹簫的熱鬧已成過往,兩岸的楊柳摧折,水道也淤淺不通,無船行人往的流動了。物換星移,事物變遷的須臾令人感嘆。整首詩只在最後一聯以空間建築與樹木描寫今日的空寂與荒舊,其他聯多懷憶歷史。

　　在描寫所在空間的美景時,韋莊常以「畫面」比喻無以訴說的山水之美。觀自然山水所生的快樂時,就是人融入自然而產生精神上直覺美感,而以觀山水的美感震撼比喻於觀畫時的精神超升,也是人對自然的擁入,是自然向人的親近,〔註79〕在這一點上,觀畫與觀山水是同樣的。中國山水畫具有瀰漫性、無限遠的意韻,宋代畫家郭熙在《林泉高致》中提出「高遠」、「深遠」、「平遠」三遠「自山下而仰山

---

〔註79〕 胡曉明:《萬川之月──中國山水詩的心靈境界》(台北:錦繡出版事業有限公司,1992年),頁210。

嶺，謂之高遠；自山前而窺山後，謂之深遠；自近山而望遠山，謂之
平遠。」〔註80〕皆由眼前有限的山水風景之中，生發出一種「意之所
遊而情脈不斷」的「遠意」。繪畫有一個基本的特質是「要在二度空
間的平面上，表現出三度空間的立體感」，〔註81〕紙上的畫是靜止，
而自然則是動態的，一眨眼就是另一幕，稍微變動便呈現目不暇給的
景色，「在一定的時間內，立於一固定的角度，只能看見片面，而看
不到全面，如見山前則不見山後，見朝景不見夕景。模擬眼前山水時，
也只能寫某一定的時間，一定的角度所見的局部，無法概括有若『萬
物共存』的全貌。」〔註82〕自然空間是立體多象的，憑著語言符號所
描寫有限物質的存在，無法詳盡詮釋的部分經轉化成想像的虛無畫
面，這個無法詮釋的符號斷裂面，所傳達的空白就變得窈眇無限，韋
莊將無限的自然萬物裝入有限的山水畫框，將無法詮釋「萬物共存」
的遺憾，轉嫁到讓讀者自己想像觀畫時的精神融入，以推移情感的方
法讓讀者參與。如〈題盤豆驛水館後軒〉：「極目晴川展畫屏，地從桃
塞接蒲城。……憑軒盡日不迴首，楚水吳山無限情。」首句「極目」
似乎要把眼睛撐大了看盡山川，而在晴朗天空的照耀下，山川似乎是
開展了一幅畫屏，從桃塞到蒲城的楚山吳水，環繞眼前的一切景物，
無法盡入目前有限的語言表達，只能將心靈震撼的悸動，投以具像行
為，縮小到觀看屏中山水畫的動作來表達，藉模仿觀山水畫時，所傳
達的情脈不斷、精神超升的遠意來表達。

　　韋莊以自然山水比喻為畫，此騁目疾視的廣大自然大多被印入古

〔註80〕　引言取自〔宋〕郭熙「林泉高致・山川訓」，收入于安瀾編：《畫論
　　　　　叢刊》（上海：人民美術出版社，1957），上冊，頁 23。
〔註81〕　高輝陽認為繪畫是以色彩（包括光影）、線條等要素，在二度空間的
　　　　　平面上再現形象，借以表達自己的審美感受。參閱〔日〕高輝陽：〈王
　　　　　維詩中的繪畫因素〉，收入《唐代文學研究》（第七輯）（桂林：廣西
　　　　　師範大學出版社，1988 年），頁 233。
〔註82〕　王國纓：《中國山水詩研究》（台北：聯經出版事業公司，1986 年），
　　　　　頁 378～379。

老畫面的想像框圖中，樸質清麗與安靜的因子也就隨著記憶擴散出，如〈袁州作〉：「煙霞盡入新詩卷，郭邑閑開古畫圖。」但韋莊的詩並不滿足於沉積塵封了的靜止畫面，他故意製造破靜而動，使畫中物與人錯身而過，如人在畫中，抑或畫在人境的虛實交錯，造成身歷其境的新鮮感、親近感，如：〈垣縣山中尋李書記山居不遇，留題河次店〉：「白雲紅樹岵崃東，<u>名鳥群飛古畫中</u>。仙吏不知何處隱，山南山北雨濛濛。」鳥是動態的，鳥群飛入原本寂靜的古畫天空，帶動起觀看者的現實世界與想像世界的交流，成為破畫而入，投入激起現實漣漪的物體。又如〈稻田〉：「更被鷺鷥千點雪，破煙來入畫屏飛。」也是現實鷺鷥飛入想像畫屏中。

　　韋莊在設計整體畫面時，所描寫空間景物的方式，就是盡量去捕捉眼前所見自然景物的各種角度，盡量保留大畫面的整體，甚至盡量如速寫般將空間中最具有特點的主體拓印下來，詩人表現的是其「自我觀點」呈現的山水景物，統一的整體美感經驗，而非知性的寫實傳真。對於空間物像的展示，韋莊多以山景與水景平行並列和錯綜交互，或是地面與天上回環往覆的視點游移作為描述，「詩中山水空間位置的經營，不是依據單向透視原理，而是來自詩人對大自然的高下起伏、狀貌聲色所懷的全面節奏感和和諧感。」〔註83〕因此詩人不是單向透視山水的，而是將仰觀、俯瞰、旁眺、遠望、近察等不同視點所覽之各色物象，共存並置於空間，山與水、天與地的視點轉移就時常架構起韋莊詩的畫面背景。如〈桐廬縣作〉：

　　　　錢塘江盡到桐廬，<u>水碧山青畫不如</u>。白羽鳥飛嚴子瀨，綠
　　　　蓑人釣季鷹魚。潭心倒影時開合，谷口閒雲自卷舒。此境
　　　　只應詞客愛，投文空吊木玄虛。

〔註83〕　王國纓：《中國山水詩研究》（台北：聯經出版事業公司，1986年），頁 381。宗白華〈中國詩畫中所表現的空間意識〉對中國詩人、畫家的「俯仰自得」的觀照態度，以及「多層」的取景手法，有極精闢的討論，見宗白華：《美學的散步》（臺北：洪範書店，1982年第二版），頁 81～117。

首句先述旅遊地點，江水注入桐廬的景物佈置造就一個立體有深度的
空間感覺，自然景色鮮活靈動，一般畫面是呈現不出來這變化莫測的
美麗，為了先架構起畫面的廣大背景，韋莊挑選空間中最具有特徵的
山水，以「水碧山青」來速寫其畫面所渲染的背景顏色。第二聯先寫
天空之飛鳥，再寫岸邊靜釣的漁人。上下景色，天空與綠水的廣大又
襯托出鳥與人的渺小，在這悠閒的山水空間中，白鳥與綠簑人顯的自
在，下一句水中影、谷口雲的變化，也是天上、地面，山繞水映的視
覺跳躍，這上下的轉移之中，無形的擴展視野廣泛度，帶有俯觀仰察
的宇宙觀照法。詩人筆觸的生動處在於細細描繪出了這畫面的稍微變
動，「影開合」與「雲卷舒」細微的回環往覆特點受到詩人精細觀察，
自然界中的微微改變被捕捉入詩人的詩中。〈信州溪岸夜吟作〉：「夜
倚臨溪店，懷鄉獨苦吟。月當山頂出，星倚水湄沈。霧氣漁燈冷，鐘
聲谷寺深。一城人悄悄，琪樹宿仙禽。」〔註84〕月在山頂上，星子就
在水邊沉，視角由底處往上，月的角度應是接近垂直角度，而望星的
角度應較低沉，接近水平的角度；「霧氣漁燈冷，鐘聲谷寺深」藉由
觸覺與聽覺的描寫，詩人如身在其中被霧氣的寒冷、山谷的幽深所包
圍；「一城人悄悄，琪樹宿仙禽」最後一句先描寫廣大的空間，後又
特寫縮小在樹上，但這樹卻是有著虛幻仙境的涵義，琪樹為仙境中的
玉樹，上棲有仙禽，此詩至此由超脫實體成為虛無的境界，整首詩在
視覺角度的跳躍上是極為活躍的，甚至有超脫實物具體而超升於抽象
精神去描述暝靜感覺。又〈汧陽間〉（汧陽在陝西省汧陽縣西）：「汧
水悠悠去似絣，遠山如畫翠眉橫。」悠悠水流筆直如帶，遙遠那頭清
清淡淡的山似翠眉橫在那頭，視角似乎是在高處往低處看，悠悠筆直
的水流向遠處建立了深度，而遠處的橫山又擴展了寬度，直的水與橫
的山建構起這個立體空間。

　　韋莊詩常以山水「畫面」架構起現實的遙望空間，藉由詩作畫面

---

〔註84〕　〈信州溪岸夜吟作〉「夜倚臨溪店，懷鄉獨苦吟。月當山頂出，星倚
　　　　水湄沈。霧氣漁燈冷，鐘聲谷寺深。一城人悄悄，琪樹宿仙禽。」

中的動靜轉換、視野跳躍以及地點座標的到處游移，可知韋莊詩的空間具有離心開放性的特色。

## 2、昏暗、衰亂的遠望建構

　　韋莊詩對於朝廷行道的期盼仰望，正如同仰望夕陽西沉般的失望，詩人眼中的夕陽，正是晚唐搖搖欲墜、日暮途窮的象徵，韋莊詩中的空間背景中，便有意無意的出現了黃昏消沉的場景。黃昏雖然是時間計量的刻度，但其營造的性質也是空間的符號，現象學者米・杜夫海納云：「空間不能在時間之外得到確定。如同旅行者估量路程一般，我們是用時間來估量空間的，因此，時間也是空間的符號。任何旅行，都把我們引回自身，引回自我意識賴以建立的連續綜合行為」，〔註85〕因此黃昏既是時間的符號也是空間符號，更是自我意識的表現。太陽通常是帝國君王的象徵，仰望太陽如仰望君主，韋莊詩中被黃昏夕陽的顏色渲染，表現了韋莊對唐帝國哀傷悲沉的意識。

　　清人馮班在《才調集補注》卷三說：

　　　　韋公詩篇篇有夕陽。〔註86〕

薛雪的《一瓢詩話》〔註87〕也云：

　　　　口熟手溜，用慣不覺，亦詩人之病，而前人往往有之。若李長吉之「死」，鄭守愚之「僧」，溫飛卿之「平橋」，韋端己之「夕陽」，不一而足。

韋莊詩中「夕陽」用字，似乎是成了習慣，以下具體統計詩詞中有關夕陽用語的次數。

　　韋莊詩詞中與夕陽相關語詞統計表：

---

〔註85〕　〔法〕米・杜夫海訥著、韓樹站譯《審美經驗現象學》（文化藝術出版社，1992 年 5 月）第一編〈審美對象的現象學〉第二節〈審美對象的世界〉。

〔註86〕　轉引任海天：〈論韋莊詩中的"夕陽情緒"〉《北方論叢》總 136 期（1996 年第 2 期），頁 64。

〔註87〕　〔清〕薛雪：《一瓢詩話》，三十二版頁，見《叢書集成續編》（臺北：新文豐，1989 年，臺一版），第二〇一冊文學類，頁 304。

| 語詞 | 夕陽 | 夕照 | 斜陽 | 殘陽 | 夕暉 | 斜日 | 日落 | 黃昏 | 落霞 | 暮暉 |
|---|---|---|---|---|---|---|---|---|---|---|
| 詩次數 | 15 | 4 | 4 | 3 | 3 | 1 | 1 | 5 | 2 | 1 |
| 詞次數 | 0 | 0 | 0 | 0 | 0 | 0 | 1 | 2 | 0 | 0 |

| 語詞 | 殘暉 | 日西斜 | 日又曛 | 日欲低 | 日斜 | 日曛 | 落暉 | 斜暉 | 與夕陽相關語詞總數 |
|---|---|---|---|---|---|---|---|---|---|
| 詩次數 | 1 | 1 | 1 | 1 | 1 | 0 | 1 | 5 | 50 |
| 詞次數 | 1 | 0 | 0 | 0 | 1 | 1 | 0 | 0 | 6 |

　　根據以上的統計，詩有關夕陽之用語總共有 50 例，詞有 6 例。薛雪說的沒錯，韋莊在詩中營造黃昏意象時，常常最多使用「夕陽」這個詞。黃昏是晝夜交替的特定時分。暮色蒼茫的黃昏景象既是時間推移的結果，又成爲時間流逝的體現。人們對於黃昏的觀照，是從空間視覺和時間意識上進行雙重把握的。〔註88〕黃昏在色調上由色彩明亮的紅色漸趨於黑暗晦重，是色彩交錯產生柔軟感的時候，在聲音上趨於安靜沉寂，在氣溫上趨於冷涼蕭瑟，這些特質容易產生悽涼悲傷的情調。〔註89〕因此在視覺、聽覺、觸覺中，獲得了一種漸漸狹隘的空間感，光明被剝奪了、氣溫降低、聲音逐漸稀少，使人們感覺一切的失去，空間漸漸被來臨的黑暗空虛侵占，所以人們容易在這一時刻感覺難過與悲傷。黃昏意象的時間意義裡大多籠罩著濃重的悲涼之霧。柯慶明先生在〈試論幾首唐人絕句裡的時空意識與表現〉一文中論析日暮時說：

　　「日暮」的漸趨淡黯的光色，無疑使得整個景象，尤其遠景部分顯的模糊而益發有杳遠無際的感覺。〔註90〕

日暮的黯淡尤使遠景造成杳遠無際感，用於詩中，意喻著來自於對自己未來遠望依託的失望，對朝廷的光輝感到日暮途窮。韋莊詩中多用

---

〔註88〕錢季平，〈暮色蒼茫中的落寞情──黃昏意象與文人審美心態〉，《文史知識》165 期（1995 年 3 月），頁 121。

〔註89〕侯迺慧，〈唐代黃昏送別詩初探〉，《法商學報》第 33 期，（1997 年 8 月），頁 498。

〔註90〕見柯慶明：〈試論幾首唐人絕句裡的時空意識與表現〉《境界的再生》（台北：幼獅文化事業公司，1984 年），頁 212。

夕陽這個詞彙，是知識份子對傳統的詩言志的責任感、對時局不滿情緒的感受，故採用夕陽意識影射政局衰亡的消極情況。

　　黃昏是白天與黑夜的轉折，太陽由中午的燦爛輝煌而慢慢開始幽昏黯淡，日將西落是一種強烈的時間感的逝去，在空間的色彩上由美好盛大的紅光慢慢萎縮爲黑暗空虛，因此產生巨大的愁悶感，正是因爲這樣的悲嘆，使得詩人在創作上無法脫離對時間轉瞬消逝的感傷，而看不到日落餘暉的美麗與光彩。「在太陽的象徵意義裡，昭日從東方升起經歷了青年壯年以至老年，也彷彿歷史經過了源起、興盛、頹敗的過程。」〔註91〕盛唐的開元盛世如果代表耀眼強盛的正午日光，那麼晚唐的衰亂爭戰，就不免使人聯想到殘落消逝的夕陽黃昏，具有著一股淒涼況味，甚至凝聚著肅殺的沉重。韋莊生於唐文宗開成元年（836），卒於蜀高祖武成三年（910），終年 75 歲。他主要生活在晚唐的宣、懿、僖、昭四朝及五代初期。這一時期，正是中國歷史上空前繁榮昌盛的大唐帝國由衰微滅亡，進入五代十國分裂動亂的時代。青年時代的韋莊，正處於唐王朝行將覆亡的時期，國運的衰微，國勢的殘破，亂離的現實，使他仕途艱虞，屢試不第。他曾應舉進士四五次之多，終因「要路無媒」，均不及第。韋莊遇到晚唐黃巢之亂的時局，使他的求仕官途長期在艱險的環境中掙扎，屢次爲避難而到江南之處，因此經歷過許多地方，韋莊相當熟悉當時的社會戰爭之疾苦與社會病態，於是傷時憂國的情懷便常常出現在他的詩中，而「夕陽」大多也是用來形容衰落傷殘的晚唐社會與滿目瘡痍的政局。例如〈憶昔〉：

　　　　昔年曾向五陵遊，子夜歌清月滿樓。銀燭樹前長似晝，露桃華裏（一作下）不知秋。西園公子名無忌，南國佳人號莫愁。今日亂離俱是夢，夕陽唯見水東流。

此首詩懷念昔時繁榮時光，金聖嘆批云：「前解，寫昔年；後解，寫

─────────────

〔註91〕　傅道彬，《晚唐鐘聲──中國文化的精神原形》，（北京：東方出版社，1996 年 6 月），頁 73。

今日。此是唐人大起大落文字。」〔註92〕俞陛雲亦云:「此爲兵亂後追憶昔時而作。首二句言,曾共五陵年少,月夜聽歌,乃紀當年之事,張夢晉詩所謂『高樓明月清歌夜,此是生平第幾回』也。三四追憶盛時之光景,但見火樹銀花,城開不夜,酣醉於露桃花下,只覺春光之絢麗,不知世有秋色之蕭條。五六言當年遊宴之人,有西園公子之豪華,有南國佳人之姚冶,其用無忌、莫愁,乃借人名作巧對。論者謂公子或指陳思,與魏無忌、長孫無忌,俱不相合。其實作者不過紀裙屐士女之盛,不必拘定爲何人也。前六句皆追憶陳跡,結句言事如春夢無痕,惟見流水斜陽,消沉今古,可勝嘆耶?」〔註93〕眼前曾經一片公子佳人熱絡往來的五陵長安,而今卻是荒涼迫蹙,「夕陽惟見水東流」之夕陽對晚唐的殘敗落魄之景有所代指,如日的皇朝像夕陽西沉而去,黑暗就要吞噬大地。又如〈北原閑眺〉:

> 春城迴首樹重重,立馬平原夕照中。五鳳灰殘金翠滅,六龍遊去市朝空。千年王氣浮清洛,萬古坤靈鎮碧嵩。欲問向來陵谷事,野桃無語淚花紅。

唐僖宗廣明元年(880)黃巢攻陷長安,僖宗倉皇逃出,避地蜀中。長安被黃巢摧毀,殘金翠滅,市朝一空,韋莊對此怵目驚心,黯然傷神。夕照中一望無際的王氣坤靈,如今安在哉?全詩籠罩在淒涼日暮,無可奈何的面對家國滅亡的傷感。這種消沉悲觀情緒,正是處於晚唐末世知識份子對家國將亡,一切美好都不再存在的悲觀絕望。其他如:

> 妖氣欲昏唐社稷,<u>夕陽空照漢山川</u>。〈中渡晚眺〉
>
> 鄰翁莫問傷時事,<u>一曲高歌夕照沉</u>。〈河內別業閑題〉
>
> <u>城邊人倚夕陽樓</u>,城上雲凝萬古愁。〈咸陽懷古〉
>
> 多少離亂何處問,<u>夕陽吟罷涕潸然</u>。〈過渼陂懷舊〉

---

〔註92〕金聖嘆批:《金聖嘆批唐才子詩》(台北:盤庚出版社,未標出版年月)卷七下,頁291。
〔註93〕俞陛雲:《詩境淺說》(台北:開明書店,1953年),頁58。

　　今日故人何處問，夕陽衰草盡荒丘。〈下邽感舊〉

　　落日亂蟬蕭帝寺，碧雲歸鳥謝山家……，不是對花長酩酊，
　　永嘉時代不如閑。〈江上題所居〉

這裡所營造的背景場景，多為懷舊的主題如〈憶昔〉、〈咸陽懷古〉、〈過
渼陂懷舊〉、〈下邽感舊〉等等，以今昔落差來對比晚唐的衰敗，通過
描繪夕陽世界中的田園荒蕪、物變人非，揭露了戰亂給社會造成的破
壞、災難，表達由盛大繁榮傾向崩潰樓塌的沉重感傷。呈現時局的灰
暗景色，如「多少離亂何處問，夕陽吟罷涕潸然。」「今日故人何處
問，夕陽衰草盡荒丘。」皆有消極憂傷的情感，且在字面上皆有詩人
悲傷的抒寫語，如「離亂、昏唐社稷、萬古愁、涕潸然、衰草荒丘、
亂蟬」中「亂、離、昏、愁、衰」等字與夕陽景色搭配成為主觀的境
界。故而知詩人眼中的夕陽時間上是太陽遙遙欲墜，離亂如夢的朦朧
感覺，象徵國運衰亡的憂傷，所營造的空間正是處於衰草荒丘的家國
空間中夕陽西墜的場景。「由於文化象徵的作用，夕陽的出現常常引
起我們對整個宏闊歷史的反思，黃昏是藝術化的歷史，而符號使歷史
的表現形式過於簡約，但簡約卻顯示出巨大的歷史包容量，世事變
幻，千年走馬，黃昏夕陽成了歷史殘留物和見證人。」〔註94〕因此簡
單的夕陽場景，卻深刻的經營了雄渾的感情內涵，悲哀的哭訴無情的
環境遷移。

### 3、朦朧、漂泊的迷離窘迫

　　韋莊詩中常出現「芳草」「江上」「綠楊」「風雨」等字彙，這些
與離別的主題相關。人文地理上的「中心──四方」環狀存在空間使
人具有安頓感：

　　之所以是「中心──四方（環）」的空間，乃是由於既然以
　　「中心」而形成「向心性」之凝聚，則自然產生「內部」，
　　與此相對，則有外面的世界，而成為「外部」，……在存有

---

〔註94〕傅道彬，《晚唐鐘聲──中國文化的精神原形》（北京：東方出版社，
　　　1996年6月），頁75。

學的視點上，具有「圓」的基形，它擁有一個「中心」及
一個「環」。人營造了此種「中心──四方（環）」的「圓」
之聚落，其目的即「安居」耳。而所謂「安居」，不但指稱
形體在此安居，也必須指稱心靈在此之安居；不唯「個體
我」之獲得安頓，也必須是「群體我」之獲得安頓。﹝註95﹞

此種「中心──四方」的環形聚落，具有形體與心靈上「安居」的功
用，得以歸屬受保護，然而失去中心點的人，就失去聚集屏障的集中
源地，環狀的空間型態也破散開放，成為到處竄流的游離分子，「旅行
作為一地理經驗，便有經驗本質的基礎──否定性。旅行是對日常經
驗的否定，是家居情境的中斷、熟悉時空的隔離，告別了肯定的過去，
以否定的力量，開啟前路的未定性。」﹝註96﹞不停來往的路跡、不停
更移的座標是深層心靈對現在的不滿足，催促尋求安頓的壓力所致。
無奈與痛苦是韋莊羈旅的基調，韋莊當時久舉不第造成經濟困苦的生
活，加上黃巢之勢驚濤裂岸的打擊朝政，不得不馬上從帝都傾巢而出，
向外尋求生命存活與人生安頓的本能，使他開始旅行生活。韋莊有著
更多的生存上的無奈，而非只是心靈上的對現實的否定，是不得不的
遠離京城以苟活求生，而非只為獲得成長的經驗而遨遊。﹝註97﹞晚唐
的朝廷飄搖在風雨中，防衛能力的衰落、治安能力的腐敗、文化經濟
的退步、朝廷官宦的爭奪等，使的大唐聚集的歸屬感、安定感漸漸潰

---

﹝註95﹞ 潘朝陽：〈「中心──四方」空間形式及其宇宙論結構〉，《師大地理
研究報告》第 23 期（1955 年 4 月），頁 84。

﹝註96﹞ 見楊雅惠：〈行旅與問道：宋代詩畫中由地理經驗到意蘊世界的轉
換〉，收錄在劉昭明主編：《旅行與文藝國際會議論文集》（台北：書
林出版社，2001 年），頁 184～185。

﹝註97﹞ 迦達莫爾認為：否定性和幻滅是經驗不可或缺的因素，因此經驗令
人聯想到成長的痛苦和更新的理解。人在苦難之中，得到人類存在
本身的界限。經驗即是關於有限性的經驗，它教人內在的認識到：
所有期望的界限，所有計畫並沒有完全保證。但，也正因如此，使
他向新的經驗開放，也開始經歷生命的超越性。因此旅行可說是「經
驗」最具象徵性的儀典、最具體的呈演。見楊雅惠：〈行旅與問道：
宋代詩畫中由地理經驗到意蘊世界的轉換〉，收錄在劉昭明主編：《旅
行與文藝國際會議論文集》（台北：書林出版社，2001 年），頁 185。

散游離，詩人成爲漂流的浮萍，前路未卜、對於未來感到未知，如〈和鄭拾遺秋日感事一百韻〉「禍亂天心厭，流離客思傷。有家拋上國，無罪謫遐方。負笈將辭越，揚帆欲泛湘。避時難駐足，感事易回腸。……」詩中感嘆無罪卻因禍亂而流離他鄉，如被貶謫遠方，流浪於各地之間不得回鄉。此身位置的不確定性，茫然無助的視覺曚蔽感在空間描寫中渲染開來。

胡塞爾（Edmund Husserl）的空間現象學認爲，空間具有兩個規定因素：空間形式（Ranmform）與質料（Matweial）──後者稱爲空間充實（Ranmfuelle）。空間形式是物之形體與對它的規定，如平面、線、角、點；質料如色彩、亮度、溼度、硬度、延展性、平滑性等。他認爲我們對空間的認識主要建立在視覺、觸覺的基礎上，但是聽覺、嗅覺等也可以獲得有關的空間充實之質料，不過它們本身對空間的充實性必須先由視覺或觸覺所得到的空間爲前提。因此，物體並不孤立於空間，它常常是在一個可直觀到的物之環境被我們覺知著。〔註98〕空間的質料色彩明度高時趨於軟感。明度低時趨於硬感，所以青色與紫色顯得較硬。就「彩度」而言，彩度是決定色彩的鮮濁度，亦即某色的含白量或含黑量的多寡，多加灰色，減少色彩的鮮度，會增加柔軟感，低彩度含白量高的明色也柔軟。〔註99〕

韋莊對眼前空間的迷離，表現爲詩中煙霧瀰漫的籠罩設計，在空間質料上是潮濕、白濛的，細細霏霏，柔靡飄零的的感官知覺，陰冷的天氣的亮度低，趨於硬感，在情感上使人沉鬱，在彩度上偏於灰白，造成柔軟感，因此細雨給人的感覺是低迷柔婉的，煙、雨、霧等這種藝術空間的婉約朦朧的物象，在空間形式上造成了美學上的一定間隔與距離，「下雨的天氣總是讓天地一片晦暗潮濕，沉重的雲讓空間感

---

〔註98〕尤雅姿：〈文學世界中的空間創設〉，《中國文哲研究通訊》10 卷 3 期，（200 年 9 月），頁 163。

〔註99〕黃永武：《詩與美》（台北：洪範書店，1985 年 5 月，三版），頁 45～46。

陷入一種狹隘閉鎖的膠著中，無法突破空間困限而隨著行者自由來去，只能無奈地被阻隔在一個定點。」〔註 100〕雨霧的視覺朦朧通常阻隔了前方空間與路途的視線，甚至是險惡的政治與生活環境的象徵，與黃昏的意象來比，雨霧更貼近於人自身眼前的茫然無措及飄邈無依，而黃昏的意象則較偏重於對於遙望遠方，對朝廷感到黯淡無力與希望幻滅。〈台城〉即善用煙雨襯托來隱喻當時晚唐政治環境的險惡：

> 江雨霏霏江草齊，六朝如夢鳥空啼。
> 無情最是台城柳，依舊煙籠十裏堤。

這是一首韋莊有名的懷古詩，煙雨在這首詩中佔有很重要的成分。這首詩寫台城昔時短暫的繁榮變化，回首歷史，當年的興盛像夢一樣飄邈遙遠。在詩句字面的背後，隱藏著詩人對現實的深深憂傷。詩的起句寫台城周圍的環境氣氛。以江雨和江草入景，透過霏霏細雨，依稀可以看到古城上的青草，這景色既具有江南風物特有的輕柔婉麗，又容易勾起人們的迷惘惆悵。第二句轉入抒情句，鳥啼草綠，春色常在，曾經豪華壯麗的台城也成了供人憑弔的歷史遺跡，楊柳是春天的標誌，給人欣欣向榮之感，但這台城提柳卻不管人間興亡，依舊從六朝到現在繁榮茂盛，說柳無情，正透露出人的無限傷痛。〔註 101〕韋莊藉煙雨的迷離蕭索，反覆渲染他內心的迷惘和虛無，雖在詩句中表現台城歷史的滄桑，但這種煙霧瀰漫的眼前景實際也正表現他內心對所處時代沒落的預感，表現出幻滅與迷茫的心理空虛。又如〈宿蓬船〉：「夜來江雨宿蓬船，臥聽淋鈴不忍眠。卻憶紫微情調逸，阻風中酒過年年。」這首詩描寫夜晚宿蓬船上的場景，原來船的漂泊不定感，加

---

〔註100〕侯迺慧：〈唐代黃昏送別詩初探〉《法商學報》33 期（1997 年 8 月），頁 507。

〔註101〕見景凱旋：〈無情的歷史有情的詩人——韋莊《台城》詩賞析〉《古典文學知識》總 70 期（1997 年第 1 期），頁 33～36。以及蕭滌非等撰：《唐詩鑑賞辭典》（上海：上海辭書出版社出版，1983 年 12 月第 1 版，2001 年 1 月第 23 次印刷），頁 1029～1300。

上夜來江雨的滴打，造成空間座標的失焦，這風雨構成了行船的視線
阻礙，四周都是黑暗與水的流動，只有人在這漂蕩迷離在天際與大地
中，隨雨水江水擺弄，如在風風雨雨的人生環境，無處回歸，悽惶慘
切的場面宣洩了心中真實的傷悲。

　　當前方的路，也被煙雨蒙蔽了，前方就意味著艱苦難行，但現實
窘迫的時光催促，使他不得不踏上瀰漫煙霧之中。如〈途中望雨懷
歸〉：

> 滿空寒雨漫霏霏，去路雲深鎖翠微。牧豎遠當煙草立，飢
> 禽閒傍渚田飛。誰家樹壓紅榴折，幾處籬懸白菌肥。對此
> 不堪鄉外思，荷蓑遙羨釣人歸。

首句的「滿」字將空間周圍的視線都填塞、模糊了，悠悠斷斷的細雨
還帶來絲絲寒意，喻示著詩人內心的抑鬱與悲涼。「鎖」字表現出雲
霧的深厚密實，讓空間感陷入一種狹隘閉鎖的膠著中，憂患路途前方
的消逝隱沒，令旅人眉頭深鎖。傅道彬在論及雨的意象時說：「雨成
為詩人情感活動的場，構成抒情背景。背景愈是蕭索淒涼，反映詩人
的漂泊流離的悲痛就愈深刻、愈細微，從而形成一種詩歌的張力
（tension）。」〔註102〕這種籠罩著煙雨的空間背景形成限制障礙，在
心理上形成幻滅與迷茫的情感張力，但詩人卻不得不拋卻眼前所有的
迷障，衝向前方往目的地前進，又如〈撫州江口雨中作〉：「江上閒衝
細雨行，滿衣風灑綠荷聲。金驪掉尾橫鞭望，猶指廬陵半日程。」描
寫細雨中傲氣凜然的行向廬陵（江西），表現出詩人無懼無怕坦然從
容的態度。

## （二）韋莊詞多向心型的空間──媚惑與封閉

　　詩是遊子在宇宙空間的回環往複，而詞則大多是女性在居處空間
的回環往複。據統計，詞中出現的空間景物字面，但詩中未曾出現過
的例詞有：

---

〔註102〕見傅道彬：〈雨：一個古典意象的原型分析〉，《北方論叢》（1993年
　　　　第4期），頁63。

| 語　詞 | 畫堂 | 翠屏 | 橋邊 | 繡屏 | 朱闌 | 小樓 | 羅幕 | 綠窗 | 翠簾 |
|---|---|---|---|---|---|---|---|---|---|
| 詞次數 | 4 | 3 | 3 | 2 | 2 | 2 | 2 | 2 | 2 |
| 詩次數 | 0 | 0 | 0 | 0 | 0 | 0 | 0 | 0 | 0 |

| 語　詞 | 蘭房 | 曉庭 | 簾幕 | 爐邊 | 水堂 | 瑣窗 | 宮殿 | 畫橈 | 房櫳 |
|---|---|---|---|---|---|---|---|---|---|
| 詞次數 | 2 | 1 | 1 | 1 | 1 | 1 | 1 | 1 | 1 |
| 詩次數 | 0 | 0 | 0 | 0 | 0 | 0 | 0 | 0 | 0 |

　　由以上字詞的統計可知，韋莊詞以居處空間爲主要活動地點，詩中極少出現此部份詞語。詞中除了居處空間外，其他活動性質的空間描述都很少。以下分析韋莊詞中語境意向的呈現：

## 1、隱密、掩蔽的私人空間

　　韋莊詞中常出現的主角是女性，故場地多在：「香閨、蘭房、小樓」等，依據字面上的性質提示，女子的閨房香氣繚繞，故曰「香閨」、「蘭房」。〈木蘭花〉：「千山萬水不曾行」這句話直接道出詞中空間不在外面的千山萬水而在閨房樓閣。女子居住的閨閣通常應是在深邃、偏僻、隱私的位置，遠離男性活躍的公共空間，如〈江城子〉之二：「鬢鬟狼藉黛眉長，出蘭房，別檀郎。」女子不管儀容不整的奔出來，依依不捨的送男子離開這裡，必定也是在隱密的地方。閨，爲女子住的內室，如〈望遠行〉：「不忍別君後，卻入舊香閨。」香閨才是女性的安置點。樓，是由單座的房字疊落起來的，在建築物中較高，趨向於孤立，一般用來作臥室、書房、或用來觀賞風景〔註103〕，遠離樓下的塵囂喧嘩，女子被禁錮在束之高閣的封閉孤絕中，只能登高倚樓懷望遠人，正是將女性困置閣樓之上所產生的效應，如〈謁金門〉之一（春雨足）：「樓外翠簾高軸，倚遍闌干幾曲。雲淡水平煙樹簇，寸心千里目。」堂，具有堂堂高顯之意，「它們的位置一般都居於園林中最重要的地位，既與生活起居部份之間有便捷的連繫，又有良好的

---

〔註103〕參見閻長城、曉鵬：《中國傳統建築入門》（台北：丹青圖書公司，1987年6月），頁160。

景觀條件與朝向。」﹝註104﹞飾有彩畫的華麗居室，曰「畫堂」，臨水的廳堂，曰「水堂」，男子與女子接觸的地方，尤其是伎女接待客人的地方就是在華麗的正堂上，如〈荷葉杯〉之二（記得那年花下）：「初識謝娘時。水堂西面畫簾垂」，堂也是通往外面的必經之路，詞中女子常在此堂中，孤單的回想當時與男子交往的情況，但卻又不能出門去找他，於是在此最接近外面世界的門第觀望、等待，如韋莊詞〈浣溪沙〉之五（夜夜相思更漏殘）：「咫尺畫堂深似海，憶來惟把舊書看」是描寫女子因等待的人遲遲不來，竟感到幾步路就走完的畫堂幽深且空蕩，只得把舊書信拿出來回憶；〈荷葉杯〉之一絕代佳人難得「羅幕畫堂空。碧天無路信難通」描寫斷絕音信的男子使的孤單的女子在畫堂中感到空虛。

男外女內的分別最晚在西周早期已經建立﹝註 105﹞，《禮記》中說：「禮始於謹夫婦。爲宮室，辨外內，男子居外，女子居內。深空固門，閽寺守之，男不入，女不出。……夫婦之禮，唯及七十，同藏無間。」﹝註 106﹞禮之樹立以謹愼的規範男女活動空間開始，以空間的隔離來約束男女關係，男子的活動空間以室外爲主，女子的活動範圍的中心以室內爲中心，男女之防一直到七十歲後才解除區隔界線。《易經》也說：「女正位乎內，男正位乎外，男女正，天地之大義」﹝註 107﹞認爲男女各司外內空間，天下方能得到調和與相安。詞中的女主人大多是年輕貌美的姑娘，韋莊在描寫她們活動的空間範圍時，

---

﹝註104﹞ 參見丹青藝叢編委會編纂《中國園林建築研究》（台北：丹青圖書公司，1985 年 10 月），頁 185。

﹝註105﹞ 杜正勝教授依目前考古基址的相關資料，提出「中國男女大防之建立暫可定在西周早期，很可能這是周禮的一大特色。」詳見〈宮室、禮制與倫理〉《古代社會與國家》（台北：允晨文化事業公司，1992 年），頁 778。

﹝註106﹞ 〔清〕阮元：《十三經注疏》（臺北：藝文印書館，1981 年）《禮記注疏》卷二十八〈內則〉，頁 533～539。

﹝註107﹞ 見《周易‧家人》第四，《十三經注疏》（台北：藝文印書館，1989 年 1 月十一版），頁 89。

自然以隱蔽或幽深的，甚至是空虛無聊的居住特色爲詞中女性隔出一個私領域，以襯托女性主內、含蓄內斂的氣質；然而從引發男性的情欲幻想而言，這閨閣的幽深隱密，卻是最能刺激邀引男性偷窺的中心所在，傳統男性被賦予主外所應具備雄壯正直、天地砥柱的雄心，不被允許在女性的閨室中打混消遙，「屋外」的空間被堅強的道德標準與倫理觀念的包圍下，自然對被指斥非法、非道德的行爲有所忌諱。但詞中透過公眾化演唱，以卑下輕鬆的方式揭開男女之間私密接觸的情事，開放進入女性隱私的通道，也就使聽詞的男性消費者引起興趣。這種揭露隱私的現象就是詞中佈局多由層層隱蔽物所構成的，而作者以透視的觀點由外進入女性空間並觀看其一舉一動。

　　韋莊詞中女性閨閣陳設的玄機，常有屏風、紗窗、簾幕等。室內中擺有具有劃分空間的屏風，閨閣繡房臥內，往往靠床而設，形成掩蓋與揭露的微妙窺視效果，女性在屏風後掩藏著溫存歡愉與暗自悲傷等事情，如〈菩薩蠻〉之三（如今卻憶江南樂）：「翠屏金屈曲，醉入花叢宿」，描寫男女在屏風的掩飾下進行歡合之事；〈歸國遙〉之三（春欲晚）：「睡覺綠鬟風亂，畫屏雲雨散。」、〈應天長〉之一（綠槐陰裏黃鶯語）：「畫簾垂，金鳳舞，寂寞繡屏香一炷……夜夜綠窗風雨」描寫回憶當時巫山雲雨之事而顯惆悵等。作者借屏風的層隔，強化了穿透洞悉的窺視快感，使被窺視的對象（閨閣女性）無所遁形，完全落入視覺掌控之中。比起「市井空間」的廣泛人文空間，詞中的「情色空間」是縮小的小範圍，且因「焦點透視」〔註 108〕的空間描寫，除了使空間賦予完整感與立體性外，並滿足了男性的偷窺快感，隱匿在

〔註108〕　焦點透視的空間設置，較易獲得空間的整體性，能給人一種空間的完整感與縱深感。它強調「前後景」的佈排、正側面的配置，較多地運用虛實手法，許多不可能或不便於在特定環境裡出現的人和事，只能放到後台或側面去予以虛化，強調空間的地域因素與社會因素之間的反比差，通過典型化或理想化縮空間於一隅，在這有限的一隅中，又力圖架設起無限的人物關係之網。參考金健人：《小說結構美學》（台北：木鐸出版社，1988 年 6 月），頁 82。

可見（the visible）背後的不可見（the invisible）的撥弄逡巡，叫人情迷意亂。

　　紗窗的層隔，具有穿透洞悉（penetration）的窺視快感，窗具有洞視口的暗示，以窗來框裝女性，明顯的顯示男性強烈窺視權欲的貫穿與洞視，如〈清平樂〉之六（綠楊春雨）：「碧窗望斷燕鴻，翠簾睡眼溟濛」、〈清平樂〉之五（瑣窗春暮）：「瑣窗春暮，滿地梨花雨。君不歸來情又去，紅淚散霑金縷」，作者以洞視側寫、由此觀彼，女性的一舉一動都在男性視力的監控之中。簾幕與繡簾也同樣造成重重障隔與垂閉的效果，同樣構成「掩」與「揭」的視覺策略，撩人綺思。如〈謁金門〉之二（春漏促）：「一夜簾前風撼竹，夢魂相斷續。　　有個嬌饒如玉，夜夜繡屏孤宿。」、〈天仙子〉之四（夢覺雲屏依舊空）：「夢覺雲屏依舊空，杜鵑聲咽隔簾櫳」，詞中女性以內透過簾或窗的隔絕隱約知道外面的世界，然而就觀賞者的角度而言，她與她的所見所聞的一切，不免落入簾外的窺視者眼中，無所不入的權欲層層揭露女性隱私。

## 2、拼貼、囚禁的富麗牢房

　　詞中的空間建構，傾向於以金碧錯鏤包裹外在環境、器物、衣飾等，生活其中的女性，如囚禁在美麗的籠中之鳥。張淑香認爲從性別與政治的主從結構模式而言，將活生生的女性壓縮框置在美輪美奐、拼貼亮麗卻乏生氣的物品中，金雕玉琢的洞房畫閣正如使女性纏足一樣，美化與貴化的目的就是馴服與歸化。〔註109〕Mark Wigley 曾說：「美感的目光不能與被目光監禁的女性束縛分開。」〔註110〕男性作者以美麗眩目的顏色，拼貼上女性所使用的器物、衣飾及活動的建築

---

〔註109〕見張淑香：〈男性情色幻想的美典——溫庭筠詞的女性再現〉，《中國文哲研究集刊》第 17 期（2000 年 9 月），頁 80。

〔註110〕Mark Wigley, "Untitled: The Housing of Gender" in Sexuality & Space，Pinceton Papers on Architecture（New York：Princeton Architectural Press，1992），p.345。

物等,以堆砌出男性對女性建構的情色空間,〔註 111〕這種被著意強調視覺過度的超載展示方式,顯示男性對美麗女子應與金碧輝煌的空間搭配的注重,表面上描寫女性空間的設色豐富,而真實目的卻是以滿足男性對女性的情色慾望與幻想,女性被框裝在金璧輝煌中等待男性的臨訪,建構如帝王坐擁後宮佳麗三千人,各各佳麗爭相盼切,這種帝王般的享受一直是傳統男性的最高渴求。

　　茲將韋莊詩詞中常用以補充空間景物的顏色、質料之字詞(未含詩題詞題)所佔比率統計如下:(據《全唐詩》所錄韋莊詩共 319 首,韋莊詞爲 54 首):

|   | 詩 | | 詞 | |   | 詩 | | 詞 | |
|---|---|---|---|---|---|---|---|---|---|
| 金 | 60 | 18.8% | 27 | 50% | 香 | 37 | 11.6% | 16 | 29.6% |
| 玉 | 45 | 14.1% | 18 | 33.3% | 紅 | 76 | 23.8% | 17 | 31.5% |
| 畫 | 28 | 8.8% | 14 | 25.9% | 繡 | 9 | 2.8% | 12 | 22.2% |
| 翠 | 40 | 12.5% | 13 | 24% | | | | | |

　　韋莊詞中常出現堂、蘭房、樓、屏、簾、燈、帳等,裝飾物或質料多金、紅、翠、玉、畫。韋莊詞常用色彩艷麗的修飾字詞,但詩卻未偏好這些質料與色彩,故韋莊詩與詞所使用的顏色或質料比例相差非常大。另外,爲了比較方便,也將溫庭筠詩詞中顏色與質料的使用比例統計如下:(據《全唐詩》卷五七五至五八三所收溫庭筠之 338 首詩,《花間集》收 66 首詞所作)

|   | 詩 | | 詞 | |   | 詩 | | 詞 | |
|---|---|---|---|---|---|---|---|---|---|
| 金 | 104 | 30.8% | 32 | 48.5% | 香 | 77 | 22.8% | 20 | 30.3% |
| 玉 | 60 | 17.8% | 20 | 30.3% | 紅 | 89 | 26.3% | 16 | 24.2% |
| 畫 | 42 | 12.4% | 13 | 19.7% | 繡 | 12 | 3.6% | 12 | 18.2% |

〔註 111〕楊海明認爲會造成「以富爲美」的風尚原因,這與文化場圍和心理需求有關。具體的說,即一與詞的「音樂加美女」的創作環境有關,二又與詞人身處的享樂環境和所誘發的享樂心理有關。見楊海明:《唐宋詞美學》(南京:江蘇教育出版社,1998 年 6 月),頁 42～43。

溫庭筠詩詞皆好用鮮豔色彩，溫庭筠詩除了「繡」字在詩中的比例遠少於詞之外，其他詩詞所使用的比例相差不多。

由此可見溫庭筠在詩詞構詞上皆偏好選擇富有裝飾性效果的詞語，如溫庭筠詩中，亦多出現「瓊窗」、「香步」、「彩雲」、「金鱗」、「翠鱗」等等麗字。《花間集》所收溫詞中，「金鷫鵁」、「金鸚鵡」、「玉容」、「玉腕」、「玉樓」、「畫屏」、「繡羅」、「繡簾」、「錦衾」等華詞艷藻，層出疊見，成為溫詞的一項特色；這種華麗的形容詞或物象成了詞中選用的主流，韋莊詞中也使用艷麗色彩與纖柔質材以裝飾其空間景象，如「金」色的使用，韋莊〈菩薩蠻〉之三（如今卻憶江南樂）：「翠屏金屈曲，醉入花叢宿。」描寫屏風上鑲嵌著翠玉，屏風的摺疊處反映著金光，故曰「翠屏金屈曲」；〈更漏子〉（鐘鼓寒）：「月照古桐金井」描寫水井被月光照射下泛著金色光；〈清平樂〉之四（鶯啼殘月）：「含愁獨倚金扉」也是將門扉鍍上金色，故曰「金扉」；〈應天長〉之一（綠槐陰裏黃鶯語）：「畫簾垂，金鳳舞」畫簾上繡著的鳳，也添上金色絲線的光彩，故曰「金鳳」其他還有〈歸國遙〉之二（金翡翠）：「金翡翠」，形容翡翠鳥，〈菩薩蠻〉之一（紅樓別夜堪惆悵）：「琵琶金翠羽」金翠羽應指琵琶上的裝飾；〈荷葉杯〉之一（絕代佳人難得）：「翠屏金鳳」指嵌著翠玉屏風上畫有金鳳；其他顏色材質的詳細描繪，如〈應天長〉之二（別來半歲音書絕）：「又是玉樓花似雪」，形容樓上欄杆如玉冰清潔白，故曰「玉樓」；〈定西番〉之一（挑盡金燈紅燼）：「斜倚銀屏無語」則又以銀色裝框屏風，故曰「銀屏」等。在這種金玉拼貼的屋子中，常圈限藏匿一種寂靜空洞氣息，彷彿與世隔離，成為美麗的象牙塔。

詞中女主人即在作者所設下的精緻金屋中，徘徊逡巡，被囚禁在眩目的色彩架構當中，惹人惋惜。如〈荷葉杯〉之一為：「絕代佳人難得，傾國，花下見無期。一雙愁黛遠山眉，不忍更思惟。　閒掩翠屏金鳳，殘夢，羅幕畫堂空。碧天無路信難通，惆悵舊房櫳。」此詞有多解，一解是上片回憶美人，下片寫回想曾經與美人相處而感到

難過。第二解是寫一對情人情意難通之恨，則上闋是由男性的角度言美女之美，下闋則是由女性的角度言相思之苦。〔註112〕此處採第二解以下闋由女性的相思之苦解之，則下片所描寫的情境，全部濃縮集中在這情色空間中，翠屏的金光翠綠、屏上金鳳的富貴彩繪、羅幕的若隱若現、畫堂的彩色圖飾，以色彩拼貼打造了富麗堂皇的陳設。她守候著他來，然後在金玉砌造的屋子中度過繾綣纏綿的夜晚，如今物事人非，只能在夢裡相思溫存回憶，然而醒來一切都是空。賭物思人，閒掩的動作、空蕩的堂樓、無音訊的天空，透露著孤寂與落寞，她只能在兩人曾駐足過的舊房櫳感到惆悵。此詞以空間中物品的新光亮麗來襯托當時美女的青春動人，即將美女與金玉拼貼的空間關係連接在一起，女性在創作者的思想中就是被金玉空間枷鎖的女子，她只能在裡面徘徊惆悵，與外面隔絕失去消息，獨自在這裡面哀聲嘆息，成了作者筆下美麗女囚的身影。

　　如〈定西番〉之一所描寫的空間也是金銀眩麗的拼湊：「挑盡金燈紅爐，人灼灼，漏遲遲，未眠時。斜倚銀屏無語，閒愁上翠眉。悶殺梧桐殘雨，滴相思。」在此私領域中，錯落著金色燈座、紅色的火爐與嵌銀的屏風，金、紅、銀色都是鮮明亮麗的色彩，相互映襯圍繞一個憂愁的女子，越極端的富麗堂皇，就越極端的孤絕寂寞，在這錯金彩銀的房間裡，了無生氣的蓄養著被物化的女子，像是無法飛出精緻鳥籠的金絲雀，在此時外頭的雨也滴滴答答的形成陰濕的雨籠，囚禁著抑鬱憂愁的她。

〔註112〕沈祥源、傅生文認為「這首詞寫男子對女子的懷念。」見沈祥源、傅生文注：《花間集新注》（南昌：江西人民出版社，1997年2月），頁101。顧農、徐霞：「寫一對情人情意難通之恨。」楊湜《古今詞話》記載〈荷葉杯〉、〈小重山〉與王建奪妾有關，見顧農、徐霞：《花間派詞傳》（長春：吉林人民出版社，1999年），頁143。而夏承燾、施蟄存認為此詞與王建奪妾無關，乃韋莊悼亡。部分說法見夏成燾〈韋端己年譜〉，《唐宋詞人年譜》（台北：明倫出版社，1970年12月）。與施蟄存：〈讀韋莊詞札記〉，《詞學》第一輯（上海：華東師範大學出版社，1981年）。

### 3、挑逗、香豔的誘惑構築

　　韋莊詞多描寫男女戀情，疑多是妓院酒樓中之風流事。妓院的功能與家功能有一部分是相同的，「家庭被認為是競爭性的『公』社會之避難所，是提供安慰、平安的最後『私』堡壘」，﹝註113﹞而妓院酒樓則是扮演臨時的私堡壘，讓人得以藉此獲得「歸屬」、「輕鬆」與「溫馨」，「家」提供遊子一個永恆穩定的中心點，讓他能夠自由出去外界而又回返內面，而「酒樓」是在向外放射上的旅程中，暫時替代家的某些功能，扮演暫時獲得安穩的根基點。但酒樓更扮演著讓男性出來消費女性的娛樂場所，使酒樓都具有引誘男性進入的特點，以獲得狎客喜愛。「情色空間實際上有狹小、隱蔽的物理現象，但偷情的男女一方面可以解脫社會道德觀念沈重的壓力，另一方面可以斷絕外來的介入與影響而可以放縱任慾、歡樂交合。」﹝註114﹞入酒館者多的是為狎妓解悶，以得到一種放蕩風流的快感。中國社會畢竟是以男性為中心，文學創作與文學鑑賞也由男性佔據主體的地位，「在以男權為中心的傳統文化模式中，男性作家在文學創作過程中是作為創作主體而活動的，他起著支配和主導作用，作家手中的筆是男性『陰莖的隱喻』，他成為男性慾望和權力的象徵。女性則處於被支配被創造的位置，她是文本創作者（文本作者）的客體對象，是男人慾望的對象和化身。」﹝註115﹞詞中的美人是誘發香味的「輻射源」，她們或色豔香

﹝註113﹞ 上野千鶴子著，劉靜貞、洪金珠譯：《父權體制與資本主義——馬克思主義之女性主義》（台北：時報文化出版事業公司，1997年）第四章父權體制的物質基礎，頁51。

﹝註114﹞ 男女二人在情色空間中的色慾事件發生與進行過程，不能對外公開、揭露，也必有躲避社會斥責、懲罰的心態，故情色空間實際上有狹小、隱蔽的物理現象。見金明求：《虛實空間的移轉與流動——宋元話本小說的空間探討》（台北：國立台灣師範大學國文研究所博士論文，2002年），頁146。

﹝註115﹞ 巫小黎：〈女性慾望與男性權威的建構——張資平戀愛小說的敘事模式及其文化闡釋〉，《國文天地》15卷8期（1990年1月），頁66。「在傳統的『菲勒斯中心主義』文化歷史中，『文學過程』就是『陰莖之筆與處女膜之紙』，男性作家筆下的女性人物以想像的方式滿

人或玲瓏有緻，這些都是男性作家以男性的慾望書寫女人的窠臼，此女性人物並未被要求具有貞操，她們作了男性的俘虜，女性人物以想像的方式滿足著男人對於女人的窺視、佔有、觀賞、把玩的慾望，在感官上以刺激和滿足男性的慾望，於是漂亮、性感和富於挑逗性，具有悅人耳目、愉人感官的特質，集於男性詞人作家筆中的女主角，因而其所建立的空間描述也具有挑逗情欲的感官刺激，以烘托女主角的嬌豔魅力，女性所使用的生活用品、物器等等，都留有女性的影子。且名妓即是在豐富的經濟基礎下產生的社會群體，〔註116〕是生存在優裕的物質生活條件下，需要嬌生慣養的，她們從來就是安置在美景、美食、美樂、美色的背景中，詞人在實際生活中體驗的歌妓酒樓就是如此，文本自然以此為材料。因此詞人在想像建構男女曖昧關係的空間背景中，為了調配出放縱任慾的氣氛，在此情色空間之間專注於小物件的精緻描寫，以嗅覺、味覺、視覺、觸覺等創造色彩繽紛、富麗優雅的感覺，即使對於女性人物的描寫甚少，讀者藉由這些生活器物的描寫，也能聯想到女性的柔性美感。

　　艷情詞中多大量鋪設精美而又富有暗示性和挑逗性的女性用品，用以激發讀者對於艷情的聯想和滿足他們對女性世界的好奇和窺

---

足著男人對於女人的窺視、佔有、觀賞、把玩的慾望，這個過程的實質，就是男性作家（本文作者）在創造過程中將女性物化、對象化的過程。在男權文化佔絕對統治地位的社會秩序裡，女人是在場的缺席者，男性的她者，她被創造而不參與創造，被『擅自』『貶為被讀被寫的文本』，任由男人的好惡被裝扮、被塑造。」

〔註116〕見嚴明：《中國名妓藝術史》（台北：文津出版社，1992年8月），頁175。縱觀中國歷史上名妓藝術的幾次高潮時期，都與商業經濟的繁盛密切相關，繁盛的商業經濟、繁華的城鎮街坊、豐富的市井生活，既對名妓藝術的出現產生了迫切的需要，也為名妓藝術的產生和發展提供了必要的物質條件。如唐宋時代封建社會的穩定，促成了商業繁榮與文化進步，從而也促進名妓藝術的繁榮；元代受蒙古統治，民族壓迫特別厲害，商業也受到影響，元代名妓地位卑下；明代的城鎮商業經濟得到了充分的發展，明代的名妓藝術也隨之出現了普遍的繁榮。

探慾望。其所塑寫的女性意象，是應普通的男性需求量身訂造的類型，滿足男性凝視對女性的偵查。溫庭筠詞中就充滿了對於女性「床上用品」和閨房陳設的描寫，如：〈菩薩蠻〉（水精簾裏頗黎枕）：「水精簾裡頗黎枕，暖香惹夢鴛鴦錦」、〈菩薩蠻〉（夜來皓月纔當午）：「錦衾知曉寒」、〈菩薩蠻〉（竹風輕動庭除冷）：「山枕隱濃妝」、〈更漏子〉（金雀釵）：「山枕膩，錦衾寒」、〈更漏子〉（玉爐香）：「夜長衾枕寒」、〈歸國遙〉（雙臉）：「錦帳繡帷斜掩」、〈南歌子〉（臉上金霞細）：「欹枕覆鴛衾」、〈南歌子〉（撲蕊添黃子）：「鴛枕映屏山」、〈南歌子〉（懶拂鴛鴦枕）：「羅帳罷熏爐」等，造成穠麗艷密的特色，胡仔云：「庭筠工於造語，極爲綺靡」，〔註117〕蕭繼宗認爲溫詞艷字實稠疊惹眼，〔註118〕沈謙也認爲溫詞「鋪陳穠麗」。〔註119〕

　　韋莊詞也充分描寫這些女性世界的陳設，如對寢具舒適華麗的描寫：〈酒泉子〉（月落星沈）：「金枕膩，畫屏深」、〈江城子〉（恩重嬌多情易傷）：「緩揭繡衾抽皓腕，移鳳枕，枕檀郎」、〈歸國遙〉（金翡翠）：「羅幕繡幃鴛被，舊歡如夢裏」棉被上繡有鴛鴦、枕頭上繡有鳳凰、羅帳有繡花，繡工、花飾皆具有講究細膩精緻的效果，鴛鴦、鳳凰皆取其成雙成對的意象，而其色彩的繁複與多樣可想而知，加上金色的底襯，更覺尊貴。輕柔透明的材質若隱若現，也讓人聯想到溫柔婉約的情態，如〈浣溪沙〉（惆悵夢餘山月斜）：「孤燈照壁背紅紗」。

---

〔註117〕　〔宋〕胡仔：《苕溪漁隱叢話》（台北：長安出版社，1987年12月）卷17，頁125。

〔註118〕　「端己詞亦常用艷字，如『綠雲』、『金枕』、『畫屏』之類，究不如飛卿之稠疊惹眼，故自稍勝。」見蕭繼宗評點校注：《花間集》（台北：台灣學生書局，三版，1996年），頁146。

〔註119〕　「溫鋪陳穠麗，韋簡勁清淡。溫多爲客觀之敘寫，韋多爲主觀的敘寫。溫詞像一隻華美精緻而欠缺明顯個性及生命的『畫屏金鷓鴣』。韋詞則像一曲清麗宛轉，洋溢生氣與感情的『絃上黃鶯語』。溫詞予人一片華美意象，雖可激發豐富聯想，然其中人物情事難以確指；韋詞則予人真切感人之情意，大有其中有人呼之欲出之感。」見沈謙：〈韋莊的詞〉，《中國語文》83卷3期（1988年9月），頁23。

而室內多有香氣繚繞造就嗅覺上愉悅的感覺，如〈菩薩蠻〉之一（紅樓別夜堪惆悵）：「香燈半卷流蘇帳」、〈天仙子〉之三（蟾彩霜華夜不分）：「繡衾香冷懶重熏」、〈清平樂〉之二（野花芳草）：「惆悵香閨暗老」、〈清平樂〉之四（鶯啼殘月）：「繡閣香燈滅」、〈應天長〉之一（綠槐陰裏黃鶯語）：「寂寞繡屏香一炷」，燭火的跳動也具有視覺上的刺激，燭上火苗的跳動如女性心中動蕩不安的等待一樣，一刻也不得停息，如〈謁金門〉（春漏促）：「春漏促，金燼暗挑殘燭」等等。另外上面曾說韋莊詞多拼貼、囚禁的富麗閣樓，建築或器物的設色富麗堂皇，就具有引誘男性進入視覺刺激的質性，除了人物是閨閣佳麗或畫樓貴婦外，所陳設的背景則是珠翠綺羅，脂粉香澤，造成所謂精妙穠麗的物質性與裝飾性的美感風格，這些鏡、花、簾、燭之類的閨房陳設，以及由他們所構築的幽暗而又氤氳的氛圍，給人以女性世界的溫馨感受和有關戀情的微妙暗示。由視覺主導以喚起其他官覺的併發，造成目眩眼熠，融入各種感官應接不暇的快感。這種表象之美，完全切合快樂主義（hedonism）的審美趣味，關注審美的感覺性與官覺愉悅。

# 第五章　詩詞形式風格比較

## 第一節　詩詞形式比較

　　詩詞兩者形式之美，都是利用平仄兩類長短不同的字調，以「奇偶相生、輕重相權」作爲調整音韻法則，構成高低抑揚的和諧音節。「詞」與「詩」在形式上的差異處爲「詞」是配合音樂曲拍長短而作的雜言歌詞，可以歌唱，而且是以「付歌喉、合管絃」爲主；「詩」，則是整齊的七言五言律詩絕句，主要供吟誦諷詠。

　　王力認爲標準的詞具備了三個特點：（一）全篇固定的字數；（二）長短句；（三）律化的平仄。近體律絕具備了詞的第（一）（三）兩點，缺乏第（二）點。雜言古風具備了詞的第（二）點，卻缺乏第（一）（三）點。古樂府有些是具備了詞的（一）（二）點，卻缺乏第（三）點。〔註1〕若從「被諸管絃」一方面說，詞是淵源於樂府的；若從格律一方面說，詞是淵源於近體詩的。最初的時候，所謂詞（亦稱爲曲），除了配樂之外，樂府合清樂，詞合宴樂，它的體製是和詩完全相同的。〔註2〕一種體裁轉向另一種體裁的漸變痕跡由此可見。

---

〔註1〕　見王力：《漢語詩律學》（上海：上海教育出版社，1988 年 1 月第 8
　　　　刷頁 509。

〔註2〕　如李白的〈清平調〉：「雲想衣裳花想容，春風拂檻露華濃。若非群
　　　　玉山頭見，會向瑤台月下逢。」在文字的格律上完全是一首近體七
　　　　絕，然而被公認爲詞（見萬樹《詞律》），又如劉禹錫的〈紇那曲〉：

　　明末清初戲曲家李東琪所提出「詩莊詞媚，其體元別，然不得因媚輒寫入淫褻之路，媚中仍存莊意，風雅庶幾不墜。」〔註3〕的「詩莊詞媚」概念，潘麗珠認為是形式影響詩歌聲情表現的關係所致「絕句、律詩、俳律的共同特色在於句式整齊，而句式整齊就審美心理言，就是規矩、端莊的美感效果。……最重要者，當詩由聲情音樂（讀、誦、吟、〔歌〕唱）表現時，整齊句式所帶來的影響與效應，尤其是律詩嚴密的『對仗』要求，使的吟詠諷誦之際，無論裝飾的聲腔旋律再如何變化、婉轉、參差、媚麗的效果總是有限，聲情韻味總覺較為嚴肅，比較無法做深入抒情的發揮。」〔註4〕詩語言整齊的建築美是中國詩學的高峰成就，卻也成就了難以變動的枷鎖。詞的形式就活潑多了「從形式上看，詞大部分是長短句式，若再加以『攤破』，句式變化更為靈活。……而詞之所以『以婉約為正宗，以豪放為別調』，也正是因為音樂聲腔的特性這一層關係。長短句式的音樂韻味，由於句子長短參差，發為聲口，抒情可更為細膩，聲腔旋律的變化、開闊，豐富許多。」〔註5〕詞講究五音、五聲、六律、清濁、韻調，句式的長短變化造成聲腔音樂的自由多樣，使詞的情感豐富許多。

　　繆鉞說詞也論及形式的參差：「不過由於中唐詩人，就樂譜之曲折，略變整齊之詩句，作為新詞，以祈便於歌唱而已。故白居易、劉禹錫諸人之詞，其風味與詩無大異也。……覺此新體有各種殊異之調，而每調中句法參差，音節抗墜，較詩體為清靈變化而有彈性，要眇之情、淒迷之境，詩中或不能盡，而此新體反適於表達。」〔註6〕

---

　　「踏曲興無窮，調同辭不同。願郎千萬壽，長作主人翁。」（見《尊前集》）儼然是一首近體五絕；然而也被認為詞。同上注，頁508。

〔註3〕見〔清〕王幼華：〈古今詞論〉李東琪詞論條，《詞話叢編》（台北：新文豐出版公司，1988年）冊一，頁606。

〔註4〕見潘麗珠：〈「詩莊詞媚曲俗」的審美旨趣及文化意涵〉《中國學術年刊第二十三期》（台北：國立台灣師範大學國文研究所，2002），頁386。

〔註5〕同上注，頁386。

〔註6〕繆鉞：《詩詞散論》（台北：台灣開明書店，1982年10月台七版論詞，頁4。

句式上的長短變化、詞調上的多樣選擇，使凄迷要眇之情得以自由選取適當形式盡情舒暢，總言之，詞的長短形式較詩活潑變化。

# 一、詩詞句法比較

## （一）韋莊詩多句式整齊的律體詩

　　韋莊創作最多的詩體爲七言律詩 150 首，其次是七絕 94 首，再次五律 56 首，其次排律 10 首、五絕 5 首、古體詩 6 首、雜體詩 1 首。

　　韋莊詩的格式：

| 近體詩詩體 | 絕　句 | 絕　句 | 律　詩 | 律　詩 |
|---|---|---|---|---|
| 句字數 | 五言 | 七言 | 五言 | 七言 |
| 首　數 | 5首 | 94首 | 56首 | 150首 |

| 詩　體 | 排　律 | 排　律 | 排　律 | 排　律 | 排　律 |
|---|---|---|---|---|---|
| 句字數 | 十六韻（五言） | 二十韻（七言） | 二十韻（五言） | 十二韻（五言） | 一百韻（五言） |
| 首　數 | 1首 | 1首 | 3首 | 1首 | 1首 |
| 詩　題 | 〈漁塘十六韻〉烝韻 | 〈冬日長安感志寄獻虢州崔郎中二十韻〉鹽韻 | 和薛先輩見寄初秋寓懷即事之作二十韻〉〈同舊韻〉〈三用韻〉 | 李氏小池亭十二韻（時在婺州寄居作）〉咸韻 | 〈和鄭拾遺秋日感事一百韻〉 |

| 詩　體 | 排　律 | 排　律 | 古　體　詩 | 雜體聯綿以字尾的詞當作下一句的開頭 |
|---|---|---|---|---|
| 句字數 | 十韻（五言） | 六韻（七言） | | 《文體明辨〔註7〕雜體詩》 |

---

〔註7〕　〔明〕徐師曾：《文體明辨》附錄卷一・雜體詩：「按詩有雜體，一曰拗體，二曰蜂腰體，三曰斷絃體，四曰隔句體，五曰偷春體，六曰首尾吟體，七曰盤中體，八曰迴文體，九曰仄起體，十曰疊字體，十一曰句用字體，十二曰薰砧體，十三曰兩頭纖纖體，十四曰三婦艷體，十五曰五雜俎體，十六曰五仄體，十七曰四聲體，十八曰雙聲疊韻體，十九曰問答體，皆詩之變體也，故並列于此篇。」見四庫全書存目叢書編纂委員會：《四庫全書存目叢書》集312（台南：莊嚴文化事業公司，1997年6月），頁512，所收錄版本爲北京大學圖書館藏明萬曆建陽游榕銅活字印本。然文體明辨中並無雜體聯

| 首 數 | 1首 | 2首 | 6首 | 1首 |
|---|---|---|---|---|
| 詩 題 | 〈和李秀才郊墅早春吟興十韻〉〈信州西三十里山名仙人城下有月巖山其狀秀拔中有山門如滿月之狀余因行役過其下聊賦是詩〉 | 〈癸丑年下第獻新先輩〉〈上春詞〉 | 〈乞彩箋歌〉〈長安春〉〈秦婦吟〉〈贈峨嵋彈琴李處士〉〈南陽小將張彥硤口鎮稅人場射虎歌〉〈撫盈歌〉（五六七字句，中夾兮字體） | 〈雜體聯綿〉 |

　　韋莊《浣花集》創作最多的詩體爲近體詩的七言律詩，韋莊的古
體詩的歌行體只有〈乞彩箋歌〉、〈秦婦吟〉、〈南陽小將張彥硤口鎮稅
人場射虎歌〉、〈撫盈歌〉幾首，並不像《溫飛卿集》詩集卷一26首、
卷二27首全是樂府詩，樂府詩的創作與詞一樣是音樂文學，成爲寫
詞之前的練習經驗。而韋莊對於配合音樂的創作文學，可能是新手初
試啼聲。

　　韋莊創作最多的詩體爲七言律詩、七言絕句，再次才是五言律
詩、五言絕句。五七言詩有以下不同，七言比五言平緩穩重，〔註8〕
是因爲七言「第與五言增二字，則句易失於弱」；〔註9〕五言律更宜於
描述動盪、突兀的事物；七言律更宜於狀寫平穩、闊大的物象。即使
都寫動態，則五律飛動；七律波動。同寫博大之物，則五律更宜於寫

---

綿，惟所收皆詩之變體，故將韋莊詩〈雜體聯綿〉歸於此。

〔註8〕 見曾永義：〈中國詩歌中的語言旋律〉，《詩歌與戲曲》（台北：聯經
出版事業公司，1988年），頁25。詩歌的音律的探討，可參考王力：
《漢語詩律學》（上海：上海教育出版社，1988年1月8刷，頁6，
王力以爲漢語的聲調「是以音高爲主要特徵，但是長短和升降也有
關係」。丁邦新以爲漢語的聲調是平仄律，見丁邦新：〈從聲韻學看
文學〉，《中外文學》四卷一期（1975年6月），頁128～147。謝雲
飛認爲漢語詩歌中有長短律、輕重律、高低律、音色律、節拍律，
見謝雲飛：〈語言音律與文學音律的分析研究〉，《文學與音律》（台
北：東大圖書公司，1978年），頁1～30。另外還可參考徐信義：〈詞
譜格律與語言音律的關係〉《詞譜格律原論》（台北：文史哲出版社，
1995年1月），頁91～131。等書。

〔註9〕 冒春榮：《葚原詩說》，《清詩話續編》（上海：上海古籍出版社，1983
年），頁1588。

物之高聳；七律則更宜於寫物之遼闊。同是抒情，五律更爲激盪；七律更爲深沉。同抒喜悅之情，五律歡快；七律愉悅等。韋莊善於使用具有鋪敍效果的七言律詩，適於抒發憂煩抑鬱的情感以及記敍所見所聞。不管是五言或七言，律詩絕句都是每句字數相等，而且每首詩的句數也相同，比如五言詩是每句五個字，七言詩是每句七個字，律詩是每首詩八句，絕句是每首四句，這就像是一塊塊整齊的方格。

## （二）韋莊詞為靈活變化的長短體

　　韋莊詞中出現的二十四種句數形式中，三字句最多有 66 句，其次七字句有 46 句，五字句有 45 句，再其次六字句有 37 句，四字句有 16 句，二字句有 11 句，總體而言以使用奇言句（三字句、七字句、五字句）多於偶言句。韋莊純用奇言句的詞牌有〈菩薩蠻〉、〈天仙子〉、〈木蘭花〉、〈小重山〉四調，純用偶言句的詞牌沒有。對一首詞來說，奇言與偶言，並不僅僅只是字數的劃分，它對音節的流利與頓挫起著很大的調腔作用。一般說來，純奇言詞或奇言句占三分之二左右者，誦讀起來就會有行雲流水般的輕鬆、暢快之感；反之，純偶言詞或偶言句占三分之二左右者，吟唱起來就會有節奏舒緩、頓挫、跳躍諸種感覺。〔註10〕韋莊詞奇言句多於偶言句三分之二（包含純用奇言句）的有：〈訴衷情〉、〈天仙子〉、〈江城子〉、〈思帝鄉〉、〈酒泉子〉、〈女冠子〉、〈更漏子〉、〈謁金門〉、〈喜遷鶯〉、〈應天長〉、〈木蘭花〉、〈小重山〉、〈望遠行〉、〈菩薩蠻〉、〈浣溪沙〉十五調，偶言句多於奇言句三分之二的只有〈清平樂〉、〈河傳〉、〈怨王孫〉三調。韋莊詞多奇言句的使用，故具有行雲流水般的輕鬆、暢快之感，適於表現流麗諧婉、低回要眇之聲情。《花間集》中也是較多奇言句，純用偶言句的詞牌一個也沒有，其中 25 個詞牌純用奇言句；全集總數 4113 句，奇言 3286 句，偶言 827 句；奇言佔總句數的 79.9%，偶言句佔 20.1%。

---

〔註10〕　羅漫：〈詞體出現與發展的詩史意義〉，《中國社會科學》（1995 年第五期），頁 147。

敦煌曲子詞中，《雲謠集》收詞 30 首，純奇言詞 10 首，佔總數的三分之一。全集共 400 句，奇言句共 234 句，佔 58%；偶言 166 句，佔 42%。其他曲子詞共有 466 首，其中純奇言詞 378 首，佔 81.3%；奇偶言混成詞 88 首，佔 18.7%，純偶言詞一首也沒有出現。總句數，2764 句，奇言 2504 句，佔 91.9%；偶言 224 句，僅佔 8.1%。敦煌詞代表民間詞的創作傾向，同樣顯示出在奇言詩的籠罩下。〔註11〕

《花間集》詞五百首中，單調十七種合計二十九種句式，雙調五十二種中，共用了一百二十五種句式，〈河傳〉有十四種體式，〈思帝鄉〉有三種體式。其中韋莊詞中〈思帝鄉〉和〈河傳〉各佔有兩體，韋莊詞字數在創新部份有兩體，可見詞體仍然在變動初期、未完全統一。〈天仙子〉〈女冠子〉〈浣溪沙〉〈菩薩蠻〉〈應天長〉〈小重山〉〈望遠行〉這七調，因為七字句與七字句，五字句與五字句排列在一起，故有可能夠成黏對關係，其他詞牌則五、七言句與其他句式交錯排列，無法構成黏對關係。

韋莊詞的句式：

| 詞牌名 | 首 數 | 每句字數（總字數） | | 奇言句 偶言句 | 奇言句大於偶言句三分之二：☆；偶言句大於奇言句：■ |
|---|---|---|---|---|---|
| 【清平樂】 | 6 | 4.5.7.6○6.6.6.6（46） | 〔4567〕 | 奇2偶6 | ■ |
| 【浣溪沙】 | 5 | 7.7.7○7.7.7（42）▼◎ | 〔7〕◇ | 奇6 | ☆ |
| 【菩薩蠻】 | 5 | 7.7.5.5○5.5.5.5（49）▼ | 〔57〕◇ | 奇8 | ☆ |
| 【天仙子】 | 5 | 7.7.7.3.3.7（34）▼ | 〔37〕◇ | 奇6 | ☆ |
| 【歸國遙】 | 3 | 3.7.6.5○6.5.6.5（43） | 〔3567〕 | 奇5偶3 | ☆ |
| 【謁金門】 | 3 | 3.6.7.5○6.6.7.5（45） | 〔3567〕 | 奇5偶2 | ☆ |
| 【女冠子】 | 2 | 4.6.3.5.5○5.5.5.3（41） | 〔3456〕◇ | 奇7偶2 | ☆ |
| 【喜遷鶯】 | 2 | 3.3.5.7.5○3.3.6.7.5（47） | 〔3567〕 | 奇9偶1 | ☆ |
| 【應天長】 | 2 | 7.7.3.3.7○3.3.6.6.5（50） | 〔3567〕◇ | 奇8偶2 | ☆ |
| 【荷葉杯】 | 2 | 6.2.5.7.5○6.2.5.7.5（50）◎ | 〔2〕 | 奇6偶4 | |
| 【河傳】 | 2 | 2.2.4.4.4.6.3○7.3.5.4.6.3（53） | 〔234567〕 | 奇6偶8 | ■ |

| 【訴衷情】 | 2 | 7.3.3.2.3.5.2.5.3（33） | 〔2357〕 | 奇6偶2 | ☆ |
|---|---|---|---|---|---|
| 【上行杯】 | 2 | 6.3.4.7.6.7.2.3.3（41） | 〔23467〕 | 奇5偶4 | |
| 【江城子】 | 2 | 7.3.3.4.5.7.3.3（35） | 〔3457〕 | 奇7偶1 | ☆ |
| 【定西番】 | 2 | 6.3.3.3.6.5.6.3（35） | 〔365〕 | 奇5偶3 | |
| 【思帝鄉】（雲髻墮） | 1 | 3.3.6.3.6.3.6.3（33） | 〔36〕 | 奇5偶3 | |
| （春日游） | 1 | 3.5.6.3.6.3.5.3（34） | 〔365〕 | 奇6偶2 | ☆ |
| 【酒泉子】 | 1 | 4.6.3.3.3○7.6.3.3.3（41） | 〔3467〕 | 奇7偶3 | ☆ |
| （春晚） | 1 | 2.2.4.4.6.4.3○7.3.5.6.4.3（53） | 〔234567〕 | 奇5偶8 | ■ |
| 【怨王孫（與河傳同調）】 | 1 | 2.2.4.4.4.6.3○7.3.5.4.6.3（53） | 〔234567〕 | 奇5偶8 | ■ |
| 【木蘭花】 | 1 | 7.7.3.3.7○7.7.7.7（55）▼ | 〔37〕◇ | 奇9 | ☆ |
| 【小重山】 | 1 | 7.5.3.7.3.5○5.5.3.7.3.5（58）▼ | 〔357〕◇ | 奇12 | ☆ |
| 【更漏子】 | 1 | 3.3.6.3.3.5○3.3.6.3.3.5（46）◎ | 〔356〕 | 奇10偶2 | ☆ |
| 【望遠行】 | 1 | 7.5.7.5○3.3.6.7.7.5.5（59）◇ | 〔3567〕 | 奇10偶1 | ☆ |
| | 共54首 | | | | |

（▼純用奇言詞牌，◎上下闋相同，○上下闋分段，〔出現的字句式〕，◇有黏對可能）

　　就單個詞調中使用首數最多者言，韋莊使用最多的詞牌爲〈清平樂〉六首，其次是〈天仙子〉〈浣溪沙〉〈菩薩蠻〉各五首，其每句字數如下：

　　〈清平樂〉：「4.5.7.6○6.6.6.6」

　　〈天仙子〉：「7.7.7.3.3.7」

　　〈浣溪沙〉：「7.7.7○7.7.7」

　　〈菩薩蠻〉：「7.7.5.5○5.5.5.5」

　　韋莊詞中所使用的詞牌〈浣溪沙〉〈菩薩蠻〉〈天仙子〉，其字數特色，爲五、七言所組成，與近體詩相近，且單五字句與七字句的總數在韋莊詞中也是佔多數。整部《花間集》中所常使用的詞牌爲〈浣溪沙〉〈菩薩蠻〉等，與韋莊詞較常使用的詞牌是相同的。早期文人詞大多選擇奇言句式，因爲奇言比偶言對大多數詩人來說更熟練、更習慣、更易把握。詩詞開始分道之際，兩者的特徵差別不會很大，所以詞之句式與詩之句式，擁有同樣以奇言型態爲主的特色。

　　詞曲的音節形式，曾永義說三言有（1）1、2（2）2、1形式；

四言有（1）1、3（2）2、2形式；五言有（1）2、3（2）3、2形式；六言有（1）3、3（2）2、2、2形式；七言有（1）2、2、3（2）3、2、2形式。〔註12〕而詩只有五言七言，所以詞的音節變化較詩多樣。最末一個音節都是單數，謂爲「單式」，最末一個音節都是雙數，後者爲「雙式」，「單式雙式兩者聲響不同，或爲健捷激裊，或爲平穩舒徐。……詩中五言七言皆用單式，古風拗句偶可通融或故意出奇，近體如用雙式即爲失律。詞曲諸調如僅照全句字數塡寫而單雙互誤，則一句有失而通篇音節全亂。」〔註13〕單式健捷激裊，雙式平穩舒徐。韋莊詩五七言律絕句多以單式句結尾，如〈送日本國僧敬龍歸〉：「扶桑已在／渺茫中，家在扶桑／東更東。此去與師／誰共到，一船明月／一帆風。」〈寄湖州舍弟〉：「半年江上／愴離襟，把得新詩／喜又吟。多病似逢／秦氏藥，久貧如得／顧家金。雲煙但有／穿楊志，塵土多無／作吏心。何況別來／詞轉麗，不愁明代／少知音。」韋莊詞中，五七言音節也大多是「2、2、3」或「2、3」單式句，只有〈訴衷情〉（碧沼）：「越羅香／暗銷」、〈菩薩蠻〉（紅樓別夜）：「綠窗人／似花」、〈菩薩蠻〉（人人盡說）：「壚邊人／似月」三句是雙式句，詞的音節與其詩的音節相同。根據韋莊詞中句式的組合，大部分是奇偶式句式組成的詞調較多，可分爲以下幾個形式：

---

〔註12〕 五言的構成音節形式，爲2、3或3、2，七言的音節形式爲2、2、3；3、2、2形式每種各有兩種音節形式；第一種形式的最末一個音節都是單數，第二種形式的最末一個音節都是雙數。鄭騫在「論北曲之襯字與增字」一文（《幼獅學誌》第十一卷第二期，1973年）中謂前者爲「單式」，後者爲「雙式」，並云：「單式雙式兩者聲響不同，或爲健捷激裊，或爲平穩舒徐。……詩中五言七言皆用單式，古風拗句偶可通融或故意出奇，近體如用雙式即爲失律。詞曲諸調如僅照全句字數塡寫而單雙互誤，則一句有失而通篇音節全亂。」單式健捷激裊，雙式平穩舒徐。見曾永義：〈中國詩歌中的語言旋律〉，《詩歌與戲曲》（台北：聯經出版社，1988年），頁25～27、29。

〔註13〕 同上注見《詩歌與戲曲》（台北：聯經出版社，1988年），頁25～27、29。

### 1、奇式句子的混合〔註14〕

純奇式句子的使用較接近體詩的形式，但這部分在韋莊詞中佔少數。

（1）單五言或七言：〈浣溪沙〉：「7.7.7○7.7.7」

（2）五七言混合：

詞在句式上，打破五七言律絕的整齊格式，把五七言句子混合起來，便成一種新的格調。如：〈菩薩蠻〉：「7.7.5.5○5.5.5.5」

（3）三言混合

在韋莊詞中，三字句是佔很大的比例，這可能與五七言的基本構成句式有關，五言的構成音節形式，為 2、3 或 3、2，七言的音節形式為 2、2、3；3、2、2 形式。〔註15〕其中三字句是打破二字句的穩定，使整齊詩語言變化的一個音節。因此奇言詩的三字句是造成變化的要素。如：

〈天仙子〉：「7.7.7.3.3.7」

〈木蘭花〉：「7.7.3.3.7○7.7.7.7」

〈小重山〉：「7.5.3.7.3.5○5.5.3.7.3.5」

### 2、奇式與偶式句的混合

詩與詞間，其重要的區別，是奇偶式句子的配合。這也是詞體脫離近體詩形式的一種基本變化。

雅樂只用五音，而燕樂有七音，即宮商角徵羽五個全音加上變宮、變徵二個半音，音樂的變化更大，故填詞者，非以單雙句的配合，不能與新的音樂相搭配，於是詞體因樂曲（詞調）而產生基本的變化，當然這種奇偶式的變化起初還是比較簡單的，即在多數的奇式句子裡，加插一兩句偶式句。或在多數偶式句子裡，加插一兩句奇式句。

---

〔註14〕 參考梁榮基：《詞學理論綜考》（北京：北京大學出版社，1991 年 8 月），頁 53～63。他把奇式句當作單式句，把偶式句當作雙式句。

〔註15〕 見曾永義：〈中國詩歌中的語言旋律〉，《詩歌與戲曲》（台北：聯經出版社，1988 年），頁 25～27、29。

如：

　　〈望遠行〉：「7.5.7.5○3.3.6.7.7.5.5」

　　〈應天長〉：「7.7.3.3.7○3.3.6.6.5」

　　這是在奇言句中，多加了一二個六字句。上面兩體，是一種比較簡單的變化，還有單雙式句的配合更為複雜，如：

　　〈清平樂〉：「4.5.7.6○6.6.6.6」

　　這詞有四、五、六、七各式句子混在一起。

　　〈河傳〉：「2.2.4.4.4.6.3○7.3.5.4.6.3」

　　詞有二、三、四、五、六、七各式句子混在一起。

　　蕭繼宗說：「初期小令，體式變化，往往繁甚。如〈訴衷情〉、〈上行盃〉、〈河傳〉之類，語句參差，不易董理。」〔註16〕除了上面韋莊所常使用的單個詞調中創作首數最多者外，總合來看每詞調的形式，為奇偶式句子混合變化形式的，出現最多，如〈訴衷情〉〈江城子〉〈定西番〉〈思帝鄉〉〈上行杯〉〈酒泉子〉〈女冠子〉〈歸國遙〉〈更漏子〉〈謁金門〉〈清平樂〉〈喜遷鶯〉〈荷葉杯〉〈怨王孫〉等，都是奇偶式句子混合變化的形式。

## 3、重疊

　　韋莊詞共五十四首詞（《花間集》所錄韋莊詞只有二十調，四十八首），二十一詞調中，〈思帝鄉〉〈河傳〉〈酒泉子〉各另有一式，故句數排列有二十四種形式，詞的變動情形較少，可見其詞體形式的漸漸確立。詞分為前後兩段的叫雙調，分為前片、後片，或稱前闋、後闋；不分段的稱為單片或單調，韋莊詞單調十六首，雙調三十八首。以雙調詞形式多於單調兩倍多，雙調佔韋莊詞三分之二。其中只有雙調〈浣溪沙〉五首〈更漏子〉一首〈荷葉杯〉二首上下闋字數都相同，形成對稱的詞調，其他都是不對稱的形式，詞有了不對稱的雙調，在

---

〔註16〕蕭繼宗評點校注：《花間集》（台北：台灣學生書局，1977 年），頁363。

文體上，是慢慢脫離近體詩影響的現象。

## 二、平仄聲調比較

### （一）韋莊詩的平仄：多合乎格律

平仄是律詩最重要的因素，律詩的平仄規則，一直沿用到後代的詞曲。

五律的平仄有

#### （1）仄起式

仄仄平平仄，平平仄仄平。

平平平仄仄，仄仄仄平平。

仄仄平平仄，平平仄仄平。

平平平仄仄，仄仄仄平平。

（字外框起來者表示可平可仄）另一式，首句改仄仄仄平平平，其餘不變。

#### （2）平起式

平平平仄仄，仄仄仄平平。

仄仄平平仄，平平仄仄平。

平平平仄仄，仄仄仄平平。

仄仄平平仄，平平仄仄平。

另一式，首句改為平平仄仄平，其餘不變。

七律是五律的擴展，擴展的辦法是在五字句的上面加一兩個字的頭。

#### （1）仄起式

仄仄平平仄仄平，平平仄仄仄平平。

平平仄仄平平仄，仄仄平平仄仄平。

仄仄平平平仄仄，平平仄仄仄平平。

平平仄仄平平仄，仄仄平平仄仄平。

另一式，第一句改為仄仄平平平仄仄，其餘不變。

## （2）平起式

平平仄仄仄平平，仄仄平平仄仄平。
仄仄平平平仄仄，平平仄仄仄平平。
平平仄仄平平仄，仄仄平平仄仄平。
仄仄平平平仄仄，平平仄仄仄平平。

另一式，第一句改爲平平仄仄平平仄，其餘不變。

啓功所歸納的五七言律調句式表爲：

五言句

| | | | | | | |
|---|---|---|---|---|---|---|
| A | 平 仄 | 仄 平 | 仄 | 平 | 平 | 仄 |
| B | 仄 平 | 平 仄 | 仄 | 平 | 仄 | 平 |
| C | 平 仄 | 仄 平 | 仄 | 平 | 平 | 仄 |
| D | 仄 平 | 平 仄 | 仄 | 平 | 平 | 平 |

七言句

（B 式框起來的仄是律調句式中沒有的，所以：平仄仄平仄仄平，仄仄仄平仄仄平是非律句。）首句不入韻一類中，「五言仄起不入韻式」與「七言平起不入韻式」他們的排列次序都是ＡＢＣＤＡＢＣＤ。至於「五言平起不入韻式」與「七言仄起不入韻式」，他們的排列次序都是ＣＤＡＢＣＤＡＢ。首句入韻「五言仄起入韻式」，「七言平起入韻式」，他們的排列次序都是ＤＢＣＤＡＢＣＤ，「五言平起入韻式」、「七言仄起入韻式」他們的排列次序都是ＢＤＡＢＣＤＡＢ。〔註17〕

---

〔註17〕 參考啓功：《詩文聲律論稿》，（台北：明文書局，1982 年 10 月），

合乎格律的詩太多，此舉一例〈鑷白〉：

　　白髮太無情，朝朝鑷又生。始因絲一縷，漸至雪千莖。
　　不避佳人笑，唯慚稚子驚。新年過半百，猶歎未休兵。
　　仄仄仄平平，平平仄仄平。仄平平仄仄，仄仄仄平平。
　　平仄平平仄，平平仄仄平。平平仄仄仄。平仄仄平平。

這首詩為詩人描寫自己年歲漸增，白髮鑷不盡，雞皮鶴髮讓佳人嘲笑、讓幼子驚為生客，感嘆用一輩子青春歲月走過戰亂，到年過半百仍然兵亂未平。整首詩為五言仄起首句押韻，皆合於平仄格律，押庚韻，第二聯（第三、四句）與第三聯（第五、六句）也各自成對句。只有一句為拗句「新年過半百」，第三字不該仄而仄，句尾成為連三仄，幸第一字為平聲，可救此拗句，在聲調上，則因此較為鏗鏘有力。

## （二）韋莊詞中五七言的平仄：合律多於拗句

　　詞之平仄原以樂調為準，然文人染指後，乃競以詩之規矩（含平仄、用韻）運用於詞體中，詩詞由於著重音聲旋律的變化，所以平仄四聲都是須講究的重點。依據夏承燾的研究，唐末溫庭筠已分辨平仄；到晏殊漸辨去聲，嚴於結句；到柳永分上、去聲，尤謹於入聲；到周邦彥用四聲，變化最多，四聲的變化逐趨精密，但也僅限於警句和結拍。到了南宋，方千里、楊澤民、陳允平諸人和周邦彥詞，對於周詞的四聲，亦步亦趨，不敢稍有一些逾越，南宋末年，張樞、楊纘等人更提倡辨五音，分陰陽，詞越發展越與平仄四聲五音的配合漸趨嚴格。但在最初五代詞家大多師範飛卿僅辨平仄，惟韋莊詞的用韻，對於上、去似乎漸辨去聲，但也非絕對。〔註18〕

　　如〈歸國遙〉二首下片云：

　　恨無雙翠羽

---

頁 15。
〔註18〕夏承燾：〈唐宋詞字聲之演變〉《唐宋詞論叢》（香港：中華書局，1985年），頁 53～89。五代詞家大都師範飛卿，逢延巳之〈酒泉子〉六首、毛熙震之〈後庭花〉三首，雖為拗體，而僅辨平仄，亦飛卿舊規也。

　　　　舊歡如夢裡

「恨」、「舊」、「翠」、「夢」皆去。然上結「單棲無伴侶」「幾年花下醉」又不合。又〈謁金門〉三首兩結云：

　　　　弄晴相對浴　　寸心千里目
　　　　夢魂相斷續　　遠山眉黛綠
　　　　寄書何處覓　　斷腸芳草碧

亦有合有不合（「里」、「斷」、「遠」陽上作去，「草」陰上不能作去）。如〈清平樂〉

　　　鶯啼殘月（入），繡閣香燈滅（入）。門外馬嘶郎欲別（入），
　　　正是落花時節（入）。　　妝成不畫蛾眉（平），含愁獨倚
　　　金扉（平）。去路香塵莫掃（上），掃即郎去歸遲（平）。

　　　瑣窗春暮（去），滿地梨花雨（上）。君不歸來情又去（去），
　　　紅淚散霑金縷（上）。　　夢魂飛斷煙波（平），傷心不奈
　　　春何（平）。空把金針獨坐（去），鴛鴦愁繡雙窠（平）。

兩首詞的押韻韻腳若依平仄格律都是｜｜｜｜－－｜，無一平仄不合，但其所辨僅在平仄，猶未嘗有上去之分。蓋詞體在五代，爲唐宋之過渡，律漸密而未純。

　　　近體詩之平仄關係，最顯著的是：（一）句與句間的對黏關係。近體詩講求「黏」，即上聯對句的第二字應和下聯首句的第二字平仄相同，這種「同」，正是爲了整首詩的平仄不雷同，使更爲和諧。（二）詩句中常常兩字一「頓」，或稱爲「節」，每句之平仄組合，以「二、四、六」字平仄分明爲原則，「一、三、五」字則視情況做變化。即句中各節，除句腳半節之外，都需要間隔錯綜，平節後須接仄節，仄節後須接平節，二四六必須是平仄平或仄平仄。若這種節的關係錯了，便成爲非律句。至若拗救現象，屬於權變措施，可分本句拗救，對句拗救，及本句、對句同時拗救三形式，而每句後三字，皆以「二夾一」（仄平仄、平仄平）、「下三連」（平平平、仄仄仄）爲忌諱。 [註19]

〔註19〕參考王偉勇：〈以唐、五代小令爲例試述詞律之形成〉，《東吳文史學報》十一號（1993 年 3 月），頁 95。啓功：《詩文聲律論稿》（台北：

　　啓功在《詩文聲律論稿》（六）律句中各節的嚴寬，所歸納律句中各節的嚴寬，也可作爲辨識律句與非律句（拗句）的分別，茲節錄於下：

　　律詩無論五言或七言句，以部位論，是下段比上段嚴格；以聲調論，是平聲比仄聲嚴格。

　　律詩的句末三字腳，有以下幾種情況：

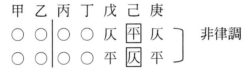

　　如果己處孤平被兩仄所夾，或孤仄被兩平所夾，都是非律調的：

甲　乙　丙　丁　戊　己　庚
○　○│○　○　仄　平　仄　﹜　非律調
○　○│○　○　平　仄　平

---

明文書局股份有限公司，1982 年 10 月），頁 22。葉桂桐：《中國詩律學》（台北：文津出版社，1998 年），第四章詩詞曲格律比較頁 141
～142。葉桂桐先生歸納較之詞曲，近體詩的平仄有幾個特點：一，除了句末（偶句必用平聲韻，首句入韻不入韻均可），詩只分平仄，仄聲不再細分上去入。一般詩人對於不押韻的奇數句句末的仄聲字，也不細分上去入，諳於詩律的杜甫等人對於這種奇數句句末的仄聲字，則比較講究，但也只是上去入搭配使用，只避免用完全相同的仄聲就是了。二，近體詩每句的一、三字（七言的一、三、五），除了犯孤平的句式之外，平仄規定不那麼嚴格，即可平可仄。所謂「犯孤平」的句式是「平平仄仄平」（七言爲「仄仄平平仄仄平」），這種句式的第一個字爲平聲字，如果變成仄聲字，那麼除了韻腳的第五字必爲平聲外，便只剩下一個平聲字，因此稱爲「孤平」。每句的二、四字（七言的二、四、六字）應當分明，當然拗救的格式除外。三，近體詩講求「黏」，即上聯的對句的第二個字應和下一聯的首句的第二字平仄相同。這種「同」，正是爲了整首詩的平仄的不雷同，即更爲和諧。

如果戊處孤平或孤仄，也是非律調的：

```
甲 乙 丙 丁 戊 己 庚
○ ○｜○ 仄 [平] 仄 仄 ┐
○ ○｜○ 平 [仄] 平 平 ┘  非律調
```

還有這三字腳如果平仄全同，也是非律調：

```
甲 乙 丙 丁 戊 己 庚
○ ○｜○ ○ 仄 仄 仄 ┐
○ ○｜○ ○ 平 平 平 ┘  非律調
```

再往上一節即丙丁處，又寬些，雖不許孤平，但許孤仄，並且許丙丁戊連成三平或三仄：

```
甲 乙 丙 丁 戊 己 庚
○ ○ 仄 [平] 仄 ○ ○ ┐
○ 仄 [平] 仄 ○ ○    ┘  非律調

○ 平 平 [仄] 平 ○ ○ ┐
○ 平 [仄] 平 ○ ○    │
○ 仄 [平 平 平] 仄 仄 │  律調
○ 平 [仄 仄 仄] 平 平 ┘
```

再往上一節甲乙處，就更寬了，甲乙處皆無任何限制。 〔註20〕

為便於與律詩對照，凸顯詞律與詩之間關係，乃以韋詞中五七言句分析其平仄。

韋莊詞平仄格律：

說明：1. 字句加上░░░░者，為平仄不合律的拗句。

　　　2. 加上◇者，可能有黏對關係。

　　　3. 字詞中框起來者，有平仄格律黏或對的關係，如：[扶入流蘇猶未醒。醺醺酒氣麝蘭和]，為平仄對句關係。平仄格律中框起來者，如：丨一[一]，為押韻位置。

---

〔註20〕 啟功《詩文聲律論稿》（台北：明文書局，1982年10月），頁28～32。

4. 下加一條線者＿＿＿＿，如：<u>紅樓別夜堪惆悵，香燈半卷</u>
<u>流蘇帳</u>，為相同格律。

5. 加上＆為上下闋分片標號。

| 〈訴衷情〉平仄韻錯協格 |
| --- |
| 燭爐香殘簾半卷，夢初驚。花欲謝，深夜，月籠明。何處按歌聲，輕輕。舞衣塵暗生，負春情。 |
| ｜ ｜ ｜ ｜ － ｜ ｜ － － ｜ ｜ － － － － ｜ ｜ － － ｜ ｜ － － ｜ ｜ ｜ － － |
| 碧沼紅芳煙雨靜，倚蘭橈。垂玉佩，交帶，嫋纖腰。鴛夢隔星橋，迢迢。越羅香暗銷，墜花翹。 |
| ｜ ｜ ｜ ｜ － ｜ ｜ － － ｜ ｜ － － － － ｜ ｜ － － ｜ ｜ － － ｜ ｜ ｜ － － |
| 韋莊定格 |
| ｜ ｜ ｜ ｜ ，｜ ｜ ☐ 。（平韻）－ ｜ ☐ ，（換仄韻）－ ☐ ，（協仄）｜ － ☐ 。（歸平韻）－ ｜ ｜ ☐ ，（協平）☐ 。（協平）｜ － ｜ ☐ 。（協平）｜ ｜ ☐ 。（協平） |

〈訴衷情〉句式為「7.3.3.2.3.5.2.5.3」首句乃合乎七言仄起仄收，
第六句合乎五言仄起平收格律，惟第八句五言末三字，皆採「平仄平」
二夾一之形式。

| 〈天仙子〉平韻格◇ |
| --- |
| 悵望前回夢裏期，看花不語苦尋思。露桃宮裏小腰枝，眉眼細，鬢雲垂，惟有多情宋玉知。 |
| ｜ ｜ － － ｜ ｜ － ，｜ － ｜ ｜ ｜ － － 。｜ － － ｜ ｜ － － ，－ ｜ ｜ ，｜ － － ，－ ｜ － － ｜ ｜ － 。 |
| 夢覺雲屏依舊空，杜鵑聲咽隔簾櫳。玉郎薄倖去無蹤，一日日，恨重重，淚界蓮腮兩線紅。 |
| ｜ ｜ － － － ｜ － ，｜ － － ｜ ｜ － － 。｜ － ｜ ｜ ｜ － － ，｜ ｜ ｜ ，｜ － － ，｜ ｜ － － ｜ ｜ － 。 |
| 金似衣裳玉似身，眼如秋水鬢如雲。霞裙月帔一群群，來洞口，望煙分，劉阮不歸春日曛。 |
| － ｜ － － ｜ ｜ － ，｜ － － ｜ ｜ － － 。－ － ｜ ｜ ｜ － － ，－ ｜ ｜ ，｜ － － ，－ ｜ ｜ － － ｜ － 。 |
| 韋莊平韻格 |
| ＋ ｜ － － ＋ ＋ ☐ ，｜ － ｜ － ｜ ｜ ☐ 。＋ － ＋ ＋ ｜ － ☐ ，＋ ｜ ｜ ，｜ － ☐ ，＋ ｜ － － ｜ ｜ ☐ 。 |

〈天仙子〉句式為「7.7.7.3.3.7」，但以押韻平仄分，可分為平韻
格和平仄韻轉換格，平韻格拗句較不一致，有首句不合律，也有第二
句或第三句、第六句為拗句。合乎格律的，或是出現同樣格律的，也
就沒有固定。《金荃集》所收為韋莊作五首，皆平韻或仄韻轉平韻體。
《花間集》所收皇甫松二首，則皆仄韻單調小令，韋莊此調以平韻為
主與其他以仄韻為主的現象不同。

| 〈天仙子〉又一體平仄韻轉換格 |
| --- |
| 深夜歸來長酩酊，扶入流蘇猶未醒。醺醺酒氣麝蘭和，驚睡覺，笑呵呵，長笑人生能幾何。 |
| － ｜ － － － ｜ ☐ ，－ ｜ － － － ｜ ☐ 。－ － ｜ ｜ ｜ － ☐ ，－ ｜ ｜ ，｜ － － ，－ ｜ － － － ｜ ☐ 。 |
| 蟾彩霜華夜不分，天外鴻聲枕上聞。繡衾香冷懶重熏，人寂寂，葉紛紛，纔睡依前夢見君。 |
| － ｜ － － ｜ ｜ ☐ ，－ ｜ － － ｜ ｜ ☐ 。｜ － － ｜ ｜ － ☐ ，－ ｜ ｜ ，｜ － － ，－ ｜ － － ｜ ｜ ☐ 。 |

| 韋莊平仄韻轉換格 |
|---|
| －∣－＋∣□，＋∣－＋∣□。＋－＋∣∣－□，－∣∣，∣－□，－∣－－－∣□。 |

　　首句皆拗句，不是二四六字未符合仄平仄的規律，就是句末三仄韻。第二句第三句相對，第一、三、五字不論，第二、四、六字皆平仄相對。末句末三字皆採「平仄平」二夾一的形式為拗句，成為首尾皆拗句的情形。

| 〈江城子〉平韻格 |
|---|
| 恩重嬌多情易傷，漏更長，解鴛鴦。朱唇未動，先覺口脂香。緩揭繡衾抽皓腕，移鳳枕，枕檀郎。 |
| －－－∣－－，∣－，∣－。－∣∣∣，∣∣∣－。∣∣∣－－∣∣，－∣∣，∣－。 |
| 髻鬟狼藉黛眉長，出蘭房，別檀郎。角聲嗚咽，星斗漸微茫。露冷月殘人未起，留不住，淚千行。 |
| ∣－－∣∣－－，∣－－，∣－－。∣－－∣，－∣∣－－。∣∣∣－－∣∣，－∣∣，∣－－。 |
| 韋莊格平韻格 |
| ＋－－＋∣□，＋－□，∣－□。＋－∣∣，∣∣∣－□。∣∣∣－－∣∣，－∣∣，∣－□。 |

　　〈江城子〉句式為「7.3.3.4.5.7.3.3」二首中只有一首首句成孤仄拗句，其他七言五言皆合格律，第五句五言為仄起平收句，第六句為七言仄起仄收句。

| 〈定西番〉平仄韻錯協格 |
|---|
| 挑盡金燈紅爐，人灼灼，漏遲遲，未眠時。斜倚銀屏無語，閒愁上翠眉。悶殺梧桐殘雨，滴相思。 |
| －∣－－－－，－∣∣，∣－□，∣－□。－∣－－－∣，－－∣∣□。∣∣－－－∣，∣－□。 |
| 芳草叢生縷結，花豔豔，雨濛濛，曉庭中。塞遠久無音問，愁銷鏡裏紅。紫燕黃鸝猶至，恨何窮。 |
| －∣－－∣∣，－∣∣，∣－□，∣－□。∣∣∣－－∣，－－∣∣□。∣∣－－－∣，∣－□。 |
| 韋莊定格： |
| －∣－－＋∣，∣，－∣，∣－－，∣－－。＋∣＋－－∣，∣－－∣－。∣∣－－－∣，∣－－。 |

　　〈定西番〉句式為「6.3.3.3.6.5.6.3」，第六句皆合乎五言詩平起平收格「－－∣∣－」。

| 〈思帝鄉〉之一 |
|---|
| 雲髻墜，鳳釵垂。髻墜釵垂無力，枕函欹。翡翠屏深月落，漏依依。說盡人間天上，兩心知。 |
| －∣□，∣－□。∣∣－－－∣，∣－□。∣∣－－∣∣，∣－－。∣∣－－－∣，∣－□。 |

　　〈思帝鄉〉有兩種句式排列，之一為「33636363」，無五七言句式。

| 〈思帝鄉〉之二 |
|---|
| 春日遊，杏花吹滿頭。陌上誰家年少，足風流。妾擬將身嫁與，一生休。縱被無情棄，不能羞。 |
| －∣－，∣－－∣□。∣∣－－－∣，∣－□。∣∣－－∣∣，∣－－。∣∣－－∣，∣－□。 |

〈思帝鄉〉第二種句式排列「35636353」，其中第二句五言句爲「平仄平」，二夾一句式爲拗句，第七句則爲五言詩仄起仄收格「｜｜——｜」。

| 〈上行杯〉平仄韻錯協格 |
|---|
| 芳草灞陵春岸，柳煙深，滿樓弦管。一曲離聲腸寸斷。今日送君千萬，紅縷玉盤金鏤盞。須勸！珍重意，莫辭滿。 |
| ―｜――――｜，｜――，｜―――｜。｜｜――――｜｜。｜｜｜――｜｜，――｜｜――｜｜。――｜！――｜，｜――。 |
| 白馬玉鞭金轡，少年郎，離別容易。迢遞去程千萬裏。惆悵異鄉雲水，滿酌一杯勸和淚。須愧！珍重意，莫辭醉。 |
| ｜｜｜――――，｜――，――――｜。――｜｜――｜｜。――｜｜――｜｜，｜｜｜―｜―――｜。――｜！――｜，｜――。 |
| 韋莊定格 |
| ＋｜｜－｜，｜－－，｜－－｜。・＋｜－－｜｜。＋｜｜－－｜，＋｜｜－＋｜｜。－｜｜！－｜｜，｜｜－。 |

〈上行杯〉句式爲「6.3.4.7.6.7.2.3.3」，第四句皆合乎七言仄起仄收格，但第六句皆爲拗句，不是第二四六句平仄不合規律，爲「――｜――｜｜」，就是句尾末三字三仄韻。

| 〈酒泉子〉平仄韻錯協格 |
|---|
| 月落星沈，樓上美人春睡。綠雲欹，金枕膩，畫屏深。<br>子規啼破相思夢，曙色東方才動。柳煙輕，花露重，思難任。 |
| ｜｜――｜・－｜――｜・――・｜――・｜―－。& |
| ｜――｜｜――・｜―――｜・――｜・｜｜｜・――－。 |

〈酒泉子〉句式爲「4.6.3.3.3○7.6.3.3.3」，下闋第一句，「｜－－｜｜－｜」爲二夾一拗句。

| 〈女冠子〉◇ |
|---|
| 四月十七，正是去年今日。別君時，忍淚佯低面，含羞半斂眉。<br>不知魂已斷，空有夢相隨。除卻天邊月，沒人知。 |
| ｜｜｜｜，｜｜｜――｜・｜――，｜｜――｜，――｜｜――。& |
| ｜――｜｜，｜｜｜――・｜―――｜，｜――－。 |
| 昨夜夜半，枕上分明夢見。語多時，依舊桃花面，頻低柳葉眉。<br>半羞還半喜，欲去又依依。覺來知是夢，不勝悲。 |
| ｜｜｜｜，｜｜――｜｜・｜――，――――｜，――｜｜――。& |
| ｜――｜｜，｜｜｜――・｜―――｜，｜――－。 |
| 韋莊定格 |
| ｜｜｜｜，｜｜｜＋－｜・｜－－，＋｜－－｜，－－｜｜－。& |
| ｜－－｜｜，｜＋｜－－・｜＋－＋｜，－－－。 |

〈女冠子〉句式爲「4.6.3.5.5○5.5.5.3」，上闋第四第五句成對句，下闋第一、二句成對句，「四月十七」首第三句與第二句成黏句，且此調中所有的五言句皆合乎五言詩的平仄規律。〈女冠子〉出現的五

言句，皆符合詩的格律。

| 〈浣溪沙〉平韻格◇ |
| --- |
| 清曉妝成寒食天，柳球斜嫋間花鈿，卷簾直出畫堂前。<br>指點牡丹初綻朵，日高猶自憑朱闌，含嚬不語恨春殘。 |
| － \| － － \| \| － ， \| － － \| \| － － ， \| － \| \| － － 。&<br>\| \| \| \| － \| \| ， \| － － \| \| － － ， － － \| \| \| － － 。 |
| 欲上秋千四體慵，擬交人送又心忪，畫堂簾幕月明風。<br>此夜有情誰不極，隔牆梨雪又玲瓏，玉容憔悴惹微紅。 |
| \| \| \| － \| \| － ， \|　\|　\|　\| \| － － ，　\| － － \| \| － － 。&<br>\| \| \| \| － \| \| ， \| － － \| \| － － ， \| － － \| \| － － 。 |
| 惆悵夢餘山月斜，孤燈照壁背紅紗，小樓高閣謝娘家。<br>暗想玉容何所似，一枝春雪凍梅花，滿身香霧簇朝霞。 |
| － \| \| － － \| － ， － － \| \| \| － － ， \| － － \| \| － － 。&<br>\| \| \| － － \| \| ， \| － － \| \| － － ， \| － － \| \| － － 。 |
| 綠樹藏鶯鶯正啼，柳絲斜拂白銅鞮，弄珠江上草萋萋。<br>日暮飲歸何處客，繡鞍聰馬一聲嘶，滿身蘭麝醉如泥。 |
| \| \| \| － － \| － ， \| － － \| \| － － ， \| － － \| \| － － 。&<br>\| \| \| \| － \| \| ， \| － － \| \| － － ， \| － － \| \| － － 。 |
| 夜夜相思更漏殘，傷心明月憑闌干，想君思我錦衾寒。<br>咫尺畫堂深似海，憶來惟把舊書看，幾時攜手入長安。 |
| \| \| \| － \| \| － ， \| － － \| \| － － ， \| － － \| \| － － 。&<br>\| \| \| \| － \| \| ， \| － － \| \| － － ， \| － － \| \| － － 。 |
| 韋莊定格<br>＋ \| ＋ － ＋ \| － ，\| － ＋ \| \| － ＋ ，＋ － ＋ \| \| － － 。&<br>\| \| － － \| \| － ，\| － － \| ＋ － － ，＋ － ＋ \| \| － － 。 |

〈浣溪沙〉五句句式為「7.7.7○7.7.7」，全是七言整齊格式。韋莊詞中第一首詞較不同於其他四首。韋莊詞有四首上闋首句句末三字為「平仄平」二夾一的拗句。有四首下闋首句與第二句為平仄相對關係「｜｜｜－－｜｜，｜－－｜｜－－」，第五句與第六句平仄皆以「｜－－｜｜－－」表現的也有四首。〈浣溪沙〉最大的特點在於首句拗，末句合律，且合乎七言詩平起平收的格律「｜－－｜｜－－」重複出現多次，大多在上下闋的第二三句，所以〈浣溪沙〉聽起來有回環往復的韻味。

| 〈歸國遙〉仄韻格 |
| --- |
| 春欲暮，滿地落花紅帶雨。惆恨玉籠鸚鵡，單棲無伴侶。<br>南望去程何許，問花花不語。早晚得同歸去，恨無雙翠羽。 |
| － \| \| ，\| \| \| － － \| 。－ \| \| \| － \| ，－ － － \| 。&<br>－ \| \| － ，\| \| \| － \| 。\| \| － \| － \| ，\| － － \| 。 |

| |
| --- |
| 金翡翠，爲我南飛傳我意。罨畫橋邊春水，幾年花下醉□ |
| 別後只知相愧，淚珠難遠寄。羅幕繡幃鴛被，舊歡如夢裏。 |
| 一丨丨・丨丨一一一・丨丨・一丨丨・，丨一一丨丨・& |
| 丨丨丨・丨一丨・一丨・一・丨一丨丨・ |
| 春欲晚，戲蝶遊蜂花爛熳。日落謝家池館，柳絲金縷斷□ |
| 睡覺綠鬟風亂，畫屏雲雨散。閒倚博山長歎，淚流沾皓腕。 |
| 一丨丨・丨丨一一一・丨丨・一丨丨・，丨一一丨丨・& |
| 丨丨丨・丨一丨・一丨・一・丨一丨丨・ |
| 韋莊定格 |
| 一丨丨・丨丨+一・一丨・+丨丨+一・，+一一丨丨・& |
| +丨丨一一・丨一丨・丨丨一一丨・ |

〈歸國遙〉：「3.7.6.5○6.5.6.5」上闋第二句合乎七言仄起仄收的格律，下闋第二句爲「丨一一丨丨」五言詩平起仄收的格律，第四句爲也是「丨一一丨丨」的格律。所以〈歸國遙〉出現的五七言，皆合詩的格律。

| |
| --- |
| 〈菩薩蠻〉平仄韻轉換格 |
| 紅樓別夜堪惆悵，香燈半卷流蘇帳。殘月出門時，美人和淚辭□ |
| 琵琶金翠羽，弦上黃鶯語。勸我早歸家，綠窗人似花。 |
| 一一丨丨一一丨・一一一丨丨一一・一丨丨一一・，一一一・丨一・& |
| 一一一丨丨・一丨一一丨・一丨丨一一・，丨一一丨一・ |
| 人人盡說江南好，遊人只合江南老。春水碧於天，畫船聽雨眠□ |
| 墟邊人似月，皓腕凝雙雪。未老莫還鄉，還鄉須斷腸。 |
| 一一丨丨一一丨・一一丨丨一一・一丨丨一一・，丨一一丨一・& |
| 一一一丨丨・丨丨一一丨・丨丨丨一一・，一一一丨一・ |
| 如今卻憶江南樂，當時年少春衫薄。騎馬倚斜橋，滿樓紅袖招□ |
| 翠屏金屈曲，醉入花叢宿。此度見花枝，白頭誓不歸。 |
| 一一丨丨一一丨・一一一丨一一・一丨丨一一・，丨一一丨一・& |
| 丨一一一丨・丨丨一一丨・丨丨丨一一・，丨一丨丨一・ |
| 勸君今夜須沈醉，尊前莫話明朝事。珍重主人心，酒深情亦深□ |
| 須愁春漏短，莫訴金杯滿。遇酒且呵呵，人生能幾何。 |
| 丨一一丨一一丨・一一丨丨一一・一丨丨一一・，丨一一丨一・& |
| 一一一丨丨・丨丨一一丨・丨丨丨一一・，一一一丨一・ |
| 洛陽城裏春光好，洛陽才子他鄉老。柳暗魏王堤，此時心轉迷□ |
| 桃花春水淥，水上鴛鴦浴。凝恨對殘暉，憶君君不知。 |
| 丨一一丨一一丨・丨一一丨一一・一丨一一一・，丨一一丨一・& |
| 一一一丨丨・丨丨一一丨・一丨丨一一・，丨一一丨一・ |
| 韋莊定格 |
| +一+丨一一丨・+一一丨一一・+丨丨一一・，+一一丨一・& |
| +一一+丨・+丨一一丨・+丨丨一一・，+一+丨一・ |

〈菩薩蠻〉的句式爲「7.7.5.5○5.5.5.5」，五首中上闋末句皆「丨一一丨一」，末三字爲「平仄平」的拗句，有四首下闋的末句也是末三

字爲「平仄平」的拗句，構成〈菩薩蠻〉上下闋的最後一句幾乎是拗句。五首中，有三首第一句和第二句的平仄都相同「｜－－｜－－｜」。〈菩薩蠻〉除上下闋末句及一二句外，詞中五七言幾乎合乎詩律。

| 〈更漏子〉平仄韻轉換格 |
| --- |
| 鐘鼓寒，樓閣暝，月照古桐金井。深院閉，小庭空，落花香露紅。 |
| 煙柳重，春霧薄，燈背水窗高閣。閒倚戶，暗沾衣，待郎郎不歸。 |
| －｜－，－｜｜。｜｜｜－－｜。－｜｜，｜－－。｜－－｜－。& |
| －｜－，－｜｜。－｜｜－－｜。－｜｜，｜－－。｜－－｜－。 |

　　〈更漏子〉句式爲：「3.3.6.3.3.5○3.3.6.3.3.5」，只有在上下闋末句才出現五言，但皆爲「｜－－｜－」，末三句爲「平仄平」二夾一的拗句。

| 〈謁金門〉仄韻格 |
| --- |
| 春雨足，染就一溪新綠。柳外飛來雙羽玉，弄晴相對浴。 |
| 樓外翠簾高軸，倚遍闌干幾曲。雲淡水平煙樹簇，寸心千里目。 |
| －｜｜。｜｜｜－－｜。｜｜｜－－｜｜，｜－｜｜｜。& |
| －｜｜－｜，｜｜｜－｜｜。｜｜｜－｜｜｜，｜－－｜｜。 |
| 春漏促，金燼暗挑殘燭。一夜簾前風撼竹，夢魂相斷續。 |
| 有個嬌饒如玉，夜夜繡屏孤宿。閒抱琵琶尋舊曲，遠山眉黛綠。 |
| －｜｜。－｜｜－－｜。｜｜｜－－｜｜，｜－－｜｜。& |
| ｜｜｜－－｜，｜｜｜－－｜。－｜｜－－｜｜，｜－－｜｜。 |
| 空相憶，無計得傳消息。天上嫦娥人不識，寄書何處覓。 |
| 新睡覺來無力，不忍把君書迹。滿院落花春寂寂，斷腸芳草碧。 |
| －－｜。－｜｜－－｜。－｜－－－｜｜，｜－－｜｜。& |
| －｜｜－－｜，｜｜｜－－｜。｜｜｜－－｜｜，｜－－｜｜。 |
| 韋莊定格： |
| －+｜。+｜｜－－｜。+｜｜－－｜｜，｜－－｜｜。& |
| －｜｜－－｜，｜｜｜+－－｜。+｜｜+－－｜｜，｜－－｜｜。 |

　　〈謁金門〉三首句式爲：「3.6.7.5○6.6.7.5」，其上下闋末句皆爲五言「｜－－｜｜」平起仄收詩律的格律，其上下闋的第三句也都是合乎格律的仄起仄收的七言詩律。

| 〈清平樂〉平仄韻轉換格 |
| --- |
| 春愁南陌，故國音書隔。細雨霏霏梨花白，燕拂畫簾金額。 |
| 盡日相望王孫，塵滿衣上淚痕。誰向橋邊吹笛，駐馬西望銷魂。 |
| －－－｜，｜｜－｜｜。｜｜－－－－｜，｜｜｜－｜。& |
| ｜｜－｜－－｜｜－，｜－｜｜｜－－。｜｜｜－｜。 |
| 野花芳草，寂寞關山道。柳吐金絲鶯語早，惆悵香閨暗老。 |
| 羅帶悔結同心，獨憑朱闌思深。夢覺半牀斜月，小窗風觸鳴琴。 |

| |
|---|
| ｜－－。｜｜－－。｜｜｜－－｜｜。－｜｜｜－｜。＆ |
| －｜｜｜－－。｜－－－－。｜｜｜－－｜，｜－－｜－－。 |
| 何處遊女，蜀國多雲雨。雲解有情花解語，窣地繡羅金縷ᵒ |
| 妝成不整金鈿，含羞待月鞦韆ᵒ住在綠槐陰裏，門臨春水橋邊ᵒ |
| －｜｜。｜｜｜－－。｜－－－。｜｜｜－｜。＆ |
| －｜｜｜－－。｜－－－－。｜｜｜－－｜，｜－－｜－－。 |
| 鶯啼殘月，繡閣香燈滅。門外馬嘶郎欲別，正是落花時節ᵒ |
| 妝成不畫蛾眉，含愁獨倚金扉ᵒ去路香塵莫掃，掃即郎去歸遲ᵒ |
| －－－｜，｜｜－－｜。｜｜｜－｜｜－｜。｜｜｜－－｜。＆ |
| ｜｜｜－－。｜－－－｜。｜｜｜－－｜，｜－－｜－－。 |
| 瑣窗春暮，滿地梨花雨ᵒ君不歸來情又去，紅淚散霑金縷ᵒ |
| 夢魂飛斷煙波，傷心不奈春何ᵒ空把金針獨坐，鴛鴦愁繡雙窠ᵒ |
| ｜－－｜，｜｜－｜－｜。－｜－－－｜－｜。｜｜｜－－｜。＆ |
| ｜－－｜－－。｜｜－－｜｜。｜｜｜－－｜，｜－－｜－－。 |
| 綠楊春雨，金線飄千縷ᵒ花拆香枝黃鸝語，玉勒雕鞍何處ᵒ |
| 碧窗望斷燕鴻，翠簾睡眼溟濛ᵒ寶瑟誰家彈罷，含悲斜倚屏風ᵒ |
| ｜－－｜，｜｜－｜－｜。｜｜｜－－｜｜－｜。｜｜｜－－｜。＆ |
| ｜－－｜－－。｜－－－｜｜。｜｜｜－－｜，｜－－｜－－。 |
| 韋莊定格 |
| ＋－－｜。＋｜－－｜。＋｜＋－－｜｜。＋｜－｜＋－｜。＆ |
| ＋＋＋｜－＋。＋－＋＋＋－。＋｜＋－－｜，｜＋＋｜－－。 |

〈清平樂〉句式為：「4.5.7.6○6.6.6.6」，五首中，只有一首的第三句七言句平仄「｜｜｜－－－｜」，其第二四六字沒有「仄」「平」「仄」分明交替，為拗句外，其他四首的上闋第二句五言與第三句七言皆合乎詩律。

| |
|---|
| 〈喜遷鶯〉平仄韻轉換格 |
| 人洶洶，鼓多多，襟袖五更風。大羅天上月朦朧，騎馬上虛空ᵒ |
| 香滿衣，雲滿路，鸞鳳繞身飛舞。霓旌絳節一群群，引見玉華君。 |
| －｜｜，｜－－。｜｜｜－－。｜－－｜｜－－。｜｜｜－－。＆ |
| －｜｜，｜－｜，｜－－｜－｜。｜－｜｜｜－－，｜｜｜－－。 |
| 街鼓動，禁城開，天上探人回ᵒ鳳銜金榜出雲來，平地一聲雷ᵒ |
| 鶯已遷，龍已化，一夜滿城車馬。家家樓上簇神仙，爭看鶴沖天。 |
| －｜｜，｜－－，－｜｜－－。｜－－｜｜－－。－｜｜－－。＆ |
| －｜－，－｜｜，｜｜｜－－｜。－－－｜｜－－，－｜｜－－。 |
| 韋莊定格 |
| －｜｜，｜－－。｜｜｜－－。｜－－｜｜－－。｜｜－－。＆ |
| －｜＋，｜｜－。｜｜－－－｜＋｜｜－－，＋｜｜－－。 |

〈喜遷鶯〉句式為：「3.3.5.7.5○3.3.6.7.5」，上闋第三句五言為「－｜｜－－」仄起平收格，第五句五言「－｜｜－－」也是仄起平收格的詩律，下闋最末句五言「＋｜｜－－」也是仄起平收格，詞中

出現的五言句，平仄排列幾乎相同，都是「－｜｜－－」。其七言句中除了「街鼓動」這一首的上闋第四句末三字為「平平平」造成孤仄外，其他七言句都合乎七言詩律。

| 〈應天長〉 |
|---|
| 綠槐陰裏黃鶯語，深院無人春晝午。畫簾垂，金鳳舞，寂寞繡屏香一炷。<br>碧天雲，無定處，空有夢魂來去。夜夜綠窗風雨，斷腸君信否。 |
| ｜－－｜－｜｜。｜－｜｜｜－｜｜。｜｜－。－｜｜。｜｜｜－｜｜｜。&<br>｜－－。－｜｜。－｜｜－－｜。｜｜｜－－｜｜。｜－－｜｜。 |
| 別來半歲音書絕，一寸離腸千萬結。難相見，易相別，又是玉樓花似雪。<br>暗相思，無處說，惆悵夜來煙月。想得此時情切，淚沾紅袖黦。 |
| ｜－｜｜－－｜。｜｜－－－｜｜。－－｜。｜－｜。｜｜｜－－｜｜。&<br>｜－－。－｜｜。－｜｜－－｜。｜｜｜－－｜。｜－－｜｜。 |
| 韋莊定格 |
| ｜－＋｜－－｜。＋｜＋｜－－｜｜。＋－＋。＋＋｜。｜｜｜－－｜｜。&<br>｜－－。－｜｜。－｜｜－－｜。｜｜｜－－｜。｜－－｜｜。 |

〈應天長〉二首句式為：「7.7.3.3.7○3.3.6.6.5」，其上闋三個七言句皆合乎詩律，上闋第一句成平起仄收，第二句成仄起仄收，第五句即成「｜｜｜－－｜｜」定格；下闋最後一句五言成「｜－－｜｜」平起仄收的定格。

| 〈荷葉杯〉平仄韻錯協格 |
|---|
| 絕代佳人難得，傾國，花下見無期。一雙愁黛遠山眉，不忍更思惟。<br>閒掩翠屏金鳳，殘夢，羅幕畫堂空。碧天無路信難通，惆悵舊房櫳。 |
| ｜｜－－－｜。－｜。－｜｜－－。｜－－｜｜－－。｜｜｜－－。&<br>－｜｜－－｜。－｜。－｜｜－－。｜－－｜｜－－。－｜｜－－。 |
| 記得那年花下，深夜，初識謝娘時。水堂西面畫簾垂，攜手暗相期。<br>惆悵曉鶯殘月，相別，從此隔音塵。如今俱是異鄉人，相見更無因。 |
| ｜｜｜－－｜。－｜。－｜｜－－。｜－－｜｜－－。－｜｜－－。&<br>－｜｜－－｜。－｜。－｜｜－－。－－｜｜｜－－。－｜｜－－。 |
| 韋莊定格 |
| ｜｜＋－－｜。－｜。－｜｜－－。｜－－｜｜－－。＋｜｜－－。&<br>－｜｜－－｜。－｜。－｜｜－－。＋－－｜｜－－。－｜｜－－。 |

〈荷葉杯〉二首句式為：「6.2.5.7.5○6.2.5.7.5」除上下闋字數相同外，平仄格律除首句外也幾乎是上下闋相同，其五言句格律為「－｜｜－－」仄起平收的詩格，七言格律為「＋－－｜｜－－」平起平收的詩格。

| 〈河傳〉 |
|---|
| 何處，煙雨，隔堤春暮。柳色蔥蘢，畫橈金縷，翠旗高颭香風，水光融。<br>青娥殿腳春妝媚，輕雲裏，綽約司花妓。江都宮闕，清淮月映迷樓，古今愁。 |

| ｜ ｜ ● ｜ ● ｜ ｜ ｜ — — ｜ ● ｜ — — ｜ ● ｜ — — ● & |
|---|
| — — ｜ — — ● ｜ — ｜ ● ｜ — — ｜ ● ｜ ｜ — — ● ｜ ● ｜ ● ｜ ｜ ● 。 |
| 錦浦，春女，繡衣金縷。霧薄雲輕，花深柳暗，時節正是清明，雨初晴。 |
| 玉鞭魂斷煙霞路，鶯鶯語，一望巫山雨。香塵隱映，遙望翠檻紅樓，黛眉愁。 |
| ｜ ｜ — ｜ — ● ｜ — — ｜ ● ｜ ｜ ｜ — — ｜ ● — ｜ ｜ — ● & |
| ｜ — — ｜ — — ● ｜ — ｜ ● ｜ — — ｜ ● ｜ ｜ — ● ｜ — — ● 。 |
| 韋莊定格 |
| + ｜ ● ｜ ● ｜ + — ｜ ● — — ＋ ｜ — ＋ ｜ ● ｜ — — ● & |
| + — ｜ — ● ｜ — — ● ｜ — ｜ ● ｜ + — ＋ ｜ ● ｜ — ＋ ｜ ｜ — ● 。 |

　　〈河傳〉句式為：「2.2.4.4.4.6.3○7.3.5.4.6.3」，其上下闋的末三句平仄格律都相同。下闋的七言句皆合平起仄收的詩律，其五言則有拗句出現。

| 〈河傳〉又一體 |
|---|
| 春晚，風暖，錦城花滿。狂殺遊人，玉鞭金勒尋勝，馳驟輕塵，惜良辰。 |
| 翠蛾爭勸臨邛酒，纖纖手，拂面垂絲柳。歸時煙裏鐘鼓，正是黃昏，暗銷魂。 |
| — ｜ ● ｜ ● ｜ — ｜ ● ｜ ● — — ｜ ● ｜ — — ｜ — ● ｜ ｜ — & |
| ｜ — — ｜ ｜ — ● ｜ — ｜ ● ｜ ｜ — — ● ｜ ｜ ｜ — ● ｜ ｜ — — 。 |

　　韋莊〈河傳〉另一體句式為「2.2.4.4.6.4.3○7.3.5.6.4.3」，其所出現的五七言句式也都合乎詩律規定。下闋第一句為「｜——｜——｜」平起仄收七言詩格，第三闋為「—｜——｜」為仄起仄收的五言詩格。

| 〈怨王孫〉 |
|---|
| 錦里，蠶市，滿街珠翠。千萬紅妝，玉蟬金雀，寶髻花簇鳴璫，繡衣長。 |
| 日斜歸去人難見，青樓遠，隊隊行雲散。不知今夜，何處深鎖蘭房，隔仙鄉。知 |
| ｜ ｜ ● ｜ ● ｜ — ｜ ● ｜ — — ｜ ● ｜ ｜ — — ｜ ● ｜ ｜ — ● & |
| ｜ — — ｜ — — ● ｜ — ｜ ● ｜ ｜ — — ● ｜ ｜ — ● ｜ ｜ — — 。 |

　　〈怨王孫〉句式為「2.2.4.4.4.6.3○7.3.5.4.6.3」，下闋的第一句七言合乎平起仄收詩律，第三句五言合乎仄起平收的詩律。與〈河傳〉的平仄比較格律差不多，如以每節的最後一字來看，以及句尾押韻處的平仄來看，其平仄都相同。

| 〈木蘭花〉仄韻格◇ |
|---|
| 獨上小樓春欲暮，愁望玉關芳草路。消息斷，不逢人，卻斂細眉歸繡戶。 |
| 坐看落花空歎息，羅袂濕班紅淚滴。千山萬水不曾行，魂夢欲教何處覓。 |
| ｜ ｜ ｜ ● — — ｜ ● ｜ ｜ — — ● ｜ ｜ ｜ — — ● ｜ — ｜ ｜ — & |
| ｜ ｜ ｜ ● — ● ｜ — — ｜ ● ｜ — ｜ ｜ — ● ｜ — ｜ ｜ — ● 。 |

　　〈木蘭花〉句式為「7.7.3.3.7○7.7.7.7」，出現的七言句，皆符合

詩律，以「－｜｜－－｜｜」和「｜｜｜｜－－｜｜」出現最多次，下闋末兩句還成對句。

| 〈小重山〉平韻格◇ |
| --- |
| 一閉昭陽春又春。夜寒宮漏永，夢君恩。臥思陳事暗消魂。羅衣濕，紅袂有啼痕。 歌吹隔重閣。繞庭芳草綠，倚長門。萬般惆恨向誰論？凝情立，宮殿欲黃昏。 |
| ｜｜－－｜・｜－－｜｜、｜－－。－－｜｜｜－－｜，－｜｜－－。& |
| －－｜－－。｜－－｜｜、｜－－。－－｜｜｜－－，－｜｜－－。 |

〈小重山〉句式為「7.5.3.7.3.5○5.5.3.7.3.5」，上下闋除了首句外，其他格律都一樣，其上闋首句的七言為「平仄平」的拗句，下闋首句的五言也是為孤仄的拗句，成為上下闋首句皆拗；其他五七言都合乎詩律。

| 〈望遠行〉仄韻格◇ |
| --- |
| 欲別無言倚畫屏，含恨暗傷情。謝家庭樹錦雞鳴，殘月落邊城。 人欲別，馬頻嘶，綠槐千里長堤。出門芳草路萋萋，雲雨別來易東西。不忍別君後，卻入舊香閨。 |
| ｜｜－－｜｜－・｜－｜－－。｜－－｜｜－－・｜｜｜－－。& |
| －｜｜・｜－－・｜－－｜－－。｜－－｜｜－－・－｜｜－｜－－。｜｜｜－｜・｜｜｜－－。 |

〈望遠行〉句式為「7.5.7.5○3.3.6.7.7.5.5」，拗句在下闋的倒數第二三句，下闋倒數第三句七言因為二四六字未依仄平仄的規律，因而成為拗句，倒數第二句五言因為孤平，所以為拗句，其他上闋的五言七言都合乎格律。

綜上分析，韋莊詞可歸納以下幾點：

句中出現五七言，其平仄是合律多於拗句

出現五七言合律的詞中參差拗句的有 29 句：

〈訴衷情〉碧沼紅芳煙雨靜．燭燼香殘簾半卷、〈天仙子〉悵望前回夢裏期．夢覺雲屏依舊空．金似衣裳玉似身、〈天仙子〉深夜歸來長酩酊．蠻彩霜華夜不分、〈江城子〉恩重嬌多情易傷、髻鬟狼藉黛眉長、〈上行杯〉芳草灞陵春岸．白馬玉鞭金轡、〈浣溪沙〉清曉妝成寒食天．惆恨夢餘山月斜．綠樹藏鶯鶯正啼．夜夜相思更漏殘、〈歸國遙〉春欲暮．金翡翠．春欲晚、〈菩薩蠻〉紅樓別夜堪惆恨．人人盡說江南好．如今卻憶江南樂．勸君今夜須沈醉．洛陽城裏春光好、〈更漏子〉鐘鼓寒、〈清平樂〉春愁南陌、〈河傳〉何處、〈小重山〉一閉昭陽春又春、〈望遠行〉欲別無言倚畫

屏、〈酒泉子〉月落星沈。

全首五七言皆合乎詩律的有 25 句：

〈定西番〉挑盡金燈紅燼·芳草叢生綬結、〈思帝鄉〉雲髻墜、〈思帝鄉〉春日遊、〈女冠子〉四月十七·昨夜夜半、〈浣溪沙〉欲上秋千四體慵、〈謁金門〉春雨足·春漏促·空相憶、〈清平樂〉野花芳草·何處遊女·鶯啼殘月·瑣窗春暮·綠楊春雨、〈喜遷鶯〉人洶洶·街鼓動、〈應天長〉綠槐陰裏黃鶯語·別來半歲音書絕、〈荷葉杯〉絕代佳人難得·記得那年花下、〈河傳〉錦浦、〈河傳〉春晚、〈怨王孫〉錦里、〈木蘭花〉獨上小樓春欲暮。

雖然詞中五七言合律與拗句的句式混合出現的情況較多，但韋莊詞中摻雜的五七言句約有一半皆維持詩律的規律，另一半則出現以五七言拗句參雜於合律的詞句中，造成不合規律的節拍感受。精確統計韋莊五十四首詞中，七言句共有 107 句，爲拗句的只有 24 句，其他都合乎詩律，五言句共有 93 句，爲拗句的只有 17 句，可見韋莊詞中的五七言大部分仍然遵循著詩學傳統累積的節拍規律而作，只有五分之一到四分之一的句子才加以變化，脫離詩律的固定規定，以拗句造成詞體的活潑多樣。由詞「律化」之軌跡，可明詞體在講究詩律之環境中萌芽，也大量運用了詩律的累積成果，摻雜了少數破壞穩定音律的拗句，造成和順與拗怒的變化，以漸形成詞之規律。

## 2、有些句式以拗爲順

拗句出現的位置通常不固定在哪一句。拗句位置不固定的詞體，其本身押韻的韻腳也較不定，〈天仙子〉句式爲「7.7.7.3.3.7」，但以押韻平仄又可分爲平韻格和平仄韻轉換格。平韻格出現拗句的位置較不一致，首句不合律，如〈天仙子〉：「悵望前回夢裏期，看花不語苦尋思。露桃宮裏小腰枝，眉眼細，鬢雲垂，惟有多情宋玉知。」首句「｜｜－－－｜－」爲拗句；但另外一首在第一句或第二句拗句，如〈天仙子〉：「夢覺雲屏依舊空，杜鵑聲咽隔簾櫳。玉郎薄倖去無蹤，一日日，恨重重，淚界蓮腮兩線紅。」；第一句平仄爲「｜｜｜－－－｜－」第二句「｜｜－｜｜－－」皆爲拗句；另一首拗句則出現在第三

句第六句，〈天仙子〉：「金似衣裳玉似身，眼如秋水鬢如雲。霞裙月帔一群群，來洞口，望煙分，劉阮不歸春日曛。」第三句「──｜─｜──」第六句「─｜｜──｜─」爲拗句。合乎格律的，或是出現同樣格律的，也就沒有固定。韋莊這〈天仙子〉五首，皆平韻或仄韻轉平韻體。《花間集》所收皇甫松二首〈天仙子〉，則皆仄韻單調小令，韋莊此調以平韻爲主與其他以仄韻爲主的現象不同。可能此時詞體未完全確立，以致平仄也變動不居。

　　但有些句式以拗句的平仄爲詞的固定格律，且多固定出現在詞的首句或尾句。例如：〈浣溪沙〉五句句式爲「7.7.7○7.7.7」，全是七言整齊格式，但有四首上闋首句句末三字皆爲「平仄平」二夾一的拗句。〈菩薩蠻〉的句式爲「7.7.5.5○5.5.5.5」，五首中上闋末句皆爲「｜──｜─」拗句（句末三字爲「平仄平」的拗句），有四首下闋的末句也是末三字爲「平仄平」的拗句，構成〈菩薩蠻〉上下闋的最後一句幾乎是拗句，〈菩薩蠻〉除上下闋末句及一二句外，詞中五七言幾乎合乎詩律。〈更漏子〉句式爲：「3.3.6.3.3.5○3.3.6.3.3.5」，只有在上下闋末句才出現五言，但皆爲「｜──｜─」，末三句爲「平仄平」二夾一的拗句。一般音節和諧生律，是以平平仄仄平平仄仄……的聲調搭配，這種拗句的發展，違逆詩音律和諧的規矩，造成不諧的聲律，卻因此開啓了另類自由，甚至在韋莊詞中開始固定，成爲詞體的特色。王偉勇說：「詞體之成立，必俟上下片及長短句之形式出現，始迥異於詩，始自立其規矩。其中固有沿襲於詩者，然綜論其全體，則終與詩有異。其甚者，乃有意『以拗爲順』，以求其『不諧之諧』；亦即以詩之拗律爲其規矩也。」（註21）所言爲是。

### 3、多首合乎五七言詩律的平仄排列重複出現

　　句中五七言重複出現的平仄音感，是律詩中避免出現的情況，而

---

〔註21〕　王偉勇：〈以唐、五代小令爲例試述詞律之形成〉，《東吳文史學報》
　　　　　十一號（1993 年 3 月），頁 77

韋莊詞中卻多次以相同的平仄出現。如〈浣溪沙〉：「7.7.7○7.7.7」，最大的特點在於首句拗，末句合律，且合乎七言詩平起平收的格律「｜－－｜｜－－」重複出現多次，大多在上下闋的第二三句。羅漫說韋莊〈浣溪沙〉：第二闋第三句音律完全是前一句的重複，所以聽覺上依然是第二句的重唱一次而已。重複可使感情得到強化和延續，又能使聲音產生回旋盪漾之美，故每片三句的結構感覺不是多餘或殘缺，而有完整的感覺。〔註22〕林鍾勇總結〈浣溪沙〉的基本格律，認為其既近於詩律又別於詩格：近似點在於如詩句般勻整句式，以及諧婉和平的輕重格律，其相異點在於末句的重複結構，具往復回環之美。〔註23〕其皆注意到〈浣溪沙〉重複出現的格律，這種情況在韋莊其他詞中也常常出現，造成多首詞迴旋盪漾的特色。詞因沒有如詩般具有整齊格式，必須講究黏對的規定，加上詞的句式長短，所以具有變動較大的錯落之感，但是詞中夾雜符合詩律的平仄規律，加上重複出現的頻率，造成詞中所醞釀的回環婉轉之音調，繞樑三日，餘韻猶存，卻有可能是造成音感諧和穩定的原因。〈謁金門〉三首句式為：「3.6.7.5○6.6.7.5」，其上下闋末句皆為五言「｜－－｜｜」平起仄收的格律；〈喜遷鶯〉句式為：「3.3.5.7.5○3.3.6.7.5」，詞中出現的五言句，平仄排列幾乎相同，都是「－｜｜－－」；〈荷葉杯〉二首句式為：「6.2.5.7.5○6.2.5.7.5」，除上下闋字數相同外，平仄格律除首句外也幾乎是上下闋相同，其五言句格律為「－｜｜－－」仄起平收的詩格，七言格律為「＋－－｜｜－－」平起平收的詩格。〈木蘭花〉句式為「7.7.3.3.7○7.7.7.7」，出現的七言句，皆符合詩律，以「－｜｜－－｜｜」和「｜｜｜－－｜｜」出現最多次，下闋末兩句還成對句。

---

〔註22〕羅漫：〈詞體出現與發展的詩史意義〉，《中國社會科學》1995 年第五期，頁 150。

〔註23〕林鍾勇：《宋人擇調之翹楚——浣溪沙詞調研究》（台北，萬卷樓圖書，2002 年），頁 171。〈浣溪沙〉無論齊言或長短體，其基本式的架構均以七言為主，其平仄句式與七絕、七律之譜式也大部分吻合。

## 三、用韻比較

段玉裁在注解許氏《說文解字》時，提出了幾個文字中「聲義有關」的條例，其一是說「聲義同源」之說，段氏說：「聲與義同源，故凡形聲之偏旁，多與字義相近，此形聲、會意相類」。其三是說：「凡從某聲之字，皆有某意」。因此聲音不單單是發音的效能，還構成了一種分辨意境、歸納情感的線索。

明人王驥德為著唱曲，分別說十九部韻的不同性質：

> 各韻為聲，亦各有不同。如「東鍾」之洪、「江陽」、「皆來」、「蕭豪」之響，「歌戈」、「家麻」之和，韻之最美聽者。「寒山」、「桓歡」、「先天」之雅，「庚清」之清，「尤侯」之幽，次之。「齊微」之弱，「魚模」之混，「真文」之緩，「車遮」之用雜入聲，又次之。「支思」之萎而不振，聽之令人不爽。至「侵尋」、「間咸」、「廉纖」，開之則非其字，閉之則不宜口吻，勿多用可也。〔註24〕

王易先生曾云詞韻各類性質：

> 東董寬洪，江講爽朗，支紙縝密，魚語幽咽，佳蟹開展，真軫凝重，元阮清新，蕭篠飄灑，哥哿端莊，麻馬放縱，庚梗振屬，尤有盤旋，侵寢沉靜，覃感蕭瑟，屋沃突兀，覺藥活潑，質術急驟，勿月跳脫，曷盍頓落，此韻部之別也。雖此未必切定，然韻近者情亦相近，其大較可審辨得之。又凡用平韻入韻者當陰陽相調，用上去韻者當上去相調，庶聲情不至板滯。是在細心者有以自得之耳。〔註25〕

即第一部東董：寬洪，第二部江講：爽朗，第三部支紙：縝密，第四部魚語：幽咽，第五部佳蟹：開展，第六部真軫：凝重，第七部元阮：清新，第八部蕭篠：飄灑，第九部哥哿：端莊，第十部麻馬：放縱，第十一部庚梗：振屬，第十二部尤有：盤旋，第十三部侵寢：沉靜，

---

〔註24〕 見《方諸館曲律》卷三《雜論》第三十九上。引自龍沐勛：《倚聲學》（台北：里仁書局，1996 年），頁 34。

〔註25〕 王易：《詞曲史》（北京：東方出版社，1996 年 3 月），頁 246。構律第六

第十四部覃感：蕭瑟，第十五部屋沃：突兀，第十六部覺藥：活潑，第十七部質術：急驟，第十八部勿月：跳脫，第十九部何盍：頓落。

謝雲飛先生在《文學與音律》中也歸納「聲義相關」的韻目：

1. 凡「佳、咍」韻的韻語都有悲哀的情感（凡平上去相承之韻均並論不更分述，以下二、三、四……類倣此），但因這兩韻的發音開口較大，所以適用於含有發洩意味的作品。王易說第五部佳蟹：開展。

2. 凡「微、灰」韻的韻語，都含有氣餒抑鬱的情思。王易說第三部支紙：縝密。

3. 凡「蕭、肴、豪」韻的韻語都含有輕佻、妖嬌之意。王易說第八部蕭篠：飄灑。

4. 凡「尤、侯」韻的韻語，都似乎含有千般愁怨，無法申訴的意味似的，最適用於憂愁的詩。王易說第十二部尤有：盤旋。

5. 凡「寒、桓」韻的韻語，都含有黯然傷神、偷彈雙淚的情愫，適用於獨自傷情的詩。

6. 凡「眞、文、魂」韻的韻語都含有苦悶、深沈、怨恨的情調。王易說第六部眞軫：凝重。

7. 凡「庚、青、烝」韻的韻語都含有一種「淡淡的哀愁，似乎又有相當理智」的情愫。王易說第十一部庚梗：振厲。

8. 凡「魚、虞、模」韻的韻語都含有日暮途窮，極端失意的情感。王易說第四部魚語：幽咽。〔註26〕

王易又分別平上去入四聲之別云：「韻與文情關係至切：平韻和暢，上去韻纏綿，入韻迫切，此四聲之別也。」〔註27〕

張正體說明韻與聲情的關係：

（1）用平聲韻：聲情較寬疏，宜於描寫婉轉嫵媚，平和飄逸之

---

〔註26〕見謝雲飛：《文學與音律》肆、韻語的選用和欣賞（台北：東大圖書有限公司，1978年11月），頁61～64。

〔註27〕王易：《詞曲史》（台北：廣文書局，1988年8月五版），頁283。構律第六

詞用之。

（2）用上聲韻：聲情多高亢，宜於寫作慷慨、雄壯、豪放之詞。

（3）用去聲韻：聲情較沉重，宜於寫作幽怨、悲傷、感嘆之詞。

（4）用入聲韻：聲情急峭，宜於寫作激切、憤慨、清勁之詞。
〔註28〕

以上各家分類多少還要與許多的條件配合，如平仄四聲、意象的配合、句式的長短、押韻的位置等等，初步聲情的分類未必能得到每個人的同意，但多少可作為我們揣摩用韻的情感和思緒。

## （一）韋莊詩韻以押「陽、庚、微、支、先」為多

韋莊詩大多押平聲韻，比起仄聲韻的拗怒，聲情較寬疏，較平和飄逸。韋莊常用的前幾韻次數：

陽韻：29　庚韻：28　微韻：26　支韻：26　先韻：25　尤韻：19

麻韻：17　真韻：17　侵韻：17　齊韻：15　東韻：14　灰韻：12

蕭韻：9　魚韻：7

以押「陽、庚、微、支、先」為多，其中陽、庚、支、先為寬韻，微為窄韻，〔註29〕因寬韻包含的字數多，所以作起來自由從容。「支」韻根據《漢語音韻學》擬音為〔-je〕〔-jue〕，「微」韻擬音為〔-jei〕、〔-juei〕皆屬於止攝，〔註30〕他們的主要元音都是〔-j〕（〔i〕）。先〔-ien〕、庚〔-ng〕、陽〔-ang〕都是鼻音收尾的陽聲韻，陽、庚韻以

---

〔註28〕 張正體著、何志浩校：《詞學》（台北：台灣商務印書館，1988 年 1 月），頁 253。

〔註29〕 參考張夢機：《古典詩的形式結構》（〔台北縣〕板橋：駱駝出版社，1997 年），頁 54。各韻所包含的字數有多少，決定韻的寬窄。寬韻作起來自由從容，窄韻就令人受窘。近代詩論家統計韻的寬窄程度，平聲韻大約可分為四類：1. 寬韻：支、先、陽、庚、尤、東、真、虞。2. 中韻：元、寒、魚、蕭、侵、冬、灰、齊、歌、麻、豪。3. 窄韻：微、文、刪、青、蒸、覃、鹽。4. 險韻：江、佳、肴、咸。這種分類多少帶點武斷性，未必能得到每個人的同意，但卻可作為我們參考。

〔註30〕 董同龢：《漢語音韻學》（台北：文史哲出版社，1996 年 10 月初版十四刷），頁 166～167。

ng 收聲，先韻收 n 聲。鼻音具有哀傷的悲調，有苦悶、深沈的欲吐
又吞之聲。

　　以詩韻分部對照王易所言，陽韻聲情屬於爽朗，然而其收鼻音的
韻尾，卻主導了韋莊詩的悲傷奮慨的情緒，如〈愁〉：「避愁愁又至，
愁至事難忘。夜坐心中火，朝爲鬢上霜。不經公子夢，偏入旅人腸。
借問高軒客，何鄉是醉鄉。」描寫愁困纏身的抑鬱情緒，而使其發愁
的原因是流離的思鄉之苦，末句以疑問句結尾，加以陽韻〔a〕的開
口鼻音〔a-ng〕，表達出激越悽楚的聲情，其他如：〈下第題青龍寺僧
房〉：「酒薄恨濃消不得，卻將惆悵問支郎」，〈秋日早行〉：「行人自是
心如火，兔走烏飛不覺長」、〈宮怨〉：「展轉令人思蜀賦，解將惆悵感
君王」等末句押陽韻，一樣構成激越蒼涼的聲情。

　　庚韻依謝雲飛所說，韻語都含有一種「淡淡的哀愁，似乎又有相
當理智」的情愫，如〈題盤豆驛水館後軒〉：「憑軒盡日不迴首，楚水
吳山無限情」，〈寓言〉：「兔走烏飛如未息，路塵終見泰山平」，〈聽趙
秀才彈琴〉：「不須更奏幽蘭曲，卓氏門前月正明」，〈三堂東湖作〉：「何
處最添詩客興，黃昏煙雨亂蛙聲」，〈雜感〉：「行客不勞頻悵望，古來
朝市歡哀榮」等末句押庚韻，皆是以平和的心態，表現出淡淡的哀愁。

　　先韻含有黯然傷神、偷彈雙淚的腔調，〈洛陽吟〉：「如今父老偏
垂淚，不見承平四十年」，〈中渡晚眺〉：「家寄杜陵歸不得，一迴回首
一潸然」，〈洛北村居〉：「無人說得中興事，獨倚斜暉憶仲宣」也有〈歎
落花〉：「飄紅墮白堪惆悵，少別穠華又隔年」，〈登咸陽縣樓望雨〉：「盡
日空濛無所見，雁行斜去字聯聯」，〈訪含弘山僧不遇留題精舍〉：「人
間不自尋行跡，一片孤雲在碧天」等末句押先韻，具有「孤單」、「心
酸」，獨自傷情的含意。

　　凡具支微韻，都萎而不振，含有氣餒抑鬱的情思，〈題酒家〉：「尋
思避世爲逋客，不醉長醒也是癡」、〈獨吟〉：「夜來孤枕空腸斷，窗月
斜輝夢覺時」句末押支韻；〈酬吳秀才雪川相送〉：「夫君別我應惆悵，
十五年來識素衣」、〈婺州和陸諫議將赴闕懷陽羨山居〉：「東陽雖勝

地，王粲奈思歸」句末押微韻，皆具有「細微」、「憔悴」的低靡聲情。

韋莊詩韻以押「陽、庚、微、支、先」為多，先、庚、陽都是鼻音收尾的陽聲韻，陽韻聲情屬於爽朗，也具有哀傷的悲調，構成激越或蒼涼的韻味。支微韻，則含有細微萎靡、連續不斷的悲涼情思。

## （二）韋莊詞韻以押「支、紙、微、未、灰」等三部韻為主

詞的韻部限制較詩寬，一部中的韻字，不論上去都可以通押。〔註31〕

韋莊詞韻部使用次數：

| | | | | |
|---|---|---|---|---|
| 三部：23 | 七部：11 | 四部：11 | 六部：8 | 一部：8 |
| 二部：6 | 十一部：5 | 八部：5 | 十部：5 | 十二部：4 |
| 十三部：4 | 十五部：4 | 十六部：2 | 十七部：3 | 十八部：3 |
| 五部：1 | | | | |

韋莊詞韻以押三部韻「支、紙、微、未、灰」等為主，同樣與詩韻有「微、支」韻，聲情表現具有萎而不振，含有氣餒抑鬱的情思。如〈浣溪沙〉：

> 綠樹藏鶯鶯正啼，柳絲斜拂白銅鞮，弄珠江上草萋萋。
> 日暮飲歸何處客，繡鞍驄馬一聲嘶，滿身蘭麝醉如泥。

「啼」、「鞮」、「萋」、「嘶」、「泥」全部押齊韻平聲韻，第三部的齊韻元音〔i〕聲韻的伊紆拉長，使聲情婉轉流連，具有一波未平一波又起的「縝密」效果。全首平仄只有首句拗句，給人驚奇的振奮，其他都合乎詩律「奇偶相生，輕重相權」的和諧音節，加上字面「鶯」、「柳絲」、「草」、「江」、「蘭麝」、「泥」的柔美效果，整首顯示一種和婉纏綿的聲情。又〈定西番〉：「挑盡金燈紅燼，人灼灼，漏遲遲，未眠時。斜倚銀屏無語，閒愁上翠眉。悶殺梧桐殘雨，滴相思。」詞中「遲、時、眉、思」皆押第三部之脂等韻，「之思」是齒音的摩擦聲，最後

---

〔註31〕 林玫儀：〈詞的韻律與節奏〉，收錄在中華文化復興運動推行委員會、文藝研究促進委員會主編《詩、詞、曲的研究》（台北：中華文化復興運動推行委員會，1991年2月初版），頁332。

的氣音潛於摩擦口勢中，萎而不振，彷彿無力的訴唱氣委屈約束的情思。〈女冠子〉：「不知魂已斷，空有夢相隨。除卻天邊月，沒人知。」詞中「隨、知」也是押第三部平聲支韻，這句話表達相思至欲斷魂，卻沒人了解的苦衷，具有低迴綿杳、鬱悶難以排解。〈思帝鄉〉：「雲髻墜，鳳釵垂。髻墜釵垂無力，枕函敧。翡翠屏深月落，漏依依。說盡人間天上，兩心知。」「墜」押至韻（第 3 部去聲）「垂、敧、依、知」押支韻（第 3 部平聲），這首詞也是描寫思念對方，原本女為悅己者容，現在卻任憑髻墜釵垂，無力的躺在枕函上，因思緒紛飛無法安眠，細小的滴漏聲呢喃像的訴說著人間天上無盡事，但又有誰知道呢，只有當事者心靈才相知吧？文中透過第三部支韻「垂、敧、依、知」等垂垂斷續之聲韻，烘托「無力感」之情感更相得益彰。

韋莊詞安排韻部的方式，可分為下列四種：

## （一）同部平聲韻通押

如〈思帝鄉〉：

> 春日<u>遊</u>，杏花吹滿<u>頭</u>。陌上誰家年少，足風<u>流</u>。
> 妾擬將身嫁與，一生<u>休</u>。縱被無情棄，不能<u>羞</u>。

「遊、頭、流、休、羞」皆押第十二部平聲韻。其他同部平聲韻同押如〈天仙子〉（悵望前回夢裏期・夢覺雲屏依舊空・金似衣裳玉似身）、〈江城子〉（恩重嬌多情易傷・髻鬟狼藉黛眉長）、〈定西番〉（挑盡金燈紅燼・芳草叢生縷結）、〈浣溪沙〉（欲上秋千四體慵・惆悵夢餘山月斜・綠樹藏鶯鶯正啼・夜夜相思更漏殘）、〈小重山〉（一閉昭陽春又春）、〈望遠行〉（欲別無言倚畫屏）。計有十四首。

## （二）同部仄聲韻通押

此種詞調若是上去聲，則可通用；若是入聲，則須獨用。如〈謁金門〉三首均以入聲韻獨押：

> 春雨<u>足</u>，染就一溪新<u>綠</u>。柳外飛來雙羽<u>玉</u>，弄晴相對<u>浴</u>
> 樓外翠簾高<u>軸</u>，倚遍闌干幾<u>曲</u>。雲淡水平煙樹<u>簇</u>，寸心千
> 里<u>目</u>。

「足、綠、玉、浴、軸、曲、簇、目」皆押第十五部入聲，〈謁金門〉（春漏促）也是押十五部入聲，〈謁金門〉（空相憶）押十七部入聲。其他如：〈上行杯〉（芳草灞陵春岸‧白馬玉鞭金轡）、〈歸國遙〉（春欲暮‧金翡翠‧春欲晚）、〈應天長〉（綠槐陰裏黃鶯語‧別來半歲音書絕）、〈木蘭花〉（獨上小樓春欲暮），計有九首。

## （三）轉韻（不同部之韻字）

在古體詩中，乃屬常見之用韻方式；其在詞中，特擴充為不同部之韻字，無論平、仄，逐次轉換，亦稱「轉韻」。凡採轉韻，以不回復前韻為原則。

（1）一般說來不論由平韻轉為仄韻，均應使用不同部的字：

如〈更漏子〉：

> 鐘鼓寒，樓閣暝，月照古桐金井。深院閉，小庭空，落花香露紅
> 煙柳重，春霧薄，燈背水窗高閣。閒倚戶，暗沾衣，待郎郎不歸。

「暝、井」是第 11 部平聲字，「空、紅」是第 1 部平聲，「薄、閣」是第 16 部入聲，「衣、歸」是第 3 部平聲，由平韻轉為仄韻，均使用不同部的字。其他如〈荷葉杯〉（絕代佳人難得‧記得那年花下）、〈天仙子〉（深夜歸來長酩酊）、〈清平樂〉（春愁南陌‧野花芳草‧何處遊女‧鶯啼殘月‧瑣窗春暮‧綠楊春雨）六首、〈喜遷鶯〉（人洶洶）、〈喜遷鶯〉（街鼓動）、〈河傳〉（何處‧錦浦）、〈菩薩蠻〉（紅樓別夜堪惆悵‧人人盡說江南好‧如今卻憶江南樂‧勸君今夜須沈醉），計有 18 首。

| 〈荷葉杯〉平仄轉韻 |
| --- |
| 絕代佳人難得，傾國，花下見無期。一雙愁黛遠山眉，不忍更思惟。<br>閒掩翠屏金鳳，殘夢，羅幕畫堂空。碧天無路信難通，惆悵舊房櫳。 |
| 第 17 部入聲轉第 3 部平聲，下闋轉第 1 部去聲平聲 |
| ｜｜｜－－｜得（第 17 部入聲）。－｜德（第 17 部入聲）。－｜｜｜－－之（第 3 部平聲）。－｜｜｜－－脂（第 3 部平聲）。－｜｜｜脂（第 3 部平聲）。＆－｜｜－－｜送（第 1 部去聲）。－｜東（第 1 部平聲）。－｜｜－東（第 1 部平聲）。｜－－｜｜－－東（第 1 部平聲）。－｜｜－東（第 1 部平聲）。 |
| 記得那年花下，深夜，初識謝娘時。水堂西面畫簾垂，攜手暗相期。<br>惆悵曉鶯殘月，相別，從此隔音塵。如今俱是異鄉人，相見更無因。 |

第 10 部仄聲轉第 3 部平聲，下闋轉第 18 部入聲，再轉第 6 部平聲

｜｜｜－｜馬（第 10 部上聲）。－｜鴉（第 10 部去聲）。－｜｜｜－之（第 3 部平聲）。－－｜｜－支（第 3 部平聲）。－｜｜－之（第 3 部平聲）。&－｜｜－－｜月（第 18 部入聲）。－｜薛（第 18 部入聲）。－｜｜－真（第 6 部平聲）。－－－｜－真（第 6 部平聲）。－｜｜－真（第 6 部平聲）。

---

### 〈天仙子〉又一體平仄轉韻

深夜歸來長酩酊，扶入流蘇猶未醒。醺醺酒氣麝蘭和，驚睡覺，笑呵呵，長笑人生能幾何。

第 11 部上聲轉第 9 部平聲

－｜－－－－｜迴（第 11 部上聲）。｜｜－－－｜迴（第 11 部上聲）。－－｜｜｜－戈（第 9 部平聲），－｜｜。－－歌（第 9 部平聲）。－｜－－－｜歌（第 9 部平聲）。

---

### 〈清平樂〉平仄轉韻

春愁南陌，故國音書隔。細雨霏霏梨花白，燕拂畫簾金額。
盡日相望王孫，塵滿衣上淚痕。誰向橋邊吹笛，駐馬西望銷魂。

第 17 部入聲下闋轉第 6 部平聲

－－－｜陌（第 17 部入聲）。｜｜－－｜麥（第 17 部入聲）。｜｜－－－－｜陌（第 17 部入聲）。｜｜｜－｜陌（第 17 部入聲）。&｜｜｜－｜－魂（第 6 部平聲）。－｜｜｜－痕（第 6 部平聲）。－－｜｜｜－錫（第 17 部入聲），｜｜－｜－魂（第 6 部平聲）。

野花芳草，寂寞關山道。柳吐金絲鶯語早，惆悵香閨暗老。
羅帶悔結同心，獨憑朱闌思深。夢覺半牀斜月，小窗風觸鳴琴。

第 8 部上聲下闋轉第 13 部平聲

｜－－｜皓（第 8 部上聲）。｜｜－－｜皓（第 8 部上聲）。｜｜－－－｜皓（第 8 部上聲）。－｜－－｜皓（第 8 部上聲）。&－｜｜｜－侵（第 13 部平聲）。｜－－－－侵（第 13 部平聲）。｜｜｜－－月（第 18 部入聲），－－｜－侵（第 13 部平聲）。

何處遊女，蜀國多雲雨。雲解有情花解語，窣地繡羅金縷。
妝成不整金鈿，含羞待月鞦韆。住在綠槐陰裏，門臨春水橋邊。

第 4 部上聲下闋轉第 7 部去聲平聲

－｜｜｜語（第 4 部上聲）。｜｜－－｜麌（第 4 部上聲）。－｜｜｜－｜語（第 4 部上聲）。｜｜｜｜－｜麌（第 4 部上聲）。&－－｜｜｜霰（第 7 部去聲）。－－｜｜－先（第 7 部平聲）。｜｜｜－－止（第 3 部上聲），－－｜－先（第 7 部平聲）。

鶯啼殘月，繡閣香燈滅。門外馬嘶郎欲別，正是落花時節。
妝成不畫蛾眉，含愁獨倚金扉。去路香塵莫掃，掃即郎去歸遲。

第 18 部入聲下闋轉第 3 部平聲

－－－｜月（第 18 部入聲）。｜｜－－｜薛（第 18 部入聲）。－｜｜－－｜薛（第 18 部入聲）。｜｜－－｜屑（第 18 部入聲）。&－－｜｜－脂（第 3 部平聲）。－－｜｜－微（第 3 部平聲）。｜｜－－｜皓（第 8 部上聲），－－｜－脂（第 3 部平聲）。

瑣窗春暮，滿地梨花雨。君不歸來情又去，紅淚散霑金縷。
夢魂飛斷煙波，傷心不奈春何。空把金針獨坐，鴛鴦愁繡雙窠。

第 4 部去聲上聲下闋轉第 9 部平聲

｜－－｜暮（第 4 部去聲）。｜｜－－｜麌（第 4 部上聲）。－｜－－－｜御（第 4 部去聲）。－｜｜｜－｜麌（第 4 部上聲）。&｜－－｜－戈（第 9 部平聲）。－－｜｜－歌（第 9 部平聲）。－｜－－｜果（第 9 部上聲），－－｜－戈（第 9 部平聲）。

綠楊春雨，金線飄千縷。花拆香枝黃鸝語，玉勒雕鞍何處。
碧窗望斷燕鴻，翠簾睡眼溟濛。寶瑟誰家彈罷，含悲斜倚屏風。

第 4 部上聲去聲下闋轉第 1 部平聲

｜－－｜□麌（第4部上聲）。－｜－－｜□麌（第4部上聲）。－｜－－－｜□語（第4部上聲）。｜｜－－－｜□御（第4部去聲）。&｜－｜｜－□東（第1部平聲）。－｜－｜－□東（第1部平聲）。｜｜－－－｜□蟹（第5部上聲），－－－｜－□東（第1部平聲）。

---

### 〈喜遷鶯〉平仄轉韻

人洶洶，鼓冬冬，襟袖五更風。大羅天上月朦朧，騎馬上虛空。

香滿衣，雲滿路，鸞鳳繞身飛舞。霓旌絳節一群群，引見玉華君。

第1部平聲下闋轉第4部去聲上聲，再轉第6部平聲

－｜｜鍾（第1部平聲），｜－｜東（第1部平聲）。－｜｜｜－東（第1部平聲）。｜－－｜｜－東（第1部平聲）。－｜｜｜－東（第1部平聲）。&｜－｜微（第3部平聲）。－｜－｜□暮（第4部去聲）。－｜－－｜｜□麌（第4部上聲）。－－－｜｜－文（第6部平聲）。｜｜｜－□文（第6部平聲）。

街鼓動，禁城開，天上探人回。鳳銜金榜出雲來，平地一聲雷。

鸞已遷，龍已化，一夜滿城車馬。家家樓上簇神仙，爭看鶴沖天。

第5部平聲與第3部平聲交錯使用（成爲5、3、5、3韻部交錯），下闋第7部平聲中轉入第10部去聲（成爲7、10、10、7、7韻部的排列）

－｜｜｜董（第1部上聲），｜－□咍（第5部平聲）。－｜－｜－灰（第3部平聲）。｜－－｜｜－□咍（第5部平聲）。－｜｜｜－灰（第3部平聲）。&－｜仙（第7部平聲）。－｜｜□禡（第10部去聲）。｜｜｜－－｜□馬（第10部上聲）。＋－－｜｜－仙（第7部平聲）。－｜｜－□先（第7部平聲）。

---

### 〈河傳〉平仄轉韻

何處，煙雨，隔堤春暮。柳色蔥蘢，畫橈金縷，翠旗高颭香風，水光融。

青娥殿腳春妝媚，輕雲裏，綽約司花妓。江都宮闕，清淮月映迷樓，古今愁。

第4部去聲上聲轉第1部平聲，下闋轉第3部去聲上聲，再轉第12部平聲

－｜御（第4部去聲）。－｜麌（第4部上聲）。－－－□暮（第4部去聲）。｜｜－－鍾（第1部平聲）。｜－－｜麌（第4部上聲）。｜－－｜－東（第1部平聲）。｜－東（第1部平聲）。&－－｜｜－□至（第3部去聲）。－｜□止（第3部上聲）。｜－－｜紙（第3部上聲）。－－－月（第18部入聲）。－－｜｜－侯（第12部平聲）。－｜□尤（第12部平聲）。

錦浦，春女，繡衣金縷。霧薄雲輕，花深柳暗，時節正是清明，雨初晴。

玉鞭魂斷煙霞路，鶯鶯語，一望巫山雨。香塵隱映，遙望翠檻紅樓，黛眉愁。

第4部上聲轉第11部平聲，下闋轉第4部去聲上聲，再轉第12部平聲

｜｜姥（第4部上聲）。－語（第4部上聲）。｜－－麌（第4部上聲）。｜｜－－清（第11部平聲）。－－｜｜勘（第14部去聲）。｜－｜｜－庚（第11部平聲）。｜－清（第11部平聲）。&｜－－｜｜－□暮（第4部去聲）。－－□語（第4部上聲）。｜｜－－□麌（第4部上聲）。－－｜｜映（第11部去聲）。－｜｜｜－□侯（第12部平聲）。｜－□尤（第12部平聲）。

---

### 〈菩薩蠻〉平仄韻轉換格轉韻

紅樓別夜堪惆悵，香燈半卷流蘇帳。殘月出門時，美人和淚辭。

琵琶金翠羽，弦上黃鶯語。勸我早歸家，綠窗人似花。

第2部去聲轉第3部平聲，下闋轉第4部上聲，再轉第10部平聲

－－｜｜－□漾（第2部去聲）。－－｜｜－□漾（第2部去聲）。－｜－□之（第3部平聲）。｜－－□之（第3部平聲）。&－｜□麌（第4部上聲），－｜－語（第4部上聲）。｜｜－□麻（第10部平聲），｜－－□麻（第10部平聲）。

人人盡說江南好，遊人只合江南老。春水碧於天，畫船聽雨眠。壚邊人似月，皓腕凝雙雪。未老莫還鄉，還鄉須斷腸。

第8部上聲轉第7部平聲，下闋轉第18部入聲，再轉第2部平聲

－－｜｜－□皓（第8部上聲）。－－｜｜－□皓（第8部上聲）。－｜｜－先（第7部平聲）。｜－－□先（第7部平聲）。&－－｜｜月（第18部入聲），｜｜－｜薛（第18部入聲）。｜｜｜－□陽（第2部平聲），－－｜－□陽（第2部平聲）。

| |
|---|
| 如今却憶江南樂，當時年少春衫薄。騎馬倚斜橋，滿樓紅袖招。翠屏金屈曲，醉入花叢宿。此度見花枝，白頭誓不歸。 |
| 第16部入聲轉第8部平聲，下闋轉第15部入聲，再轉第3部平聲 |
| ｜－－｜｜－｜覺（第16部入聲）。－－－｜｜－｜薄（第16部入聲）。－｜｜－｜宵（第8部平聲）。｜－－｜－｜宵（第8部平聲）。&－－｜｜－｜燭（第15部入聲），｜｜｜－｜屋（第15部入聲）。｜｜｜－－支（第3部平聲），｜－｜－微（第3部平聲）。 |
| 勸君今夜須沈醉，尊前莫話明朝事。珍重主人心，酒深情亦深。須愁春漏短，莫訴金杯滿。遇酒且呵呵，人生能幾何。 |
| 第3部去聲轉第13部平聲，下闋轉第7部上聲，再轉第9部平聲 |
| ｜－－｜－｜至（第3部去聲）。－－｜｜－｜志（第3部去聲）。－｜｜－－侵（第13部平聲）。｜－－｜－侵（第13部平聲）。&－－｜｜－｜緩（第7部上聲），｜｜｜－｜緩（第7部上聲）。｜｜｜－－歌（第9部平聲），－－｜－歌（第9部平聲）。 |

（2）另一種平仄韻轉換的情形，平韻不變，而仄韻遞換不同部的字。此種情形，龍沐勛先生稱爲「平仄韻錯協格」，大概是指在平韻中錯雜不同仄韻之意。

如〈河傳〉：

春晚，風暖，錦城花滿。狂殺遊人，玉鞭金勒尋勝，馳驟輕塵，惜良辰。
翠蛾爭勸臨邛酒，纖纖手，拂面垂絲柳。歸時煙裏鐘鼓，正是黃昏，暗銷魂。

全首二換仄韻，「晚、暖、滿」是押第七部仄聲、轉「酒、手、柳」押第十二部仄聲，平聲韻從頭到尾皆押第六部「人、塵、辰、昏、魂」，爲平韻中錯雜仄韻。其他平仄韻錯協格有〈怨王孫〉（錦里）、〈酒泉子〉（月落星沈）、〈菩薩蠻〉（洛陽城裏春光好）、〈訴衷情〉（燭燼香殘簾半卷‧碧沼紅芳煙雨靜）、〈女冠子〉（四月十七‧昨夜夜半），計有八首。

| |
|---|
| 〈怨王孫〉 |
| 錦里，蠶市，滿街珠翠。千萬紅妝，玉蟬金雀，寶髻花簇鳴璫，繡衣長。<br>日斜歸去人難見，青樓遠，隊隊行雲散。不知今夜，何處深鎖蘭房，隔仙鄉。 |
| 第2部平聲中錯入第第3部上聲去聲、第7部去聲 |
| ｜｜止（第3部上聲）。－｜志（第3部去聲）。｜－－｜至（第3部去聲）。－｜－陽（第2部平聲）。｜－－藥（第16部入聲）。｜｜－｜｜－唐（第2部平聲）。｜－－陽（第2部平聲）。&｜－－｜｜｜－霰（第7部去聲）。－－｜阮（第7部上聲）。｜｜｜－｜旱（第7部上聲）。｜－－禡（第10部去聲）。－｜｜－陽（第2部平聲）。－－｜陽（第2部平聲）。 |

| |
|---|
| 〈酒泉子〉平仄韻錯協 |
| 月落星沈，樓上美人春睡。綠雲欹，金枕膩，畫屏深。子規啼破相思夢，曙色東方才動。柳煙輕，花露重，思難任。<br>第13部上聲平聲中插入第3部去聲平聲，下闋轉第1部去聲上聲，韻部排列爲（13、3、3、3、13＆1、1、1、、13） |

| |
|---|
| ｜｜－ｌ侵（第13部平聲）。－ｌ－ｌ－ｌ真（第3部去聲）。｜－－支（第3部平聲），－ｌｌ至（第3部去聲）。－ｌ－ｌ侵（第13部平聲）。&｜－－ｌｌ－ｌ送（第1部去聲）。ｌ－－ｌ－ｌ董（第1部上聲）。｜－－清（第11部平聲），－ｌｌ腫（第1部上聲）。－ｌ－侵（第13部平聲）。 |

| |
|---|
| 〈菩薩蠻〉平仄韻錯協 |
| 洛陽城裏春光好，洛陽才子他鄉老。柳暗魏王堤，此時心轉迷。桃花春水淥，水上鴛鴦浴。凝恨對殘暉，憶君君不知。 |
| 第3部平聲中錯入第8部上聲、第15部入聲 |
| ｜－－ｌ｜－ｌ皓（第8部上聲）。｜－－ｌ－ｌ皓（第8部上聲）。｜｜ｌ－齊（第3部平聲）。｜－－－齊（第3部平聲）。&－－ｌ－ｌ燭（第15部入聲），｜｜－－ｌ燭（第15部入聲）。－ｌｌ－微（第3部平聲），｜－－ｌ支（第3部平聲）。 |

| |
|---|
| 〈訴衷情〉平仄韻錯協格 |
| 燭爐香殘簾半卷，夢初驚。花欲謝，深夜，月籠明。何處按歌聲，輕輕。舞衣塵暗生，負春情。 |
| 第11部平聲錯雜第10部去聲 |
| ｜｜ｌ－－ｌ｜。ｌ－庚（第11部平聲）。－ｌ禡（第10部去聲）。－ｌ禡（第10部去聲）。ｌ－庚（第11部平聲）。－ｌ－ｌ清（第11部平聲）。－ｌ清（第11部平聲）。ｌ－－ｌ庚（第11部平聲）。ｌ－清（第11部平聲）。 |
| 碧沼紅芳煙雨靜，倚蘭橈。垂玉佩，交帶，嫋纖腰。鴛夢隔星橋，迢迢。越羅香暗銷，墜花翹。 |
| 第8部平聲錯雜第3部去聲 |
| ｜｜ｌ－－ｌ靜（第11部上聲）。｜－宵（第8部平聲）。－ｌ隊（第3部去聲）。－ｌ泰（第3部去聲）。ｌ－宵（第8部平聲）。－ｌｌ－宵（第8部平聲）。－ｌ蕭（第8部平聲）。ｌ－－ｌ宵（第8部平聲）。ｌ－宵（第8部平聲）。 |

| |
|---|
| 〈女冠子〉 |
| 四月十七，正是去年今日。別君時，忍淚佯低面，含羞半斂眉。 |
| 不知魂已斷，空有夢相隨。除卻天邊月，沒人知。 |
| 第3部平聲錯雜第17部入聲、第7部去聲 |
| ｜｜ｌ｜質（第17部入聲）。｜｜ｌ－－ｌ質（第17部入聲）。ｌ－之（第3部平聲）。｜ｌｌ－線（第7部去聲）。－ｌｌ－脂（第3部平聲）。&｜ｌ－翰（第7部去聲）。－ｌｌ－支（第3部平聲）。ｌ－－ｌ月（第18部入聲）。－－－支（第3部平聲）。 |
| 昨夜夜半，枕上分明夢見。語多時，依舊桃花面，頻低柳葉眉。 |
| 半羞還半喜，欲去又依依。覺來知是夢，不勝悲。 |
| 第3部平聲上聲，錯雜入第7部去聲 |
| ｜｜ｌ換（第7部去聲）。｜｜－－ｌ霰（第7部去聲）。ｌ－之（第3部平聲）。－ｌ－－線（第7部去聲）。－－ｌ－脂（第3部平聲）。&ｌｌｌ－止（第3部上聲）。ｌｌ－－微（第3部平聲）。ｌ－－ｌ送（第1部去聲）。－－－脂（第3部平聲）。 |

## （四）同部平仄通協

平仄韻具用同部的字，如〈思帝鄉〉：

雲髻墜，鳳釵垂。髻墜釵垂無力，枕函欹。

翡翠屏深月落，漏依依。說盡人間天上，兩心知。

五個韻中，「墜」是仄韻，「垂、欹、依、知」是平韻，但同屬第三部，這種平仄韻同部是屬於特例。其他有〈天仙子〉（蟾彩霜華夜不分），〈浣溪沙〉（清曉妝成寒食天），計有三首。

由上可知，韋莊詞韻多轉韻，其次是單押平聲韻爲多，再次是單
押仄聲韻。韋莊使用最多的詞牌〈清平樂〉、〈天仙子〉、〈浣溪沙〉、〈菩
薩蠻〉中，除〈浣溪沙〉五首中有四首同部平聲韻通押，一首同部平
仄通協，其他〈天仙子〉、〈菩薩蠻〉、〈清平樂〉皆是轉韻。轉韻的變
化較單押一韻要來的有變化。平聲字較開展，所以協平韻的詞調較有
舒徐之感；仄韻則有頓挫、低回吞吐之妙，平仄轉韻的安排，能夠使
音律抑揚頓挫，錯綜起伏。

詩之用韻以「二、四、六」句用韻爲原則，其首句則可押、可不
押。而詞體固亦承襲此原則，然絕多數詞調，均已不受此限。韋莊詞
中有通首句句押韻，似柏梁體：〈荷葉杯〉、〈歸國遙〉、〈菩薩蠻〉、〈謁
金門〉、〈荷葉杯〉計有五調。通首只有一句不用韻：〈訴衷情〉、〈天
仙子〉、〈酒泉子〉、〈女冠子〉、〈浣溪沙〉〈清平樂〉、〈應天長〉、〈望
遠行〉八調。其中只有雙調〈浣溪沙〉只有下闋首句不押韻，其他都
押韻，〈荷葉杯〉句句押韻，上下闋字數都相同，形成對稱的詞調，
蓋緣音樂相同，重複詠唱。總言之二十一調中，韋莊有十三調幾乎句
句用韻，非但用韻位置突破詩之規矩，其用韻之稠密，亦較詩爲甚。

## 四、韋莊詞調

詞有調曲，詩卻沒有。每一首詞必屬於某一宮調，燕樂的七聲音
階，宮、商、角、徵、羽、變宮、變徵，但這只是相對音高，並非絕對
音高，所以須用十二律來加以限定。十二律以十二根不同長短之竹管按
照三分損益法製成，以發音之清濁高下作爲音高的標準，由低至高，依
序爲：黃鐘、大呂、太簇、夾鐘、姑洗、中呂、蕤賓、林鐘、夷則、南
呂、無射、應鐘。其中單數的六個爲陽律簡稱「六律」，雙數的六個爲
陰律，簡稱「六呂」，大體同於西樂中的Ｃ、Ｃ＃、Ｄ、Ｄ＃、Ｅ、Ｆ＃、
Ｇ、Ｇ＃、Ａ、Ａ＃、Ｂ十二個大調，每一個都可和七音配合，所以可產
生八十四種宮調變化，但因燕樂用以主要伴奏的琵琶只有四根弦，所以
實際應用的只有二十八宮調：包括宮聲、商聲、角聲、羽聲。

宮聲七調：正宮、高宮、中呂宮、道調宮、南呂宮、仙呂宮、黃鐘宮。

商聲七調：大石調、高大石調、雙調、小石調、歇指調、林鐘調、調越調。

角聲七調：大石角、高大石角、雙角、小石角、歇指角、林鐘角、越角。

羽聲七調：般涉調、高般涉調、中呂調、正平調、南呂調、仙呂調、黃鐘宮。

但到南宋末年有些音色艱澀，或曲高和寡，實際應用的只有七宮十二調，根據張炎《詞源》，此十九宮調為：

七宮：黃鐘宮、仙呂宮、正宮、高宮、南呂宮、中呂宮、道宮。

十二調：大石調、小石調、般涉調、歇指調、越調、仙呂調、中呂調、正平調、高平調、雙調、黃鐘羽、商調。

韋莊詞所用腔調表共有十一調：

| 腔　調 | 聲　情 | 首 | 詞　　牌　　名 |
|---|---|---|---|
| 越調 | 陶寫冷笑 | 10 | 〈訴衷情〉二　〈清平樂〉六<br>〈思帝鄉〉二 |
| 歇指調 | 急併虛歇 | 7 | 〈天仙子〉五　〈上行杯〉二 |
| 中呂調 | 高下閃躲 | 5 | 〈天仙子〉五 |
| 仙呂調 | 清新綿邈 | 7 | 〈天仙子〉五　〈女冠子〉二（宋柳永詞注） |
| 雙調 | 健捷激裊 | 12 | 〈江城子〉二　〈歸國遙〉三　〈謁金門〉三　〈應天長〉二　〈荷葉杯〉二　〈小重山〉 |
| 高平調 | 調拗澀漾 | 3 | 〈定西番〉二　〈酒泉子〉一 |
| 大石調 | 風流醞藉 | 11 | 〈女冠子〉二（宋柳永詞又注）〈清平樂〉六<br>〈更漏子〉一　〈女冠子〉二 |
| 黃鐘宮 | 富貴纏綿 | 7 | 〈浣溪沙〉五　〈喜遷鶯〉二 |
| 中呂宮 | 高下閃躲 | 6 | 〈浣溪沙〉五<br>〈望遠行〉 |
| 林鐘商調 | 典雅沉重 | 2 | 〈更漏子〉一　〈木蘭花〉一 |
| 南呂宮 | 感嘆傷悲 | 3 | 〈河傳〉三 |

根據元周德清《中原音韻》〔註32〕以及燕南芝庵《唱論》〔註33〕中所記載的六宮十一調聲情如下：

**六宮**

仙呂宮：清新綿邈　　　南呂宮：感嘆傷悲

中呂宮：高下閃躲　　　黃鐘宮：富貴纏綿

正宮：惆悵雄壯　　　　道宮：飄逸清幽

**十一調**

大石調：風流醞藉　　　小石調：旖旎嫵媚

高平調：調拗滉漾　　　般涉調：拾掇坑塹

歇指調：急併虛歇　　　商角調：悲傷宛轉

雙調：健捷激裊　　　　商調：悽愴怨慕

角調：嗚咽悠揚　　　　宮調：典雅沉重

越調：陶寫冷笑

韋莊所用詞調中有兩調疑是他所創作，〈喜遷鶯〉此調始於五代，創於韋莊，以及〈應天長〉此調始見於韋莊詞。其他大部分是倚唐朝燕樂新聲。

　　韋莊使用最多腔調：雙調，根據元周德清《中原音韻》以及燕南芝庵的《唱論》中所記載聲情，具健捷激裊的熱情，其次大石調，具風流醞藉的浪漫情感，越調，具陶寫冷笑的情感，其次黃鐘宮、歇指調、仙呂調，中呂宮，中呂調，高平調、南呂宮，林鐘商調。

　　使用雙調的有：〈江城子〉、〈歸國遙〉、〈謁金門〉、〈應天長〉、〈荷葉杯〉、〈小重山〉。然而，依據元朝的聲調可能無法完全了解唐末聲調的聲情，因為就〈江城子〉二首詞看來，一首是漸捷激裊，但另一首卻是嗚咽低吟的聲情。

　　**〈江城子〉之一**

　　　　恩重嬌多情易傷，漏更長，解鴛鴦。朱唇未動，

---

〔註32〕周德清：《中原音韻》（台北：學海出版社，1996 年 3 月），頁 174。

〔註33〕見〔元〕楊朝英選輯《陽春白雪》（台北：台灣商務印書館，1939 年 12 月）卷一。

先覺口脂香。緩揭繡衾抽皓腕，移鳳枕，枕檀郎。

〈江城子〉之二

髻鬟狼藉黛眉長，出蘭房，別檀郎。角聲嗚咽，
星斗漸微茫。露冷月殘人未起，留不住，淚千行。

依元代所載〈江城子〉入雙調，且第一首與第二首都押第 2 部平聲
陽唐韻，第一首描寫男女互相挑情調戲的恩愛樂趣，屬於爽朗激健
的筆調。但第二首則是描寫女子送別男子，臨別時悲傷的啜泣，而
非漸捷激裊的切結。其他〈歸國遙〉：「春欲暮，滿地落花紅帶雨。
惆悵玉籠鸚鵡，單棲無伴侶。　　　南望去程何許，問花花不語。早
晚得同歸去，恨無雙翠羽。」、〈歸國遙〉（金翡翠）：「別後只知相愧，
淚珠難遠寄。羅幕繡幃鴛被，舊歡如夢裏」、〈歸國遙〉（春欲晚）：「睡
覺綠鬟風亂，畫屏雲雨散。閑倚博山長歎，淚流沾皓腕。」三首亦
非激動爽快的語氣，而是低迴黯淡的傷情。所以元代的聲情比附，
對於唐末只可供部分參考。

　　韋莊所用二十一曲中，除〈應天長〉、〈江城子〉、〈河傳〉、〈喜遷
鶯〉、〈更漏子〉，餘十六調皆見於教坊記，其中小重山係變自教坊雜曲
感皇恩，可知韋氏所倚，爲唐朝燕樂新聲。《花間集》中溫庭筠所倚之
曲調，凡八宮十八曲（越調：〈清平樂〉、〈遐方怨〉、〈訴衷情〉、〈思帝
鄉〉；南呂宮：〈夢江南〉、〈河傳〉、〈蕃女怨〉、〈荷葉杯〉；中呂宮：〈菩
薩蠻〉、〈玉蝴蝶〉；雙調：〈歸國遙〉；林鐘商調：〈更漏子〉；高平調：
〈酒泉子〉、〈定西蕃〉、〈楊柳枝〉；仙呂宮：〈南歌子〉、〈河瀆神〉；歇
指調：〈女冠子〉）除〈河傳〉、〈蕃女怨〉、〈玉蝴蝶〉、〈更漏子〉外，
餘皆見於《教坊記》，溫庭筠所倚蓋唐世燕樂新聲也。〔註34〕溫庭筠與
韋莊倚聲填詞，已專事其業，唐初以齊言短詩配唱之曲，遂多變爲長
短雜言型式。詞體之形成，於此時漸構。

─────────────

〔註34〕張夢機：《詞律探原》（台北：文史哲出版社，1981 年 11 月初版），
　　　　頁 108～109。

根據青山宏統計《花間集》中排名數量由多到少的順序，〔註35〕以及韋莊詞所用詞牌的數量列表如下。在這個表中，和《花間集》比肩的唐五代代表詞集《尊前集》，從敦煌出土的敦煌曲子詞，附屬於宮廷的歌舞教習所即教坊中被採用的樂曲名，也就是唐人崔令欽在《教坊記》中紀錄的曲名詞牌，都設以專欄，並以"＊"記號標明，使之一目了然。

## 韋莊詞調與《花間集》詞調比較表

| 《花間集》中詞調數量多寡 | 詞　牌 | 教坊記 | 敦煌曲子詞 | 尊前集 | 《花間集》詞調數量 | 韋莊四十八首詞在《花間集》中的數量 | 韋莊詞在《花間集》同調中所佔百分比 | 所收韋莊實際創作五十四首詞數量 |
|---|---|---|---|---|---|---|---|---|
| 1 | 浣溪沙 | ＊ | ＊ | ＊ | 56 | 5 | 8.9 | 5 |
| 2 | 菩薩蠻 | ＊ | ＊ | ＊ | 41 | 5 | 12 | 5 |
| 3 | 酒泉子 | ＊ | ＊ | ＊ | 26 | 1 | 3.8 | 1 |
| 4 | 河傳 | | | | 21 | 3 | 14.2 | 4 |
| 5 | 女冠子 | ＊ | | ＊ | 19 | 2 | 10.5 | 2 |
| 6 | 更漏子 | | ＊ | ＊ | 16 | 1 | 6.3 | 1 |
| 7 | 荷葉杯 | ＊ | | | 14 | 2 | 14.3 | 2 |
| 8 | 訴衷情 | ＊ | | | 12 | 2 | 16.7 | 2 |
| 9 | 天仙子 | ＊ | ＊ | | 9 | 5 | 55.6 | 5 |
| 10 | 清平樂 | ＊ | | ＊ | 9 | 4 | 44.4 | 6 |
| 11 | 江城子 | | | ＊ | 7 | 2 | 28.8 | 2 |
| 12 | 定西番 | ＊ | ＊ | ＊ | 7 | 0 | | 2 |
| 13 | 應天長 | | | ＊ | 6 | 2 | 33.3 | 2 |
| 14 | 喜遷鶯 | | | ＊ | 6 | 2 | 33.3 | 2 |
| 15 | 小重山 | 變自教坊雜曲感皇恩 | | | 6 | 1 | 16.6 | 1 |
| 16 | 歸國遙 | ＊ | | | 5 | 3 | 60 | 3 |
| 17 | 謁金門 | ＊ | ＊ | ＊ | 5 | 2 | 40 | 3 |
| 18 | 思帝鄉 | ＊ | | | 4 | 2 | 50 | 2 |

〔註35〕　〔日〕青山宏著，程郁綴譯：《唐宋詞研究》（北京：北京大學出版社，1955 年 1 月），頁 143～145。但青山宏在〈河傳〉這詞調中少算韋莊詞 3 首，故《花間集》中以〈河傳〉這詞牌創作的詞數量此訂正爲 21 首。

| 19 | 上行杯 | ✻ |   |   | 4 | 2 | 50 | 2 |
|---|---|---|---|---|---|---|---|---|
| 20 | 望遠行 | ✻ | ✻ |   | 3 | 1 | 33.3 | 1 |
| 21 | 木蘭花 | ✻ | ✻ | ✻ | 3 | 1 | 33.3 | 1 |
|   |   |   |   |   |   | 共四十八首 |   | 共五十四首 |

（註：《花間集》共有五百首詞，此未完全列出。只挑選與韋莊相同的詞調來比較。）

　　從上表可以看出，《花間集》中使用數量排名較多的曲調〈浣溪沙〉〈菩薩蠻〉，這兩調多由五七言構成，也是韋莊使用最多的曲調。

　　然而《花間集》使用較多卻是韋莊使用最少的詞調有：〈酒泉子〉、〈更漏子〉。《花間集》26 首〈酒泉子〉中，韋詞只佔一首，約只佔3.8%，〈酒泉子〉句式爲「4.6.3.3.3○7.6.3.3.3」以三字句爲多；《花間集》16 首〈更漏子〉中韋詞只佔 1 首，約只佔 6.3%，〈更漏子〉句式爲：「3.3.6.3.3.5○3.3.6.3.3.5」也是以三字句較多，只有在上下闋末句才出現五言。所以韋莊較其他花間詞人較少使用主要由三字句構成的詞調。

　　《花間集》使用較少卻是韋莊使用最多的詞調有：〈天仙子〉、〈清平樂〉、〈歸國遙〉、〈上行杯〉、〈思帝鄉〉。《花間集》9 首〈天仙子〉中，韋詞佔 5 首，約佔 55.6%，《花間集》9 首〈清平樂〉之中，韋詞佔 4 首，約佔 44.4%，〈清平樂〉句式爲：「4.5.7.6○6.6.6.6」則多六言句構成；〈天仙子〉句式爲「7.7.7.3.3.7」多七言句構成；《花間集》5 首〈歸國遙〉中，韋詞佔 3 首，約佔 60%，〈歸國遙〉句式爲：「3.7.6.5○6.5.6.5」，主要由六言五言交錯構成，可見韋莊較其他花間詞人多使用七言六言五言構成的詞調。

　　〈上行杯〉句式爲「6.3.4.7.6.7.2.3.3」，〈思帝鄉〉有兩種句式排列，之一爲「33636363」第二種句式排列爲「35636353」這兩調變化多端，雖在韋莊詞中各佔兩首，卻是佔了《花間集》中此調的二分之一。由此可見韋莊雖主要沿襲五七言的句數創作詞，對五言七言六言構成的詞調較爲順手。但對純以三言六言或以二三四六七多言構成的詞調，仍嘗試填寫，唯此部份較少，其他花間詞人也較不使用這樣的詞調。

## 第二節　詩詞風格比較

　　韋莊詩詞皆有清淡疏朗的風格，至於晚期詩的風格又一轉變，具有清麗風格的傾向，這一部分剛好與詞所展現的特色相同，與詞創作的時間相當，惟在《浣花集》中數量最少。在此清淡疏朗與清麗風格的共同點外，韋莊詩風格是雄健疏野，韋莊詞是秀雅含蓄。以下分述之：

## 一、相同點

### （一）韋莊詩詞皆清淡疏朗

　　清淡疏朗是韋莊詩詞的特點，原因：一、在字句的組織及篇章結構方式，他不愛「堆砌餖飣」式的符號組織，偏向使用清淡自然的語言意象；二、流暢平易的將個人化的情感滲入詩詞中，具有主觀敘寫的情感，而非客觀之敘寫。

　　郭紹虞先生曾說道：

> 所謂「平淡」，並不是意味著平庸和淺易；恰恰相反，他是
> 主張以極其樸素的語言和高度的工力，表現出豐富深刻的
> 思想。〔註36〕

韋莊於花團錦簇的晚唐詩詞中，獨以樸素的語言往藝術內在性開拓，將生活境遇和人生經歷中蒸發、提煉出來的情思，植入詞的文學內涵，以包蘊深微的思想。這樣走出類型化的人類情思，使以代言體創作起家的艷詞麗句，開始走向清淡的語言，以樸素的詞藻抒發「自我化」的情感。韋莊五十九歲登第以前，流落江湖，除四十八歲逃出長安時一度獻詩投靠鎮海軍節度使周寶外，很少和貴人來往，他的詩集相與酬答的大都是秀才和尚一流人，〔註37〕如吳秀才、崔秀才、武處

---

〔註36〕郭紹虞主編：《中國歷代文論選》（台北：木鐸出版社，1987 年）中
　　　　冊，頁 15。
〔註37〕如〈贈貫休〉、〈贈武處士〉、〈哭麻處士〉、〈題姑蘇凌處士莊〉、〈酬
　　　　吳秀才雪川相送〉、〈題袁州謝秀才所居〉、〈歲除對王秀才作〉、〈衢
　　　　州江上別李秀才〉、〈宜君縣比卜居不遂，留題王秀才別墅二首〉、〈和

士、貫休等，似乎是無名的人物。由於時代的動亂，生活的貧困，迫使韋莊五十歲以後仍為求食求官奔走四方。在長期的貧困奔波，與胼手胝足的匭勉生活之中，從未嘗享過錦衣玉食、生活無虞的他，自然與悲苦的人生經驗相搭調，以清淡疏曠的態度來渡過難關，因此詩的風格在人生歷練下所呈現的清淡疏朗，也就影響到他的詞風。

## 1、韋莊詩

韋莊詩清淡自然，淺顯通俗，樸素平直。韋莊中舉之前，其實是經過一段將近五十九年長時間的流離顛沛、飽經憂患的生活，韋莊詩的創作，以描述社會生活的困苦傷亂為主，具有一定的現實感與時代感。韋莊所處的時代與他獨特的人生經歷，使他不可能具有強烈的浩然之氣，韋莊自庚子離亂之後，因「流離漂泛，寓目緣情」，而有「子期懷舊之辭」、「王粲傷時之製」、或「離群軫慮，或反袂興悲，四愁九愁之文」，〈長安清明〉所謂：「傷時傷事更傷心」，他的詩主要在抒寫亂世中的所見所聞所感，主題內容都是建構在現實生活上，所以語言文字的選擇，自然偏向樸實清淡的風格，他的長詩〈秦婦吟〉和白居易的〈長恨歌〉、〈琵琶行〉風格很接近。

清代賀裳也說：「韋莊詩飄逸，有輕燕受風之致」，〔註38〕即指向清淡的風格。韋莊詩格調清新，運筆自然，詩中運用自然意象語彙抒發情感，所成就的清淡風格比比皆是。如〈聽趙秀才彈琴〉：「滿匣冰泉咽又鳴，玉音閒澹入神清。巫山夜雨弦中起，湘水清波指下生。

---

〔註38〕 人春暮書事寄崔秀才〉、〈邊上逢薛秀才話舊〉、〈江上別李秀才〉等。
賀裳：《載酒園詩話》，收於郭紹虞編：《清詩話續編》（台北：木鐸出版社，1983 年），頁 390～391。韋莊條：「韋莊詩飄逸，有輕燕受風之致，尤善寫豪華之景。如『流水帶花穿巷陌，夕陽和樹入簾櫳』，『銀燭樹前長似晝，露桃華裏不知秋』，『繡戶夜攢紅燭市，舞衣晴曳碧天霞』，穠麗殆不減於韓翃。至若〈聞再幸梁洋〉曰：『興慶玉龍寒自躍，昭陵石馬夜空嘶』，〈贈邊將〉曰：『手招都護新降虜，身著文皇舊賜衣』尤為警策。但美盡言內，又集中淺淡者亦多未免，如晉武帝之火浣衣耳。」此類描寫豪華之詩雖為賀裳所讚賞，但此類作品甚少，其詩大多寫雄豪壯闊之詩境。

蜂簇野花吟細韻，蟬移高柳迸殘聲。不須更奏幽蘭曲，卓氏門前月正明。」首句言琴聲初發，有如泉水汩汩，漸漸清遠和諧，如玉珮清擊令人神清。三四句由清遠變的嘈切錯雜，如巫山夜雨，如湘水清波。五句言聲漸低細，如蜂吟野花中。六句謂曲終如蟬移高柳，鳴聲倏然而杳。整體韻味在於波清、夜雨、蜂吟、蟬鳴而忽止的自然物象的比喻上，整體所呈現的韻味是一種自然、淡遠、爽淨、甘冽，久久不能自已。又如〈潤州顯濟閣曉望〉：「清曉水如鏡，隔江人似鷗。遠煙藏海島，初日照揚州。地壯孫權氣，雲凝庾信愁。一篷何處客，吟凭釣魚舟。」此首也是以「清」字貫篇，水如鏡、人似鷗、遠煙海島、初日揚州，一股清新朝氣迷漫，頸聯一轉，轉以憂思揚州物換星移，以潤州具有孫權王氣，及南朝庾信〈哀江南賦〉感慨金陵瓦解之變化，〔註39〕事切揚洲，末聯又推向遠方，一客凭舟，悠然釣魚，此一境界又開闊淡雅，超乎一切煩憂使人神遠。又如〈章台夜思〉：「清瑟怨遙夜，繞弦風雨哀」、〈齊安郡〉：「暮角梅花怨，清江桂影寒」、〈歲晏同左生作〉：「寶瑟湘靈怨，清砧杜魄啼」等皆有淒清之感，另在論及韋莊詩詞語言一章亦提及其意象用語選擇清淡類，在此不再贅言。

　　韋莊詩清淡的原因也有來自對於現實的失望，他只能默默的拉開

----

〔註39〕 「孫權氣」出於《三國志》卷五十三〈吳書・張紘傳〉「紘建計宜出都秣陵，權從之。」句裴松之注。裴注引《江表傳》云：「紘謂權曰：『秣陵，楚武王所置，名爲金陵。地勢江阜連石頭，訪問故老，云昔秦始皇東巡會稽經此縣，望氣者云金陵地形有王者都邑之氣，故掘斷連岡，改名秣陵。今處所具存，地有其氣，天之所命，宜爲都邑。』權善者議，未能從也。後劉備之東，宿於秣陵，周觀地形，亦勸權都之。權曰：『智者意同。』遂都焉。」又《晉書》卷六〈元帝紀〉：「始秦時望氣者云五百年後金陵有天子氣，故始皇東遊以厭之，改其地曰秣陵，塹北山以絕歧其勢。及孫權稱號，自謂當之。」潤州上元縣本金陵地，即秦時有稱王者之氣而始皇改名秣陵者。此化用「金陵王氣」典借以抒發眺望潤州山水時的感受。「庾信愁」言庾信嘗作〈哀江南賦〉以寄其鄉關之思。見《庾子山集》卷二〈哀江南賦序〉及《北史》卷八十三〈庾信傳〉。潤州地鄰南朝京城金陵，庾信的〈哀江南賦〉就是以感嘆金陵瓦解爲發端的。

與外部世界的距離,將他的內心世界封閉起來,在內心裡調節情感的平衡,尋求解脫,用心去咀嚼人生的種種挫折,因此其詩風就顯的清淡蕭疏了。如〈江外思鄉〉:

> 年年春日異鄉悲,杜曲黃鶯可得知,更被夕陽江岸上,斷腸煙柳一絲絲。

這首詩寫客居異鄉,韋莊對於戰亂而未能歸家,是很痛苦的,黃鶯無情的啼叫,哪能了解離鄉背井的悲淒,藉由暮煙下的絲絲楊柳,似乎訴說著詩人的深沉離愁,楊柳黃鶯與黃昏夕陽的搭調顯的清淡蕭疏,正與他內心的悲苦相映襯。又如〈搖落〉:

> 搖落秋天酒易醒,淒淒長似別離情。黃昏倚柱不歸去,腸斷綠荷風雨聲。

這首詩也是寫客居異鄉時,邊飲酒,邊聽濕雨奏出黯然銷魂的曲聲。寒雨淅淅瀝瀝,綠荷風雨在黃昏添加更爲淒涼的離愁悲緒。此種借外界景物賦予心中悲涼之感,是封閉在自我療傷的世界中,著重描寫內心世界的崩壞瓦解。另外還有以隱者身分描寫忘卻紅塵的名利糾葛,亦具有清新之氣,如〈題姑蘇淩處士莊〉:「怪來話得仙中事,新有人從物外還。」、〈垣縣山中尋李書記山居不遇,留題河次店〉:「仙吏不知何處隱,山南山北雨濛濛。」、〈題汧陽縣馬跑泉李學士別業〉:「西園夜雨紅櫻熟,南畝清風白稻肥。草色自留閒客住,泉聲如待主人歸」等等皆有超然清靜的妙悟韻味。

　　韋莊詩中語意亦淡中見奇,比喻新奇。如〈古離別〉:

> 晴煙漠漠柳毿毿,不那離情酒半酣。更把玉鞭雲外指,斷腸春色在江南。

楊柳、玉鞭、雲外,斷腸春色,江南,這些意象用語是清淡柔美的,淡淡的晴煙、青青的楊柳,襯托著道旁的離筵別酒,彷彿一幅詩意盎然的設色山水,詩中人揚鞭指點,「斷腸春色在江南」,此地春光明媚,以使人不耐離情,那麼此去江南,江南春色更濃,要使遠行人更斷腸了,實筆走至此成爲虛筆,虛實相生,詩人以酒酣醉語間

訴說離情的難過感受，擬想在江南遊子的別離，更使人斷腸，訴說著深沉的苦悶。以相較法來襯托江南的美景、遊子的依戀，倘若沒有精細的感受力何以出之？《升庵詩話》因此詩感嘆道：「韋端己送別詩多佳，經諸家選者不載。」〔註 40〕又〈江行西望寄友〉：「西望長安白日遙，半年無事駐蘭橈。欲將張翰秋江雨，畫作屏風寄鮑照。」《升庵詩話》卷二：「用事新奇可愛。」〔註 41〕欲將句系化用張翰「秋風蓴鱸之思」，〔註 42〕亦即見秋風而興起思鄉之意，韋莊在江邊日日西望興起思鄉的情懷，頗能深入體會張翰秋風之境，故欲將張翰所見之秋風畫下，寄予如鮑照〔註 43〕善於將現實不滿寫成詩文的朋友，共吐懷才不遇之慨。其他如〈稻田〉：「更被鷺鷥千點雪，破煙來入畫屏飛。」描寫煙水田間如畫屏般恬靜美麗，突然千點雪破煙飛入，原是鷺鷥百點群飛。靜止的畫面頓時生色不少。韋莊詩的自然清淡的意象用語，順達朗暢的直敘方式，加上修辭的出奇比喻，與他人生歷練後的觀感，融冶成「清淡疏朗」的詩風。

## 2、韋莊詞

　　溫韋詞可說是文人詞史上的雙璧，古今詞家於細膩分別溫韋相異處之時，也正凸顯韋莊詞風的特色。如：

> 詞有高下之別，有輕重之別。飛卿下語鎮紙，端己揭響入雲，可謂極兩者之能事。(清·周濟《介存齋論詞雜著》) 〔註 44〕

> 飛卿，嚴妝也；端己，淡妝也。(清·周濟《介存齋論詞雜著》)

---

〔註 40〕　《升庵詩話》卷八二，見臺靜農編：《百種詩話類編》(上)(台北藝文印書館，1974 年 5 月初版)，頁 634。

〔註 41〕　同上注。

〔註 42〕　《晉書·張翰傳》：「翰因見秋風起，乃思吳中菰菜、蓴羹、鱸魚膾，曰：『人生貴得適志，何能羈官數千里，以要名爵乎！』遂命駕而歸。」後稱思鄉之情為秋風蓴鱸之思。

〔註 43〕　南朝鮑照 (唐人為避武后諱，改照為昭) 家境寒微，懷才不遇，對現實深感不滿，反映他這種心境的是他的代表作〈行路難〉十八首。

〔註 44〕　「溫韋之別」條。吳衡照《蓮子居詞話》卷一，見唐圭璋：《詞話叢編》(台北：新文豐出版公司，1988 年) 第二冊，頁 1629。

〔註45〕

詞至端己，語漸疏，情意卻深厚，雖不及飛卿之沈鬱，亦
古今絕構也。（清‧陳廷焯《詞則》卷一）〔註46〕

世以溫韋並稱，然溫濃而韋淡，各極其妙，固未可軒輊焉。
（清‧顧憲融《填詞門徑》）〔註47〕

飛卿寫人多刻畫，端己則臨空，飛卿寫境多沈鬱淒涼，端己
則有興會閒暢之作；飛卿寫情，多不顯露，言下有諷；端己
則深入淺出，心曲畢吐。至於二人用辭之區異，亦處處可見。
飛卿顯用力痕跡……皆字字錘鍊；端己則信手拈來，毫不著
力……其間無一字雕琢。（唐圭璋〈溫韋詞之比較〉）〔註48〕

溫詞濃麗，韋詞疏淡；溫詞含蓄，韋詞痛快；……溫詞是
客觀的描寫，韋詞是主觀的抒寫；……（溫詞）所表現出
來的風格是深厚、茂密、精美、靜穆，……（韋詞）所表
現出來的風格是顯豁、清利、樸素、生動。（鄭騫〈溫庭筠韋
莊與詞的創始〉）〔註49〕

韋莊詞的特色即是清疏淡雅，江聰平說：「端己此一清疏淡雅的詞風，
與其主要詩風頗為近似，這與他清朗疏曠的質性有關。」〔註50〕在晚
唐詞學新天地中，以穠麗詞藻來鋪述是沿襲晚唐詩風的創作傾向，韋
莊卻能以淺白直率的口吻敘述自己真摯情感，不假雕飾，如初發芙
蓉，自然可愛，形成清麗淡雅的一派風格。

　　韋莊詞清淡疏朗的風格，還可藉歷來評論家評價韋莊詞時，多用

---

〔註45〕　「李煜詞」條。吳衡照《蓮子居詞話》卷一，見唐圭璋：《詞話叢編》
　　　　　第二冊，頁 1633。
〔註46〕　李誼：《花間集注釋》（四川文藝，1986 年）附錄三「諸家評韋莊詞」
　　　　　引，頁 655。
〔註47〕　顧憲融《填詞門徑》（台北：廣文書局，1970 年），頁 46。
〔註48〕　唐圭璋：〈溫韋詞之比較〉見唐圭璋：《詞學論叢》（上海：上海古籍
　　　　　出版社，1986 年），頁 899。
〔註49〕　鄭騫：《從詩到曲》（台北：中國文化雜誌社，1971 年 3 月），頁 107。
〔註50〕　江聰平：《韋端己及其詩詞研究》（高雄：國立高雄師範大學國文系
　　　　　博士論文，1997 年），頁 345。

一個「清」字來印證,《蓮子居詞話》云:「韋相清空善轉,殆與溫尉異曲同工。」〔註51〕周濟《介存齋論詞雜著》謂韋莊詞有如「清艷絕倫,初日芙蓉春月柳,使人相見風度。」〔註52〕又說「溫詞,嚴妝也;端己,淡妝也。」〔註53〕況周頤評韋莊云:「運密入疏,寓濃於淡」〔註54〕等,韋莊詞著色清淡,多自然秀發,清淡、清空,落腳點全在清字,而其能形成清麗淡雅風格的緣故,在於他自身經歷了民間樸素的生活,長期貧困生活,使的他多了一份疏淡平實、真率自然的人生態度,韋莊詩風清淡,因之他的詞風雖「艷」而不「膩」,雖「麗」而不「密」,便自有其詩學淵源方面的原因。

　　韋莊詞的清淡風格,詞中以疏朗的方式陳述所感,以呈現人物身態動作和內心個人化的「情語」佔主流,如〈菩薩蠻〉:「紅樓別夜堪惆悵,香燈半卷流蘇帳。殘月出門時,美人和淚辭　　琵琶金翠羽,弦上黃鶯語。勸我早歸家,綠窗人似花。」時間在大清早,天邊還殘留斜月時,送行的女主人流著眼淚萬般不捨的叮嚀「勸我早歸家」,明白如話卻情深意濃,化俗為雅,借真切離別形態的摹寫與平淡的「情語」深動人心。又如〈天仙子〉:

　　深夜歸來長酩酊,扶入流蘇猶未醒。醺醺酒氣麝蘭和,驚
　　睡覺。笑呵呵,長笑人生能幾何。

這首詞的景語意象並不多,只有「黑夜」、「流蘇」、〔註55〕「酒氣」、「麝蘭」四個名詞意象,其他大部分是由缺少主詞的動詞句子成分所

〔註51〕《蓮子居詞話》卷一,見唐圭璋《詞話叢編》(台北:新文豐出版公司,1988年2月)冊三,頁2401。
〔註52〕〔清〕周濟:《介存齋論詞雜著》,韋莊詞條,見唐圭璋《詞話叢編》(台北:新文豐出版公司,1988年2月)冊三,1631。
〔註53〕周濟:《介存齋論詞雜著》,見唐圭璋:《詞話叢編》(北京:中華,1993)冊三,頁1633。
〔註54〕〔清〕況周頤:《唐五代詞人考略》卷五,引自張璋、黃畬編:《全唐五代詞》(台北:文史哲出版社,1986年10月),頁562。
〔註55〕「流蘇」是帳上下垂的彩鬚或彩穗之類,這裡借代為帳子。雖然借代也會產生隱喻的效果,但是在這首詞中,數量並不多,因此整首詞大致仍是有明快暢達的特色。

組成，這首詞動詞有「歸來」、「扶入」、「醒」、「驚」、「覺」、「笑」、「長笑」，幾乎主導每一句的句意；深夜歸來長酩酊」是喝的醉醺醺的樣子，使的室內的酒氣與香氣相混雜，「驚睡覺。笑呵呵，長笑人生能幾何」，一陣熟睡之後，驚醒夢中人的沉醉意境，於是大笑人生能幾何，這樣疏曠的人生態度，在花間詞壇中越顯得清淡超脫。

韋莊詞的陳述口語接近民間文學的樸素風格，如〈女冠子〉：「四月十七，正是去年今日。別君時，忍淚佯低面，含羞半斂眉　　不知魂已斷，空有夢相隨。除卻天邊月，沒人知。」夏承燾說〈女冠子〉：「第一首的開頭明記日月毫無修飾，這是民間文學的樸素的風格，在文人詞中是很少見的。整首詞略有作意的只是末兩句：『除卻天邊月，沒人知。』含意也是明白易懂的。」〔註56〕又如〈思帝鄉〉：「春日遊，杏花吹滿頭。陌上誰家年少，足風流。妾擬將身嫁與，一生休。縱被無情棄，不能羞。」賀裳說：「小詞以含蓄為佳，亦有作絕決語而妙者，如韋莊『誰家年少，足風流。妾擬將身嫁與，一生休。縱被無情棄，不能羞』之類是也」〔註57〕諸首，都淺顯如話，也正和他的詩風相一致。他的詞用民間文學體裁，和敦煌曲子相近，例如〈女冠子〉用兩首詠一件事，就是民間的聯章體。敦煌曲子詞裏的〈鳳歸雲〉、和凝的〈江城子〉等等都是聯章體。〔註58〕韋莊詞的情感和語言尤接近民間文學，這自然和他較多地接觸民間生活有關。

其所運用的意象也是具有清淡形象，如〈浣溪沙〉：「惆悵夢餘山月斜，孤燈照壁背紅紗，小樓高閣謝娘家。暗想玉容何所似，一枝春雪凍梅花，滿身香霧簇朝霞。」韋莊所用的比喻「一枝春雪凍梅花」是平常的梅花、春雪，而不是牡丹、艷麗的景物，所以給人一種清新

---

〔註56〕參考夏承燾：〈不同風格的溫韋詞〉，見夏承燾：《唐宋詞欣賞》（台北：文津出版社，1983 年 10 月），頁 27。

〔註57〕〔清〕賀裳《皺水軒詞荃》，見唐圭璋《詞話叢編》（台北：新文豐出版公司，1988 年 2 月）冊一，頁 697。

〔註58〕參考夏承燾：《唐宋詞欣賞》（台北：文津出版社，1983 年 10 月），頁 41～42。

的感覺，周濟《介存齋論詞雜著》謂韋莊詞有如「初日芙蓉春月柳，使人相見風度」，〔註59〕也就是指這種清新高妙的境界。韋莊詞的語言不論是在抒情、寫景、敘事或描摹人物的神態方面，比起溫庭筠描寫女子「雙鬢翠霞金縷，一枝春艷濃」（〈定西番・海燕欲飛調羽〉）的穠麗形象，他較喜用淡雅一類的語言，又如〈菩薩蠻〉（人人盡說江南好）：「壚邊人似月，皓腕凝雙雪」以月的溫柔，雪的凝白等自然景物與人物結合起來形容女子的美麗，如〈浣溪沙〉（欲上鞦韆四體慵）：「隔牆梨雪又玲瓏」謂梨花色白如雪，〈謁金門〉（春雨足）：「雲淡水平煙樹簇，寸心千里目」雲、水、煙、樹是遠眺所見自然景物，具有飄渺清淡的意味，因而使人覺得有一股清疏淡雅的韻味。

## （二）韋莊晚期詩傾向與詞相近的清麗風格

晚唐詞與詩形體相似，故有人謂詞為詩餘，如張德瀛云：「小令本於七言絕句夥矣，晚唐人與詩併而為一，無所判別。若皇甫子奇〈怨回紇〉，乃五言律詩一體。劉隨州撰〈謫仙怨〉，竇宏餘康駢又廣之，乃六言律詩一體。馮正中陽春錄〈瑞鷓鴣〉題為〈舞春風〉，乃七言律詩一體。詞之名詩餘，蓋以此。」〔註60〕然晚唐詩詞會混淆之處亦在於同具有流麗風格，《蕙風詞話》曾說唐詞與詩近，〔註61〕亦說晚

〔註59〕　〔清〕周濟：《介存齋論詞雜著》，韋莊詞條，見唐圭璋《詞話叢編》（台北：新文豐出版公司，1988 年 2 月）冊三，1631。

〔註60〕　〔清〕張德瀛：《詞徵》，見《詞話叢編》（台北：新文豐出版公司，1988 年 2 月）冊五，詞名詩餘條，頁 4079。

〔註61〕　唐詞與詩近：「唐賢為詞，往往麗而不流，與其詩不甚相遠。劉夢得憶江南云：「春去也，多謝洛城人。弱柳從風疑舉袂，叢蘭裛露似沾巾。獨坐亦含顰。」流麗之筆，下開北宋子野、少游一派。唯其出自唐音，故能流而不麗。所謂風流高格調、其在斯乎。前調云：「猶有桃花流水上。無辭竹葉醉尊前。」拋越樂云：「春早見花枝，朝朝恨發遲。及看花落後，卻憶未開時。」亦皆流麗之句。」況周頤認為晚唐詞的艷麗風格自中唐劉禹錫就開始，惟未淫靡，故具有高格調。而詞與詩相近點在於流麗風格上作聯繫。況周頤：《蕙風詞話》，見《詞話叢編》（台北：新文豐出版公司，1988 年 2 月）冊五，頁4423。

唐詩有詞境：「段柯古詞僅見〈閑中好〉，……余喜其〈折楊柳〉詩『公子驊騮往何處。綠陰堪繫紫游繮』。此等意境，入詞絕佳。晚唐人詩集中往往而有。蓋詞學浸昌，其機鬱勃，弗可遏矣。」〔註62〕因為詞作的興盛，使詩人往往將詞境融入詩中，可見詩詞的互相滲透，流麗風格下的融合最為人注意。

韋莊詞的總體風格可以「清麗」總括，其艷麗方面的描寫是不輸溫庭筠的，惟韋莊詞不在定向疊景中繚繞，而借用連貫性的書寫，將感嘆、惋惜或自喻的情感，明白抒出，清新平淡的抒情語氣疏導濃郁的香氣，而成就清麗風格。在描繪女子的衣飾髮簪中韋莊詞仍然顯現金雕玉鏤的特色，〈怨王孫〉：「錦里，蠶市，滿街珠翠。千萬紅妝，玉蟬金雀，寶髻花簇鳴璫，繡衣長。　日斜歸去人難見，青樓遠，隊隊行雲散。不知今夜，何處深鎖蘭房，隔仙鄉。」此詞亦是詠蜀之麗人，著重描寫紅妝打扮，髮上玉蟬金雀、寶髻花簇鳴璫，飾品的華麗，顏色的精美，襯托出女子的艷麗。但韋莊詞能夠以清淡素雅的月下美人見稱，更在於他有強烈和真實的抒情成分，詞中織入自己的眼淚、笑容、年華，而不只是在繽紛繁縟的物象上組合，〈怨王孫〉（錦里）寫男子出遊時見到心儀的女子，無法接近，只能暗自懷想的渴望心情。這樣明白的寫出男子渴望女子的內容，沖淡專注在女子的華麗絢爛的裝飾，而有平實如凡人的真實情感，構成清麗風格。

韋莊晚期為官之後，在不脫清淡疏朗的筆法下描寫愛恨情仇、閨怨思妓等情感，而有清麗風格的出現。翁方綱稱之「時形淺薄」，〔註63〕主要是因為此時呼應潮流創作了詞，透露狎妓的風流淫靡；而其詩在晚期也傾向以女性當作描述焦點，男女間的曖昧情感成為一貫的話題，此時關注女性的動作情感代替以往對社會生活的關

---

〔註62〕同上注，頁4424。

〔註63〕〔清〕翁方綱：《石洲詩話》卷二云：「韋莊在晚唐之末，稍為官樣。雖亦時形淺薄，自是風會使然，勝於咸通十哲多矣。」見臺靜農編：《百種詩話類編》（台北：藝文印書館，1974年5月初版），頁634。

注。詩中書寫主角的改變可能與詞的創作相關，且一樣具有清麗風格的傾向，如〈丙辰年鄜州遇寒食城外醉吟五首〉：

滿街楊柳綠絲煙，畫出清明二月天。好是隔簾花樹動，女郎撩亂送鞦韆。

雕陰寒食足遊人，金鳳羅衣濕麝薰。腸斷入城芳草路，淡紅香白一群群。

開元坡下日初斜，拜掃歸來走鈿車。可惜數株紅豔好，不知今夜落誰家。

馬驕風疾玉鞭長，過去唯留一陣香。閒客不須燒破眼，好花皆屬富家郎。

雨絲煙柳欲清明，金屋人閒暖鳳笙。永日迢迢無一事，隔街聞築氣毬聲。

這些詩描寫女郎因應清明時節玩樂郊遊時的嬌媚身態，第一首詩寫清明節滿街楊柳綠煙，「女郎撩亂送鞦韆」的歡樂。第二首描寫陝西鄜州的寒食節到處都有遊人踏青，因為人潮洶湧，而使金鳳羅衣上的汗水夾雜著麝香淫透了。此時使行人能夠再回到家鄉祭祖的那條長滿青草的入城路，充斥著一群群淡紅香白、濃妝豔抹的女子，可見是洋溢著滿路歡樂。既暗喻自己能回鄉，亦暗喻與女子遊賞之樂。第三首描寫鄜州城北的開元坡下襯著夕陽，許多賞春掃墓的人們乘著飾以金花的鈿車歸來，然而詩人惋惜這些如花似玉的紅樓女，不知今夜落在誰家。第四首寫騎著驥騮壯馬，長策玉鞭，迅如疾風飛奔而去的富豪人家，過去只留下一陣香氣，閒客不須感到驚訝，美妓通常都屬於富家郎。第五首描寫細雨如絲的清明節，華美的屋內傳來陣陣因焙簧後而聲越清越的鳳笙樂，襯托著人閒舒適，盡日無事，百無聊賴的聽著街上築氣毬聲。這些詩的風格，描寫富貴人家的豪華生活與強霸行為，或淡紅香白的紅樓女的歡樂嬌態、金羅香麝的艷情，或些許感嘆她們身不由己的惆悵，但都與他前期以寫實手法描述民生困苦的內容相異，反而這些與他的一些詞相似，如〈菩薩蠻〉：「人人盡說江南好，遊人只合江南老。春水碧於天，畫船聽

雨眠。　　　爐邊人似月，皓腕凝霜雪。未老莫還鄉，還鄉須斷腸。」描寫春水碧天的江南，溫柔如月、皓婉如雪的當爐女的美麗，讓人懷念不已；與〈菩薩蠻〉：「如今卻憶江南樂，當時年少春衫薄。騎馬倚斜橋，滿樓紅袖招。　　　翠屏金屈曲，醉入花叢宿。此度見花枝，白頭誓不歸。」懷念當時狎妓風流的美好；它們都描寫富家子弟狎妓冶遊、美女在伴的歡樂情景，這種艷情描寫的傾向，有著清麗婉轉的情調。〔註64〕唯此五首詩於丙辰年爲韋莊第進士而未入蜀時所作，成爲入蜀後詞作傾向清麗的先鋒。

　　另外入蜀之後部份詠妓弔妓或描寫閨怨之詩作，亦具有清麗風格，如〈傷灼灼〉：「嘗聞灼灼麗於花，雲髻盤時未破瓜。桃臉曼長橫綠水，玉肌香膩透紅紗。多情不住神仙界，薄命曾嫌富貴家。流落錦江無處問，斷魂飛作碧天霞。」灼灼，蜀之麗人也。此首描寫曾經美麗一時的蜀之麗人灼灼，聞其晚年貧且老，殂落於成都酒市中，因弔之。首言灼灼的年輕美麗，其使用的辭藻色香多樣，如綠水般澄澈的眼、桃花般嬌嫩的臉龐，透過紅紗的香膩玉肌，色彩的豐富與感官的挑逗描寫，使人爲之著迷。原本詩就具有紀實敘事的書寫特色，加上採用艷麗色彩的描繪，便使詩具有如詞般清麗風格的傾向。

## 二、相異點

### （一）韋莊詩雄健疏野

　　「詩之作也，窮通之分可觀。韋莊詩壯，故至臺輔」〔註65〕「《蜀

---

〔註64〕潘飛聲《粵詞雅》治小令途徑條中曾言韋派開創清麗詞風：「溫派穠艷，韋派清麗，不妨各就所嗜而學之。若性不喜花間，尚有二途可循。或取清麗芊綿家數，由漱玉以上規後主，參以後唐之韋莊，輔以清初之納蘭，此一途也。」見潘飛聲：《粵詞雅》，《詞話叢編》（台北：新文豐出版公司，1988年2月）冊五，頁4904。又羅宗強認爲，韋莊入蜀後的詞風，在入蜀前的詩中就已經表現出來了。參考羅宗強：《隋唐五代文學思想史》第十一章晚唐（懿宗咸通初至昭宣宗天祐末）文學思想（下）（北京：中華書局，1999年），頁367。

〔註65〕〔清〕王士禎：《五代詩話》卷四，韋莊條，見《叢書集成初編》（北

檮杌》云：韋莊字端己，乾寧中舉進士，有詩（〈感懷〉）云云，末兩
句，時人以爲其有宰相器。」〔註66〕「或謂此詩（〈感懷〉）包括生成，
果爲台輔。」〔註67〕這幾句詩評是說其詩具有氣勢軒昂的風格，表現
出積極用世的宰相抱負。茲將〈感懷〉詩論之如下：

> 長年方悟少年非，人道新詩勝舊詩。十畝野塘留客釣，一
> 軒春雨對僧棋。花間醉任黃鶯語，亭上吟從白鷺窺。大盜
> 不將爐冶去，有心重築太平基。

整首詩寫其年老感懷。首聯感嘆年長之後才悟得青春時的生活是荒唐
的，年輕寫的詩一定比不上後來年老所作的，是因爲時光與經驗歷練
讓人體悟許多事，因而對事情有更深的看法。頷聯與頸聯都是寫景，
襯托出任眞自得的悟道之味，遠處野塘上的釣客，春雨伴著僧人下
棋，詩人或醉或吟，皆聽任花間鶯語、亭上白鷺，末聯抒發他對黃巢
之亂破壞社會的譴責，感嘆爲何大盜橫行未能受制止，他希望能爲社
會重新建立極盛王國的基礎。語氣在末聯時，轉爲激憤豪邁，反映出
他亟望立功報國的壯志豪情。清代紀昀也稱譽韋莊詩：「其詩音節頗
高亮，在五代爲鐵中錚錚。」〔註68〕之所以高亮，具有雄健疏野風格，
是因其胸懷大志。如〈贈邊將〉：

> 昔因征遠向金微，馬出榆關一鳥飛。萬里只攜孤劍去，十
> 年空逐塞鴻歸。手招都護新降虜，身著文皇舊賜衣。只待
> 煙塵報天子，滿頭霜雪爲兵機。

此首詩描寫戍邊勇將護主衛國的忠心。首聯言當年英勇戍邊赴難的急

---

　　　京：中華書局，1985 年）冊 2590，頁 159。

〔註66〕〔宋〕何谿汶：《竹莊詩話》卷十四，見《景印文淵閣四庫全書》（台
　　　北：台灣商務印書館，1986 年）冊 1781，頁 713。

〔註67〕〔宋〕尤袤：《全唐詩話》卷五，見臺靜農編：《百種詩話類編》（台
　　　北：藝文印書館，1974 年 5 月初版），頁 633。另外〔清〕王士禎：
　　　《五代詩話》卷四，韋莊條，見《叢書集成初編》冊 2590（北京：
　　　中華書局，1985 年），頁 159，亦有記載。

〔註68〕永瑢等：《四庫全書簡明目錄》卷十五，集部二，別集類（台北：河
　　　洛圖書出版社，1975 年 3 月），頁 610。

迫，頷聯承上，表示誓必靖邊的壯志豪情，將大把青春都花在塞外渡過，頸聯上句言軍功之勝，下句言受命之初聖眷之隆，托付之重，至今猶未忘，末聯順勢騰驤，言其雖然白髮滿頭，依然忠心耿耿，堅守職責戍守邊界，以報答天子。〔註69〕一派雄邁堅毅之氣，令人肅然起敬。又如：〈平陵老將〉：「白羽金僕姑，腰懸雙轆轤。前年蔥嶺北，獨戰雲中胡。匹馬塞垣老，一身如鳥孤。歸來辭第宅，卻占平陵居。」前半寫平陵老將當年赴難的無畏英姿，手拈弓矢，腰懸雙劍，於蔥嶺高處獨戰胡人，何等驍勇，頸聯寫年老隻身如孤鳥子然一身，回歸京城之後，雖因功高位顯，仍視富貴如浮雲，而辭第宅居帝陵附近的平陵，具有繼續守衛先帝之意，其退而不隱的壯志，令人敬佩。〈關河道中〉：「但見時光流似箭，豈知天道曲如弓。平生志業匡堯舜，又擬滄浪學釣翁。」說明雖然因天道曲折、年歲已大而一事無成，讓他興起歸隱滄波間的念頭，但也襯托出其平生致力輔佐君王建立堯舜帝國之意志。

由於韋莊大半輩子都處於顛沛流離的動盪生活之中，其內容多是有關戰亂等社會重大問題，紀錄現實，其抒寫具有疏宕自若、「務條趨暢」的書寫特色〔註70〕構成了雄健疏野的風格：

前期詩作敢於面對現實，表現了唐末重大社會問題，從而

---

〔註69〕 參考江聰平：《韋端己及其詩詞研究》（高雄：國立高雄師範大學國文系博士論文，1997 年），頁 335～336。

〔註70〕 〔明〕胡震亨：「唐七律自杜審言、沈佺期首創工密，至崔顥李白時出古意一變也，高岑王李風格大備又一變也，杜陵雄深浩蕩超忽縱橫又一變也，錢劉稍加流暢，降爲中唐又一變也，大歷十才子中唐體備又一變也，樂天才具泛瀾夢得骨力豪勁，在中晚間，自爲一格，又一變也，張籍王建略去葩藻，求取情實，漸入晚唐，又一變也，嗣後溫李之競事組織，薛能之過爲芟刊，杜牧劉滄之時作拗峭，韋莊、羅隱之務條趨暢，皮日休、陸龜蒙之填塞古事，鄭都官杜荀鶴之不避俚俗，變又難可悉紀律，體趨愈下而唐祚亦告訖矣。」〔明〕胡震亨：《唐音癸籤》卷十，〈評彙〉六，頁 8。見（清）紀昀等總纂《景印文淵閣四庫全書》（台北：台灣商務印書館，1986 年）冊1482，578 頁。

　　成爲「詩史」。就他此期所寫的詠懷詩看，京城陷落前，
　　主要抒寫其用世的的渴望，京都陷落後，主要抒發離亂中
　　感舊傷時的情感，大多內容充實，表現出批判現實的鋒
　　芒。〔註71〕

韋莊所作詩作大多關心社稷民生，具有諷刺針貶、反映現實的時代精
神，紀錄了晚唐滿目瘡痍的感時懷舊之作。〔清〕余成教《石園詩話》
也曾評韋莊：「……及〈憶昔〉、〈陪金陵府相中堂夜宴〉、〈題姑蘇凌
處士莊〉、〈過內黃縣〉、〈南昌晚眺〉、〈投寄舊知〉、〈咸陽懷古〉、〈長
安清明〉、〈古離別〉、〈立春日作〉、〈寄江南逐客〉、〈離筵訴酒〉、〈台
城〉、〈燕來〉、〈令狐亭〉、〈虎迹〉諸詩，感時懷舊，頗似老杜筆力。」
〔註72〕黃巢之亂時，韋莊親睹戰況之激烈，所以創作了不少關懷國家
命運，同情百姓疾苦的詩篇，筆力雄健如〈辛丑年〉：「九衢漂杵已成
川，塞上黃雲戰馬閒。但有羸兵塡渭水，更無奇士出商山。田園已沒
紅塵裏，弟妹相逢白刃間。西望翠華殊未返，淚痕空溼劍文斑。」辛
丑年即僖宗中和元年（881）當時黃巢已攻陷長安，韋莊因應舉而陷
兵中，身歷這場浩劫，因而以詩歌紀錄了天人悲泣的唐皇慘事。如〈汴
堤行〉：「欲上隋堤舉步遲，隔雲烽燧叫非時。才聞破虜將休馬，又道
征遼再出師。朝見西來爲過客，暮看東去作浮屍。綠楊千里無飛鳥，
日落空投舊店基。」〈憫耕者〉：「何代何王不戰爭，盡從離亂見清平。
如今暴骨多於土，猶點鄉兵作戍兵。」浮屍暴骨陳列於山河之中，天
空無飛鳥，地上無作物，人民全被徵召作戰去，大地無一生氣，百姓
生活爲戰亂嚴重的荼毒破壞，眞叫人情何以堪。韋莊詩雄健之餘，其
疏宕自若的書寫之間，有野俗之味，然出之太易，野俗太過則失去餘
韻，如明胡震亨《唐音癸籤》評云：「韋正己（莊）體近雅正，惜出

---

〔註71〕參考吳庚舜、董乃斌主編《唐代文學史》（北京：人民文學出版社，
　　　　1995年12月）第三十章〈溫庭筠和韋莊〉，第四節〈韋莊的詩詞〉，，
　　　　頁663。
〔註72〕引自李誼校注：《韋莊集校注》（成都：四川省社會科學出版社，1986
　　　　年），第四部份附錄，頁647。

之太易，義乏宏深。」〔註73〕其詩如〈僕者楊金〉：「半年辛苦葺荒居，不獨單寒腹亦虛。努力且爲田舍客，他年爲爾覓金魚。」雖以平常口語寫僕者之勞，然用語則太平常白話，似無詩意。

## （二）韋莊詞秀雅含蓄

含蓄是不把意思和盤托出，韋莊詞敘寫女性的情態美姿、男女情愛、閨怨相思等情感，正是人與人間最具有含蓄曖昧的關係。鄭喬彬《唐宋詞美學》中言：「晚唐五代詞將盛唐詩歌的馬上功業、世間情懷、轉換爲閨房情思、婉轉閒愁，積極、外向的藝術精神隨之變爲深細的審美體驗和情感捕捉，詞成爲一種內傾型的『心緒文學』。」〔註74〕由韋莊詞裡多使用人物的心理狀態詞，可知道詞傾向含蓄蘊藉的風格，統計韋莊詞中常用的情緒心理詞：最多一類詞爲「惆悵」，其他爲「恨」、「傷心」「羞」「愁」等，爲負面的情緒詞。

| 情緒心理詞 | 例　　句 | 出　　處 |
|---|---|---|
| 惆悵 | 惆悵異鄉雲水 | 〈上行杯〉（白馬玉鞭金轡） |
| | 惆悵夢餘山月斜 | 〈浣溪沙〉（惆悵夢餘山月斜） |
| | 惆悵玉籠鸚鵡 | 〈歸國遙〉（春欲暮） |
| | 紅樓別夜堪惆悵 | 〈菩薩蠻〉（紅樓別夜堪惆悵） |
| | 惆悵香閨暗老 | 〈清平樂〉（野花芳草） |
| | 惆悵夜來煙月 | 〈應天長〉（別來半歲音書絕） |
| | 惆悵舊房櫳 | 〈荷葉杯〉（絕代佳人難得） |
| | 惆悵曉鶯殘月 | 〈荷葉杯〉（記得那年花下） |
| | 萬般惆悵向誰論？ | 〈小重山〉（一閉昭陽春又春） |
| 恨 | 含嚬不語恨春殘 | 〈浣溪沙〉（清曉妝成寒食天） |
| | 恨無雙翠羽 | 〈歸國遙〉（春欲暮） |
| | 一日日，恨重重 | 〈天仙子〉（夢覺雲屏依舊空） |

〔註73〕〔明〕胡震亨：《唐音癸籤》卷八，〈評彙〉，頁8。見（清）紀昀等總纂《景印文淵閣四庫全書》（台灣商務印書館，1986年）冊1482，567頁。

〔註74〕鄧喬彬：《唐宋詞美學》（濟南：齊魯書社，1993年12月第一次印刷），頁7。

| | 紫燕黃鸝猶至，恨何窮 | 〈定西番〉（芳草叢生縷結） |
|---|---|---|
| 羞 | 縱被無情棄，不能羞。 | 〈思帝鄉〉（春日遊） |
| | 半羞還半喜 | 〈女冠子〉（昨夜夜半） |
| 負 | 舞衣塵暗生，負春情 | 〈訴衷情〉（燭燼香殘簾半卷） |
| 愧 | 須愧！珍重意 | 〈上行杯〉（白馬玉鞭金轡） |
| 傷心 | 傷心明月憑欄干 | 〈浣溪沙〉（夜夜相思更漏殘） |
| 愁 | 須愁春漏短 | 〈菩薩蠻〉（勸君今夜須沈醉） |
| 喜 | 半羞還半喜 | 〈女冠子〉（昨夜夜半） |

　　韋莊的一些情緒動詞，詞語的構成方式是相同的，例如：「惆悵」這一詞出現九次，常當主動動詞，且後面大多加受詞，造成句式相同的模式如「惆悵異鄉雲水」「惆悵曉鶯殘月」，還有其他構詞具有相同模式的，如〈清平樂〉（鶯啼殘月）：「含愁獨倚金扉」、〈清平樂〉（綠楊春雨）：「含悲斜倚屏風」、〈望遠行〉（欲別無言倚畫屏）：「含恨暗傷情」等等。可見相同的情緒一再出現在韋莊的詞中，如果整部詞集是一部完整的作品，那麼這些句式一再出現相同的情況，就如同修辭中排比所鋪排出來的效果一樣，強調內向的心緒情感，使詞陷入言情的含蓄漩渦。

　　其所表達的情感是人生情思之最優美細約、含蓄難明者，〔註75〕其所表達的方法也是以含蓄蘊藉的方式烘托出。例如透過委婉優美的筆調寫送別之情、滄桑之感，〈上行杯〉：「芳草灞陵春岸，柳煙深，滿樓弦管。一曲離聲腸寸斷。　　今日送君千萬，紅縷玉盤金鏤盞。須勸！珍重意，莫辭滿。」主要透過優美的描寫來反襯離情，「芳草灞陵春岸，柳煙深」的芳草，《楚辭・招隱士》：「王孫游兮不歸，春草生兮萋萋」中芳草喻未別先懷之情，灞陵、柳煙，唐時長安送客東行，多於灞陵此處折柳贈別，詩人以芳草、煙柳、灞陵等景物，將離情別緒渲染的異常濃烈。「滿樓弦管、紅縷玉盤金鏤盞」寫餞別筵席

─────────

〔註75〕　「詩之所言，固人生情思之精者矣，然精之中復有更細美幽約者焉，詩體又不足以達，或勉強達之，而不能曲盡其妙，於是不得不別創新體，詞遂肇興。」見繆鉞：《詩詞散論》（台北：開明書店，1982年10月），頁3。

之精美，以暗示送行場面之繁盛浩蕩，顯得送行者依依不捨之情。又如〈河傳〉：「何處，煙雨，隋堤春暮。柳色蔥蘢，畫橈金縷，翠旗高颭香風，水光融　青娥殿腳春妝媚，輕雲裏，綽約司花妓。江都宮闕，清淮月映迷樓，古今愁。」此詞所抒發的，乃是「古今愁」三字，其他部份，皆爲反襯之辭，且都出於想像，非眼前景當下事。李冰若評曰：「全詞以『何處』領起，中段詞藻極其富麗，而以『古今愁』三字結之，化實爲空，以盛映衰，筆極宕動空靈」〔註76〕詞中形容隋帝御龍舟之時，妙麗女子執雕板縷金檝，享盡天地之富，極當年之樂的盛大景象，其所建迷樓幽房曲室，玉欄朱楯，千門萬戶，上下碧金，壁砌生光，人誤入者，雖終日不能出，形容當時豪華繁盛之景。而今揚州一帶，卻已因兵燹之故而殘破不堪，整首詞未明說當今現況，只以前面繁盛反襯烘托後面的愁緒，含蓄蘊藉的抒發縱貫千古的嘆息。又〈菩薩蠻〉（洛陽城裏春光好）：「凝恨對殘暉，憶君君不知」、〈清平樂〉（瑣窗春暮）：「君不歸來情又去，紅淚散霑金縷」、〈清平樂〉（綠楊春雨）：「寶瑟誰家彈罷，含悲斜倚屏風」等等具有欲吐又吞、委屈凝滯的情感。

　　韋莊詞也擅以自然景物表達含蓄蘊藉之情意，而非穠墨重彩刻畫，具有秀雅風格。唐圭璋云：「端己詞境係於情而寫，故不著力於運詞堆飾，而惟自將一絲一縷之深在內心，曲曲寫出，其秀氣空行處，自然沁人心脾。」〔註77〕與溫庭筠之七寶樓台，炫人耳目，碎拆下來，卻爲零金賸璧，自爲不同。韋莊不似溫庭筠裁花剪葉、鏤玉瓊雕、錯彩鏤金的「濃妝豔抹」，而只約略寫出一美人丰姿綽約的狀態，而借「淡掃額眉」使其中人物呼之欲出，以物比喻人的方式來代替所指，如〈浣溪沙〉（惆悵夢餘山月斜）：「暗想玉容何所似，一枝春雪凍梅

---

〔註76〕　參考李冰若：《栩莊漫記》，見《宋紹興本花間集附校注》（台北：鼎文書局，1974 年 10 月）卷三，頁 71。
〔註77〕　唐圭璋：《詞學論叢》（台北：宏業出版社，1988 年 9 月），頁 898。玉田評夢窗詞：「夢窗詞如七寶樓台，炫人眼目，碎拆下來，不成片段。」

花，滿身香霧簇朝霞」，以春雪中的梅花比喻美女的清麗；〈天仙子〉
（金似衣裳玉似身）：「金似衣裳玉似身，眼如秋水鬢如雲」，以金比
喻富貴衣飾，以玉比喻身清，以秋水比喻眼的深情，以雲比喻鬢髮的
輕柔；〈菩薩蠻〉（紅樓別夜堪惆悵）：「琵琶金翠羽，弦上黃鶯語。勸
我早歸家，綠窗人似花。」以花比喻青春有限的女子，或是以正綻放
的花朵來比喻女子的美麗；〈菩薩蠻〉（人人盡說江南好）：「壚邊人似
月，皓腕凝雙雪。未老莫還鄉，還鄉須斷腸」，以月比喻當壚女的溫
柔，以雪形容手的纖白；〈菩薩蠻〉（如今卻憶江南樂）：「翠屏金屈曲，
醉入花叢宿。此度見花枝，白頭誓不歸。」以花枝比喻美麗的女子。
以上皆提空寫人，以比喻跳脫周旋於物件飾品的描述中，瀟灑出塵之
態，與溫庭筠的精密刻畫不一，溫庭筠以細緻刻畫飾品來襯托女子的
美麗，如〈菩薩蠻〉「蕊黃無限當山額」、「鬢雲欲渡香腮雪」，〈南歌
子〉：「倭墮低梳髻，連娟細掃眉」、「臉上金霞鈿，眉間翠鈿深」，〈菩
薩蠻〉：「藕絲秋色淺，人勝參差剪，雙鬢隔香紅，玉釵頭上風」等，
寫美人顏色服飾之狀，細密程度令人無法喘息。韋莊詞的辭藻雖淡
樸，其情感卻強烈中寓幽曲，令人咀嚼再三，涵詠不輟，達到「深入
淺出」、「淺而有味」的境界。

　　韋莊詩詞風格分類簡圖：

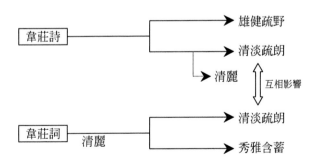

　　總而言之，韋莊詩詞主要的相同點，正在於其清淡不刻意著色的
辭語凝構的敘寫，與其主觀情感的寫法有其相似處。清麗風格是韋莊
詞穩定且特殊的風貌，詞的內容主要描寫那種「溺於情好」的私人生

活方面的感情，抒情風格以及語言特色，主要趨向綺艷婉媚的方向，所以縱使韋莊詞的風格較溫庭筠「清疏秀朗」，仍然有著艷麗的風氣。韋莊晚期詩轉向於「花情柳思」的內容描寫，語言也具綺麗色彩，這樣的轉向與詞風實有關係。不僅詩的清淡疏朗的風格影響到詞，詞的清麗風格也會影響到詩，這證明縱使作者原本創作符合儒家倫理規範的「言志」詩，在改以創作詞後，也會將詞中的清麗風格帶入詩中。

# 第六章　結　論

## 第一節　韋莊詩詞內容風格形成原因的檢視

　　本文前四章，由韋莊生平背景爲基礎，論述其作品中詩詞間的關係，本節就詩詞相互影響關係因素，加以統整歸納，以明韋莊詩詞的轉變原因。以下就分個人因素與文體因素分述之：

## 一、個人因素——生命歷程的轉變與投射

### （一）政局日下的一生處境

　　《毛詩序》云：「治世之音安以樂，亂世之音怨以怒，亡國之音哀以思。」同一個時代的作家風格雖異，在同樣的時代氛圍的感染下，所創作出的不同文體作品也會有大致相同的風格。

　　就韋莊生存的時代而言，晚唐朝政的腐敗日甚一日，宦官專權和藩鎭跋扈的情形日益嚴重，加上激烈的黨爭和黃巢起兵的動亂，朝政已是朝著衰亡的局勢萎縮下去，這樣的政局中，大部分人民產生消極的態度。知識分子的心理狀態從期盼朝代的中興，到深知中興的無望，他們陷入了失望與苦悶的政治情感漩渦。大多數文人的視野從廣闊的社會，轉回自己生活的狹窄圈子，文人的感情世界比起盛、中唐的前輩要纖弱、狹窄，他們不免頹唐、空虛，甚至走向放蕩、華豔的

傾向。這一詩風盛行並且成為晚唐詩之主流，如李賀、杜牧、李商隱、溫庭筠等華美詩風。但文學的發展是複雜多樣的，華美詩風的唯美傾向下仍有文人對社會陰暗面譏諷和揭示。[註1] 在那時候一方面是「破產競留天上樂，鑄山爭買洞中花」（韋莊〈咸通〉），一方面是「如今暴骨多於土，猶點鄉兵作戍兵。」（韋莊〈憫耕者〉）的情況。在晚唐人普遍落寞心態中，腐敗的政治局面與混亂的社會秩序，固然消泯了唐末文人拯時救國的政治熱情，但在韋莊自身親歷亂離的人生遭遇中，對民生之疾苦有著較為真切的了解與感受，對國事人生也較為深重憂慮。韋莊於廣明元年庚子（880）在長安應舉，「莊應舉時，值巢寇犯闕。」[註2] 十二月黃巢陷長安。「十二月甲申，僖宗西行」（《舊唐書・本紀》卷十九下）韋莊目睹黃巢之亂的侵襲，承受皇帝聞風驚變逃離京城的事實，以及宦官專權、藩鎮擁兵自重的政治變相，一直到天復七年（907）唐帝禪讓於梁，王建建立西蜀，韋莊一生（836~910）皆在唐朝災難中渡過，於是在詩歌創作中，文人精神中積極入世的儒家政教觀自然頑強的表現出來。韋莊一生以致君堯舜為目標，所以整部《浣花集》詩中，屢屢出現以詩史精神揭露統治集團的荒淫腐朽、譴責藩鎮坐大擁兵自重、憂心黃巢之亂造成的災難，關懷國家的情感。直到韋莊入蜀，深獲王建重用，其創作態度才改變，詩

---

〔註1〕 劉大杰的中國文學史中，晚唐詩人前期以李賀、杜牧、李商隱為代表，後期以杜荀鶴為代表。見劉大杰：《中國文學發展史》（台北：華正書局，1997 年 7 月），頁 527。葉慶炳以為自杜甫至元白，百餘年之社會寫實詩，至晚唐已經衰落。晚唐詩壇，一面流行中唐賈島之僻苦詩風，一面有華美詩風興起，甚且後來居上，成為晚唐詩之主流。晚唐苦吟詩人甚多，如劉得仁、方干、杜荀鶴等，但晚唐苦吟詩人專學賈島，詩格越形卑陋，自難與華美詩抗衡矣；華美詩風作者，李賀在中唐時代開融合初唐華美詩風與杜甫「語不驚人死不休」之寫作精神於一爐的端緒，晚唐以杜牧、李商隱為代表。見葉慶炳：《中國文學史》（上）（台北：台灣學生書局，1997 年 6 月 6 刷）頁 433~434。

〔註2〕 宋・計有功：《唐詩記事》（台北：木鐸出版社，1982 年），卷六十八，頁 1020。

作焦點轉而傾向描寫女性，詞也開始創作男女艷情的內容。

　　衰亂的時代不可避免的產生不同的生活態度，一種是旁觀的態度加以嚴厲指陳乃至批判否定根本原因，一種是及時行樂、沉湎聲色的生活態度。一個作家在苦難的時代中也是有多樣化的創作，因此這種因苦觀苦（承當）或因苦行樂（消解）的兩種態度有可能出現在同一個作家身上。「對時局的悲觀失望，對生活的艱辛感受，對時代的哀挽意緒，恰恰成為眾多文人沉湎聲色、描繪艷情的催化條件與轉遞基因。」〔註3〕韋莊的創作除了詩外，晚年也對新興的詞體進行創作。詞體的產生體現出文人尋求精神滿足與心理補償的作用，因此在這樣的功能下，韋莊的詞參與了華美豔麗、沉緬聲色的潮流。通常在這淫靡生活和享樂心理的支配下，現實生活鼎沸喧鬧的「大天地」對於詞人而言，似乎已是隔膜悠遠的另一世界，如溫庭筠的詞，據青山宏歸納其詞的主體盡是離情別恨、傷春、相愛的歡樂、女性之美等。〔註4〕但韋莊在描寫聲色犬馬生活時，除了以側艷相愛為主要書寫內容外，他一方面心情願依於附於蜀國，但另一方面始終也不能忘懷故鄉長安，因此不可避免的參雜流離他鄉、望鄉之情的精神。韋莊一生都處在晚唐衰亂的時代中，時代精神的氛圍對作家的創作總會產生深刻的、巨大的、不可抗拒的影響，從而給作家的創作留下時代的精神印記。

　　韋莊詩即是為當時經驗所感而馬上通過文字記載下來，其特色也正是「詩史」的寫實精神；而韋莊在創造詞時，可能基於詞體的考量，或是創作詞體的時間只在晚年，因此他不得不放棄詩中的寫實精神，但是積澱在韋莊大腦中的深刻經驗卻滲入詞的創作中，於是這種內省經驗的作品就常表現在以回憶為題材的詞中，如〈菩薩

---

〔註3〕 許總：《唐詩史》（南京：江蘇教育出版社，1994 年 6 月）下冊，頁455。

〔註4〕 溫庭筠以離情別恨為主題的詞，實際上在全部六十六首詞中占有四十首之壓倒性數量。〔日〕青山宏；程郁綴譯：《唐宋詞研究》（北京：北京大學出版社，1995 年第一次印刷），頁 2～11。

蠻〉五首，即是回憶當時流離的生活、懷念洛陽才子的風華，以及在江南的風流生活；〈荷葉杯〉之二（記得那年花下）則是回憶當時漂泊他方、別離情人時的痛苦。這些詞中的回憶之作，正是對詩中年輕時代的重新反省與重新觀照，以另一種新的角度切入詩人心中烙印的流離之痛。

　　就人品而言，處在亂世的韋莊是一個節儉好學，才思靈敏的人，他「少貧孤力學，才敏過人」，﹝註5﹞韋莊〈曲江作〉詩中也曾說：「性為無機率，家因守道貧。」《太平廣記》卷 165 說：「韋莊頗讀書，數米而炊，稱薪而爨。炙少一臠而覺之。一子八歲而卒，妻斂以時服，莊剝取以故席裹尸。殯訖，擎其席而歸。其憶念也，嗚咽不自勝，唯慳吝耳。」﹝註6﹞說明韋莊是個窮書生，無法給妻兒豐衣足食的生活，一家過著貧苦交迫的生活。韋莊雖窮，品格卻不窮，他「疏曠不拘小節」，﹝註7﹞雖生活困苦，卻秉持著雄心壯志的精神，把實現匡扶社稷的目標當作抱負，致力於求取功名事業，希望在亂世中施展自己的才能。韋莊在詩中就表示這願望：「平生志業匡堯舜」（〈關河道中〉）、「有心重築太平基」（〈長年〉）因為這種信念堅持，使他出入舉場多次而不氣餒，使他秉持著直言正書紀錄晚唐人民所遭受的痛苦，而這種儒家式的關懷人民、關懷社會的責任，便根深柢固在韋莊的心中。就算韋莊晚年得以飛黃騰達，始終不忘這責任，故於蜀地為官時也深愛人民，「莊為王建管記時，一時宰乘時擾民，莊為建草牒云：正當凋瘵之秋，好安凋瘵；勿使瘡痍之後，復作瘡痍。時以為口實。」﹝註8﹞更不用說，在詞作天地中雖拋開現實世界，只吟唱淫靡側艷之音當

---

﹝註5﹞ 元・辛文房撰，周本淳校正：《唐才子傳校記》（台北：文津出版社，1988 年 3 月），頁 301。

﹝註6﹞ 宋・李昉：《太平廣記》出自《筆記小說大觀》（揚州：廣陵書社，2007，12 月），頁 990。

﹝註7﹞ 宋・計有功：《唐詩記事》卷六十八（台北：木鐸出版社，1982 年 2 月），頁 1020。

﹝註8﹞ 宋・計有功：《唐詩記事》（台北：木鐸出版社，1982 年 2 月），卷六十八，頁 1020。

中，韋莊因長久在詩中抒寫現實世界中所聞所見，所以詞中也一貫性存有對社會的感嘆，以疏曠態度抒寫自我真實感受的內容，雖不多，卻也足夠我們聽到韋莊自身聲音的呼喊。

## （二）奔走南北的地理濡染

《漢書・地理志》中談到：「凡民函五常之性，而其剛柔緩急，聲音不同，系水土之風氣，故謂之風；好惡取舍，動靜亡常，隨君上之情欲，故謂之俗。」〔註9〕風俗習慣不僅僅是社會教化的產物，也與地理環境有關。在韋莊居蜀之前，有一大半輩子活在困苦中，早年他嘗北居黃河流域之地，黃巢擾亂京城之後，才至長江南游江南等地十餘年。杜陵是韋莊的故鄉，韋莊在黃河流域生活大半輩子，屢次赴考也是回長安之地，長安對韋莊而言是帝都也是故鄉，故北方生活對韋莊是最深層最根源的影響。大體而言，北方文學有一種「陽剛」之美。梁啓超《中國學術思想變遷之大勢》云：「北地苦寒磽瘠，謀生不易，其民族銷磨精神日力，以奔走衣食，維持社會，猶恐不給，無餘裕以馳騖於玄妙之哲理，故其學術思想，常務實際，切人事，貴力行，重經驗，而修身齊家治國利群之道術最發達焉。惟然，故重家族，以族長制度為政治之本。敬老年，尊先祖，隨而崇古之念重，保守之情深，排外之力強，則古昔，稱先王，內其國，外夷狄，重禮文，繫親愛，守法律，畏天命，此北學之精神也。」〔註10〕韋莊詩中多勾勒唐末的政局動亂和民生疾苦的真切畫面，充滿感時傷事之情，如〈憶昔〉、〈陪金陵府相中堂夜宴〉、〈秦婦吟〉等作品感慨蒼涼，內蘊頗深，頗似杜甫筆力，應是這種在北方文風的耳濡目染所造成。僖宗中和元年（883）韋莊在洛陽作的〈秦婦吟〉，極富盛名，人人喜誦，至製為障子懸掛，時稱「秦婦吟秀才」。雖他日諱之，為止謗撰家戒內不許

---

〔註9〕　漢・班固撰，唐・顏師古注：《新校漢書集注》（台北：世界書局，1973 年 3 月再版），頁 1640。

〔註10〕　梁啓超：《中國學術思想變遷之大勢》（台北：台灣中華書局，1989 年 6 月十版），頁 18。

垂〈秦婦吟〉障子，(註11) 然詞中回憶洛陽時也是對當年「秦婦吟秀才」的風光感到自豪，如〈菩薩蠻〉之五「洛陽城裏春光好，洛陽才子他鄉老。」韋莊晚年還對洛陽才子感到自矜自誇，可知其受北方精神的長久影響。故詞中亦自然而然摻雜自己過去北方精神的人生感受，使其內容有主體精神，而因此異於溫庭筠的側艷之詞。

　　韋莊在黃巢亂京城之後南游十幾年，南方的「陰柔」之美也對韋莊詩詞內容產生影響。江南地理環境河流縱橫，湖泊棋布，青山如屏，碧水如天，還有小橋流水。韋莊在江南就曾想隱居，故詩中有〈將卜蘭芷村居留別郡中在仕〉：「從今隱去應難覓，深入蘆花作釣翁。」及〈山墅閒題〉：「邐迤前岡壓後岡，一川桑柘好殘陽。……有名不那無名客，獨閉衡門避建康。」等。韋莊詞的作品內容中多描寫江南水鄉風景的水景，於是偏向素雅清淡之色彩。如〈菩薩蠻〉之二（人人盡說江南好）：「春水碧於天，畫船聽雨眠。」韋莊對江南水鄉的美景印象深刻，所以晚年回憶再三，又如〈歸國遙〉之二（金翡翠）：「罨畫橋邊春水，幾年花下醉。」〈河傳〉之一（何處）：「何處，煙雨，隋堤春暮。柳色蔥蘢，畫橈金縷，翠旗高颺香風，水光融。」都是描寫江南水景之色，水邊酒樓美女之盛，反映江南繁榮的景象，也投射出韋莊當年的風流。

　　江南吳歌清新自然風格也影響到韋莊的疏淡風格，江南吳歌的特點是樸實真切，故抒情細膩、語言清新。吳歌雖是民歌，但當時樂府機構是為了南朝統治者享樂而採集的，所以流傳下來的吳歌大多限於

〔註11〕　《北夢瑣言》卷六：「蜀相韋莊應舉時，遇黃寇犯闕，著秦婦吟一篇，內一聯云：『內庫燒為錦繡灰，天街踏盡公卿骨。』爾後公卿亦多垂訝，莊乃諱之，時人號『秦婦吟秀才』。他日撰家戒，內不許垂秦婦吟障子，以此止謗亦無及也。」見宋‧孫光憲：《北夢瑣言》卷六（上海：上海古籍出版社，1991 年 12 月），以歌詞自娛條，頁 1036～43。夏承燾說〈秦婦吟〉近方發見於敦煌，《浣花集》集外詩皆不載，由端己貴後諱之也。見夏承燾〈韋端己年譜〉《唐宋詞人年譜》（台北：明倫出版社，1970 年 12 月），頁 10～11。

描寫愛情和離愁別緒，如〈子夜歌〉：「宿昔不梳頭，絲髮披兩肩。婉伸郎膝上，何處不可憐。」清人徐釚曾在《詞苑叢談》中談到：「予謂巨源之論詞之源於樂府，是矣。獨所言〈子夜〉〈懊儂〉，善言情者也，唐人小令，尚得其意，是詞貴言情矣。」〔註12〕詞源於樂府雖非詞來源的主要論說，但江南詞作較西蜀著眼內心細膩的感受，吐屬清華，則可能是影響詞多言感情的原因之一。韋莊〈思帝鄉〉一詞就接近民歌：「妾擬將身嫁與，一生休。縱被無情棄，不能羞。」故夏承燾云：在溫庭筠作這類戀情詞時，頂直率的也祇能說：「偷眼暗形相。不如從嫁與，作鴛鴦。」（〈南歌子〉）而韋詞於「一生休」之下，卻又加上「縱被無情棄，不能羞」兩句，直是說到盡頭了。溫庭筠一派婉約詞，在當時是風靡一時的，後來更以「婉約」作詞的標準。像韋莊這類酣暢淋漓近似元人北曲的抒情作品，在五代文人作品裏可說是很少見的，祇有當時民間詞（如敦煌曲子等）才有這般風格，這是韋莊詞很可注意的一點。〔註13〕

---

〔註12〕〔清〕徐釚：《詞苑叢談》卷四品藻二，凡詞無非言情條：「又曰：徐巨源云：古詩者風之遺，樂府者雅之遺。蘇李變而爲黃初，建安變而爲選體，流至齊梁排律，及唐之近體，而古詩遂亡。樂府變爲吳趨、越艷，雜以捉搦、企喻、子夜、讀曲之屬，以下逮於詞焉，而樂府亦衰。然子夜、懊儂，善言情者也。唐人小令，尚得其意，則詩餘之作，不謂之直接古樂府不可。予謂巨源之論詞之源於樂府，是矣。獨所言子夜、懊儂，善言情者也，唐人小令，尚得其意，是詞貴言情矣。予意所謂情者，人之性情也，上自三百篇以及漢魏三唐樂府詩歌，無非發自性情。故魯不可同於衛，卿大夫之作，不能同於閭巷歌謠。即陶、謝揚鑣，李、杜分軌，各隨其性情之所在。古無無性情之詩詞，亦無舍性情之外別有可爲詩詞者。若舍己之性情強而從人，則今日餖飣之學，所謂優孟衣冠，何情之有。唐人小令，善於言情，然亦不爲懊儂、子夜之情。太白菩薩蠻，爲千古詞調之祖，又何嘗不言情，又何嘗以懊儂、子夜爲情乎。予故言，凡詞無非言情。即輕艷悲壯，各成其是，總不離吾之性情所在耳。」〔清〕徐釚：《詞苑叢談》（台北：仁愛書局，1985 年 3 月），頁 79～80。

〔註13〕夏承燾：〈讀韋莊詞〉引自曾昭岷校訂：《溫韋馮詞新校》（上海：上海古籍出版社，1988 年 12 月第一版），頁 202～203。

唐末戰亂，唯蜀偏安一隅，且又北接秦中，故唐末許多士人多逃往成都，投靠王建，王建也禮遇他們，供給他們足夠的享受品。這些文人可以繼續過著享樂的生活，作詞尋樂，因此唐末溫庭筠的詞風濃豔綿密、言情說愛的內容最受西蜀詞人的青睞。蜀地人才濟濟，花間詞人十八家就有十四家與西蜀有關，〔註 14〕與韋莊同時入蜀者有毛文錫、〔註 15〕牛嶠。〔註 16〕西蜀在經濟文化上的發展是非常穩定的，唐

〔註 14〕花間集中多蜀人，究其原因，應以偏安富庶，人文薈萃，需求較夥，所以作者輩出，此其爲一。然而當時群雄割據，各自爲政，各地詞家少通聲氣，而編者身爲西蜀人，所知的詞家也自然多屬西蜀人，此爲其二。西蜀較少戰禍，作品易於保存，此爲其三。因爲編者爲蜀人與蜀地安定的社會雙重促成故《花間集》中多蜀人。花間詞人與西蜀關係此表詞人生平及事蹟參考陳慶煌：〈花間十八家詞研析〉，收錄在淡江大學中文系主編：《晚唐的社會與文化》（台北：台灣學生書局，1990 年 9 月），頁 441～470。孫光憲雖早年在蜀，卻在荊南時聲名遠播，故花間十八家中，作家的地區分布，西蜀只佔十四家。陳慶煌認爲韋莊生平爲（851～910），筆者在此採用夏承燾年譜所記（836～910）。花間詞人生平還參考了陳尚君：〈「花間」詞人事輯〉收錄在陳尚君：《唐代文學叢考》（北京：中國社會科學出版社，1997 年 10 月），頁 369～420。

〔註 15〕毛文錫，高祖時來成都，官翰林學士，永平四年遷禮部尚書，判樞密院事。（《十國春秋》四十一《毛文錫傳》）毛第進士時，才十四歲，未仕唐，即官蜀翰林。轉引自夏承燾《韋端己年譜》見夏承燾：《唐宋詞人年譜》（台北：明倫出版社，1970 年 12 月）昭宗天復元年辛酉條，頁 23。

〔註 16〕茲將花間詞人與西蜀關係，列表如下：

| 詞人 | 生卒年 | 與蜀關係 | 與韋莊年代確定有重疊者 |
|---|---|---|---|
| 溫庭筠 | （818～870？） | （未入蜀） | ○ |
| 皇甫松 | （生卒年不詳） | （未入蜀） | |
| 韋莊 | （836～910） | 乾寧四年（897）被李珣辟爲判官，奉使入蜀。昭宗天復元年（901）王建辟爲掌書記，尋召爲起居舍人，自此終身仕蜀。及建開蜀，莊托在腹心，首預謀畫，其郊廟之禮，冊書赦令，皆出莊手，以功臣授吏部尚書同平章事。 | ○ |
| 薛昭蘊 | （生卒年不詳） | 仕前蜀，官至仕郎。 | |
| 牛嶠 | （850？～920？） | 於廣明元年（880）隨駕奔蜀，王建鎭蜀時，辟爲判官。前蜀開國，任秘書監，遷給事中，卒。 | ○ |
| 張泌 | （生卒年不詳） | 《花間集》僅稱他爲張舍人 | |
| 牛希濟 | （生卒年不詳） | 爲牛嶠之侄，唐亡后，隨牛嶠居於蜀，仕官至御史中丞。 | |

人盧求在《成都記序》中就談到益州（即成都）「江山之秀，羅錦之
麗，管絃之多，使巧百工之富，揚（揚州）不足以侔其半。」〔註17〕
唐末和五代，中原戰亂不休，蜀中相對比較安定，它的經濟發展仍舊
是一片繁榮的景象。韋莊有一首詞描寫蠶市的繁榮景象〈怨王孫〉：「錦
里，蠶市，滿街珠翠。千萬紅妝，玉蟬金雀，寶髻花簇鳴璫，繡衣長
　　日斜歸去人難見，青樓遠，隊隊行雲散。不知今夜，何處深鎖蘭
房，隔仙鄉。」蜀中貨蠶之市場，每年正月至三月，州城及屬縣循環
十五處舉行。市場中滿街盛裝女子、珠翠紅妝、玉蟬金雀，因人潮眾
多，女子與女子相簇則使頭上寶髻互相碰擊發出鳴璫聲。或者解釋爲
美女頭上的裝飾除了寶髻花簇外，還有行走時互相碰擊發出鳴璫聲的
玉器首飾，表現仕女參加市集而隆重打扮的盛狀。此詞焦點是在一片
熱鬧的人群中看到那位耀眼的姑娘，這裡應該只凸顯其姑娘一人裝飾
之美麗，所以第二個解釋較好。然從此中可見成都市場的熱鬧、繁華
以及麗人之多。四川的王建墓，被人發現棺材石座上還雕刻了盛大的
妓樂場面：樂工歌妓手執各式樂器正在歌舞作樂。〔註18〕甚至〈古今
詞話〉描寫王建喜愛韋莊資質艷麗、兼善詞翰的寵人，便強奪而去的

| 歐陽炯 | （896～971） | 少事王建、王衍，爲中書舍人。前蜀亡隨王衍至洛陽，補泰州從事。在後蜀時，任中書舍人、武德軍節度判官等。 | |
| 和凝 | （798～955） | （未入蜀） | ○ |
| 顧夐 | （933？～？卒年不詳） | 前蜀時以小臣給事內庭，後來擢升爲刺史。不久，又事孟知祥，累官至太尉。 | |
| 孫光憲 | （900？～968） | 少游蜀中，在蜀官陵州判官，後因蜀亂而去職，避地江陵、南平。 | |
| 魏承班 | （生卒年不詳） | 爲前蜀駙馬都尉，官至太尉。 | |
| 鹿虔扆 | （生卒年不詳） | 唐昭宗天復間事王建，爲永泰軍節度使。加太保。 | |
| 閻選 | （生卒年不詳） | 爲後蜀處士。 | |
| 尹鶚 | （生卒年不詳） | 蜀人，成都才士。仕前蜀校書郎。 | |
| 毛熙震 | （生卒年不詳） | 蜀人，仕後蜀，官秘書郎。 | |
| 李珣 | （855？～930？） | 仕蜀主王衍，國亡不仕。 | |

〔註17〕 引自吳惠娟：《唐宋詞審美觀照》（上海：學林出版社，1999年8月），
　　　　 頁238。
〔註18〕 引自吳惠娟：《唐宋詞審美觀照》（上海：學林出版社，1999年8月），
　　　　 頁238。

荒淫舉止。〔註19〕此事雖無證據，確也平添蜀地歌樂之盛的印象。之後的前蜀主王衍也是好輕豔之辭，君臣歡娛，形如狎客。《北夢瑣言》云：「蜀後主裹小巾，其尖如錐。宮妓多衣道服，簪蓮花冠，施胭脂夾臉，號醉妝。自制醉妝詞云云。又嘗宴於怡神亭，自執板，歌〈後庭花〉、〈思越人〉曲。」〔註20〕王衍雖在王建之後，然其喜留連聲色的生活，可能也受王建影響而來，因此王建時代應就非常喜歡女樂聲伎的享樂藝術。韋莊在君主喜「狎斜狂游」的創作環境下，也投上所好、跟從其當地流行藝術，創作新詞以助筵席之興，其作品內容自然也不脫言情說愛。

蜀地政治、經濟、文化的中心——成都，其艷麗的自然景觀對韋莊產生審美情趣的薰染，使韋莊創作的詞也以四川的美麗景色為背景。蜀地即四川盆地，其地理環境決定了盆地冬暖春早的氣候特點，也是中國冬季著名的暖中心，有利於各種植物的滋生繁茂，成都史稱錦城或錦官城（此名可能蜀錦滿天下有關），岑參〈奉和相公發益昌〉詩云：「山花萬朵迎征蓋，川柳千條拂去旌。」溫庭筠〈錦城曲〉云：「江風吹巧剪霞綃，花上千枝杜鵑血。」毛文錫云〈贊成功〉：「海棠未坼，萬點深紅」，歷史上著名的薛濤箋即是用成都出產的木芙蓉樹皮和芙蓉花汁精工製造出的彩箋，韋莊有〈乞彩箋歌〉：「浣花溪上如花客，綠闇紅藏人不識。留得溪頭瑟瑟波，潑成紙上猩猩色。」其描寫的即是蜀地薛濤箋上的美麗顏色。韋莊詞中也有多首提及蜀地花開

---

〔註19〕 楊湜：《古今詞話》云：「韋莊以才名寓蜀，王建割據，遂羈留之。莊有寵人，資質艷麗，兼善詞翰。建聞之，托以教內人為詞，強莊奪去。莊追念恨快。作〈小重山〉及空相憶云：『空相憶，無計得傳消息。天上姮娥人不識，寄書何處覓新睡覺來無力，不忍把君書迹。滿院落花春寂寂，斷腸芳草碧。』情意悽怨，人相傳播，盛行於時。姬後傳聞之，遂不食而卒。」楊湜：《古今詞話》見唐圭璋：《詞話叢編》（第一冊）（台北：新文豐出版公司，1988 年 2 月），頁 20。

〔註20〕 見〔明〕陳耀文：《花草粹編》卷一引《北夢瑣言》，今傳《北夢瑣言》無此例。〔明〕陳耀文：《花草粹編》《影印文淵閣四庫全書》本（臺北：臺灣商務印書館，1986 年 3 月）。

的風光，如〈河傳〉之二（春晚）：「春晚，風暖，錦城花滿。」〈河傳〉之三（錦浦）：「錦浦，春女，繡衣金縷。霧薄雲輕，花深柳暗，時節正是清明，雨初晴。」由此可見成都是以繁花似錦爲地域特點的。西蜀詞人愛栽種鮮花，在此耳濡目染下，詞的創作中以艷麗的花景，加上女子的服飾或是閨閣的精緻擺設，色彩就顯得金碧豔紅。

另外蜀地的文學傳統是「多斑彩文章」，最有名的是司馬相如的賦，如〈子虛〉、〈上林〉，詞藻華麗，極盡鋪陳誇張之能事，名揚天下。揚雄也深受影響，他的〈甘泉賦〉、〈羽獵賦〉、〈長揚賦〉也是以鋪陳誇飾的手法、華麗雕砌的詞藻取勝。所以西蜀詞人在崇仰他們地域的大文學家司馬相如與揚雄的同時，也會以這種詞藻華麗的藝術特色作爲自己模仿的對象。韋莊一生周遊大江南北，至晚年才定居在蜀地，在不同的地理環境中，其創作特點也不同。

## （三）身分轉變下的人生態度

在以科舉取士的社會中，總是區分了貧賤與富貴的兩種身分，富貴時候特殊的物質生活、精神生活和社會地位，必然有其不同於貧賤時候的審美要求。韋莊（836～910）雖出身世家大族，卻長於亂世之秋。他家道中落，長期處於下層貧民身分，孤貧力學，雖才敏過人，仕途卻艱虞，屢試不第。爲了逃避災禍，他往南方流亡，浪跡各地，飽嚐離亂的痛苦，正是因爲頻繁的戰亂，把韋莊捲入了社會的底層，使他與難民爲伍，與貧士、山僧相交，身歷其境得以熟悉當時的社會瘡痍，了解動亂中百姓的疾苦。他對社會的弊病採取「直言無隱」的態度，詩中內容常對百姓寄予同情與關心，對天道感到不公，對人生感到無常等的不平衡心態，正是因爲自己也處於弱勢地位。

韋莊直到五十九歲第進士，才得以登上青雲，開始享受朝廷宮廷的貴族生活，由下層身分轉爲上流社會，初嘗甘味，但是唐朝此時已將亡，中原散亂，實不能伸展其志，幸得王建的賞識與重用，使韋莊在蜀得以輔佐王建建立蜀國，終究以寶貴的青春換取得最後位極人臣

的功名。韋莊詩中固然有大半生沉淪下僚甚至不遇賢主的感嘆，對前程深感悲觀失望，對時代頻發哀挽之思，但是，一方面，由於混跡宦海的經歷或者最終獲得較高官位時，不得不受到「咸通時代物情奢」（韋莊〈咸通〉）那來自統治階層生活方式的感染，走向追求歡樂的情欲生活。另一方面對唐代大帝國的失望，身爲末代遺臣的韋莊產生以及時行樂的方式補償心理的空虛難過。由下沉到上達，由貧民到臣相，由失意到滿足，其作品內容跟著人生際遇轉變而改變。一般當在生活安定之後，才有悠閒的心態寫酒筵宴飲間的樂趣、依紅偎翠的情事，晚年的韋莊即是如此情況，由早年以詩言志載道轉而創作宴飲之歡的文學產品——詞，故其詞異於詩。

## 二、文體因素——文體風格的制約與轉變

### （一）詩莊詞媚的傳統制約

張炎《詞源》說：「簸弄風月，陶寫性情，詞婉於詩。蓋聲出鶯吭燕舌間，稍近乎情可也。」〔註21〕查禮《銅古書堂詞話》說：「情有文不能達，詩不能道者，而獨於長短句中，可以委婉形容之。」〔註22〕王國維說：「詞之爲體，要眇宜修，能言詩之所不能言，而不能盡言詩之所能言。詩之境闊，詞之言長。」〔註23〕詩所反應的生活面較闊，因此有好多方面是詞所未能盡言的，律詩有其固定的平仄、固定的字數和固定的格式，所以其長處是容易造成直接的感發，〔註24〕在具事直書、以詩補史、經世資鑑、以詩言志「詩體莊重」的傳統下，韋莊

〔註21〕見唐圭璋：《詞話叢編》（台北：新文豐出版，1988 年 2 月），冊一，頁 263。

〔註22〕見唐圭璋：《詞話叢編》（台北：新文豐出版，1988 年 2 月），冊二，頁 1481。

〔註23〕王國維著；滕咸惠校注：《人間詞話新注》（台北：里仁書局，1994 年 11 月初版三刷）上卷，刪十二，頁 65。

〔註24〕遲東寶：〈詞「別是一家」：古典詩詞美學特質異趨論——以溫庭筠的詞與綺豔詩爲中心〉《天津社會學科》（1999 年第 5 期），頁 92。

能直言傷亂現實及民間疾苦的內容，表現出富有責任感的使命，這是爲人所尊重的。他堅持忠於現實，注重情感，刻意求工的嚴肅態度造成他的作品樸素平宜、情深句秀，對他的詞產生深遠的影響。

詞的創作特點是「依聲塡詞」，故受到燕樂的制約。詞配合音樂在文體上句式長短不一，且有「單式」和「雙式」之分，用韻也較律詩靈活多變，故較詩更增添了種低徊婉轉之致。燕樂有二十八調，據《新唐書・禮樂志》其特點是「從濁至清，迭更其聲，下則益濁，上則益清，慢者過節，急者流蕩。」〔註25〕聲調極富變化。詞講究聲調音韻之美，使創作者注重其抒情性格與節奏快感，而詞語言內容就以抒發詞人的情感爲主，陳廷焯《白雨齋詞話》自敘：「詩有韻、文無韻；詞可按節尋聲，詩不能盡披弦管……故其（詞）情長、其味永，其爲言也哀以思，其感人也深以婉。」〔註26〕以詞這文體配合音樂的抒情性與當時表演者的考量，音樂出於歌伎之口總是鶯聲燕語，因此描寫深微幽隱、佻薄露骨男女戀情的內容，便爲當時盛行的組合。韋莊創作的詞也是寫了「私生活」這一面內容，透露了「傳道言志」的韋莊，也有著自己某種深微而不易爲外人所窺見的「另一面」精神生活。然其在詩中嚴肅的情感，卻也稍稍在詞這文體的包裝下，流露出對國君與自己的期望、對社會與人民的關心。使的韋莊詞的內容較溫庭筠詞更多自己的士大夫情感。

## （二）詞體審美追求的轉變

詩歌是唐代科舉考試的項目之一，因此詩人在創作詩歌時，總是以表明自己的高超性格爲主，甚至爲求進取，發狂寫詩以琢磨自己的詩意，這種無形的壓力在詩中的內容上，自然呈現沉重感，如〈江上村居〉：「顛倒夢魂愁裏得，搜奇詩句望中生」憂愁的時候還苦思詩中奇句。又如韋莊詩〈王道者〉云：「應笑我曹身是夢，白頭猶自學詩狂」，

---

〔註25〕《新唐書》（台北：鼎文書局，1987 年），卷二十二，頁 473。
〔註26〕見唐圭璋：《詞話叢編》（台北：新文豐出版，1988 年 2 月），冊四，頁 3750。

韋莊對詩的追求是對功名的汲汲追求，與希望大展雄才以助君王治國的期待。因此當屢次下第後，便以爲考詩賦的這種評量方式，不是一個治國者所需要的能力，如〈對雨獨酌〉：「能詩豈是經時策，愛酒原非命世才」。韋莊對詩的審美態度是符合統治者對臣子的期望的，因此詩中便是以「助君堯舜」「關心人民」爲主要抒發的情感。至於對於時政的太過批評，韋莊則假托婦女之口來歌嘆亂世，如〈秦婦吟〉寫「故國離亂之慘狀」的黃巢戰爭。可見平常所不敢言的內容都可藉由女子之歌誦來抒發，以社會低下階層的女性轉移自己被注意的焦點。

　　詞的特點跟女性的地位有關，詞與女性一直處在被輕視、不重要的地位上。詞在產生之初，不過是在歌樓舞榭之間用來助「嬌嬈之態」、「資羽蓋之歡」（註27）的流行歌曲，與侑酒佐歡的娛興節目而已，當然不會賦予什麼言志載道的功能。也不會引起人們更多的重視。韋莊對詞的態度也不例外。詞不像詩那樣拘泥於要表達一種固定的、高尚的情意，他沒有政治目的，只有提供娛樂美聽的功能，所以作者抒發的情感，也就比詩更爲廣闊和自由，這是詞富有潛能的基礎所在。其次，韋莊以男性而作閨音，作者之性與作品敘述主體之間有替換角色的不同，遂使詞具有了一種“雙性”的美學特質。（註28）自表面觀之，其詞中所敘寫的是一種純粹閨中傷離怨別之情，這種純摯的愛情由於其品質的堅貞，本身就能使讀者獲得心理上的共鳴和感動；而自深層觀之，此種棄婦主題，由於夫婦與君臣倫理觀係的相似，還可以引發讀者對孤臣孽子之「幽約怨悱不能自言之情」的聯想。韋莊詞雖以棄婦相思的內容爲主，然也少數幾首有直接抒發怨悱憂憤之情，非但代言而且與自己有關，詞體的言情婉約格局，攔不住詩人對身爲晚唐放臣逐子宣洩的情感。

---

〔註27〕 歐陽炯：《花間集序》，《宋紹興本花間集附校注》（台北：鼎文書局，1974 年 10 月），頁 1～2。

〔註28〕 葉嘉瑩：《迦陵論詞叢稿》（保定：河北教育出版社，1997 年），頁 233～236。

## 第二節　韋莊詩詞關係總結

　　本文已分從內容、語言、藝術手法、形式、風格等方面，比較韋莊詩詞之間的異同關係，以下加以統整歸納其互通與變異之處。

### 一、內容的互通與變異

　　在內容方面，韋莊創作詩詞的時間地點不同，故內容不同。韋莊詩的內容有大江南北的所見所聞，在洛陽長安時，關注國家朝政的運行、社會人民的痛苦；黃巢之亂避居江南時，則有懷鄉遊子的悲情，及萌生隱居逃避的矛盾念頭；韋莊在京城陷落前，主要是寫其用世的的渴望，以致君堯舜為最終目標。至京城陷落後，亦不放棄「重築太平基」的希望與大展長才的機會；晚年登第之後到蜀地，則感受到其地的太平場景，對自己的故國反而產生悲哀的思念。詩的創作佔了詩人的大半生涯，整部《浣花集》幾乎都是記載韋莊入蜀前的詩作。韋莊詞大多描寫晚期在蜀地的生活，韋莊晚年於氣候宜人、花城滿開的蜀地四川，過著歡樂遊賞，狎妓宴飲的生活，不同早期困苦的生活。因此詩詞抒發的內容情感也不同，詩歌反映民生疾苦的寫實傳統，感傷時事與大量記實，敢於面對現實，揭露了唐末重大社會問題，抒發離亂中感舊傷時的情感，表現出批判現實的鋒芒，從而成為「詩史」。韋莊以士大夫的道德與感情創作詩，詩中自然呈現人民受苦受難的一面，文筆間包含對國事的關懷及對君主的忠愛和諷刺，具有「詩言志」的傳統精神。韋莊詞的內容，主要是寫男女之間的情感，大多是詩人與歌伎間的交往，其中以相思的內容佔最多，這部分多描寫相愛男女分離之後不得相見，獨自思念的愁苦。詞的主要內容是寫男女相思悲情或尋花問柳之樂，表現出柔媚婉約的情感，與韋莊詩的內容大大的不同，詞的創作對韋莊是一種新嘗試。

　　韋莊詞傳承自詩，造成韋詞在內容上較溫庭筠創新的地方有：

### （一）取材的擴大

　　就詞傳承詩的內容情感方面，在於詞與詩皆蘊含自身感觸，而這

些是經過烽火歷練後無法輕易抹除的傷痛，如：（一）流離漂泊的悲哀。韋莊在唐末，經歷動亂，陷身兵火，奔走南北，為了逃避禍難以及為了尋求靠身的幕府，詩人從關中到洛陽到江南，再回到關中，之後到蜀，奔波流離，因此詩中許多這種異鄉遊子的悲哀。韋莊詞中也多分離相別之作，分離的原因可能是詩人生平為求取功名不得奔走有關。（二）憂國懷鄉的情緒。國勢日衰，大唐王朝夕陽西照，人民不受庇護而必須自求多福，在社會失序下轉而出現失望心態，韋莊詩歌也多發哀婉之調，其中關心國家、憂懷家鄉的焦點從未轉移。（三）科舉登第的熱鬧場面。唐人重進士第，放榜事詩人多艷稱之。韋莊詩中有幾首寫到科舉登第的熱鬧場面，在韋莊詞中亦有提及，韋莊以登科進士之內容為詞作題材，開創了詞作先例。可見韋莊對功名求取的熱中程度，及對登第進士的羨慕企望。（四）事事無常的感慨。社會天道的不公與自我堅持的許多衝突與懷疑，無常感也因此產生。晚唐造成這種失序的情況是社會發生大動亂，許多詩人的詩作都反應出這受到壓迫變形失序的社會，韋莊詩詞也不例外。（五）悼念亡姬的深情。詞中悼亡姬的主題可能也是韋莊首開先例。韋莊詞中有悼亡姬的主題內容，詩中也有悼亡姬詩，可見韋莊創作的詩詞內容時有互通之處，詩詞應是入蜀之後同一時期所作，明其對姬妾用情之深。晚期韋莊的詩作也受詞的影響，將焦點轉向佳人閨女。《浣花集》中三百多首以描寫自身的情感為主，極少參差宮怨閨思之類的情語，晚期詩描寫女姓題材的比例增多，不免懷疑其詩風漸漸受到詞風的影響所致。

## （二）主體意識的強化

　　韋莊的詞常有「我」在，詞與詩中的精神時有相符之處，表現出其自我獨特的生活經驗和生活經歷。韋莊已開始以自我身分，在詞裏直接抒發主體的情感，將題材的取向回歸到創作主體的人生境遇、心靈世界上來。寫放臣逐子懷念故國的哀傷，有寫實詩歌的足跡相印證；寫放懷笑道人生苦短，有戰火紋身的歷史可查；寫男女間的悲歡

離合，有自我愛情歡會與失戀的真實場景。溫庭筠詞呈現一股含蓄蘊藉、模糊疏離的普遍化、非我化的情感，韋莊則是直抒胸臆、淺率明白，呈現個性化、自我化的情感。因此韋莊詞的內容取材較不拘限於男女間的愛戀情事，能依男性士大夫常有的憂患感和生命意識，抒發真實情感，所以較溫庭筠詞的內容要豐富廣泛。

## 二、語言與藝術手法的互通與變異

就語言方面，詩詞的相異點在於，韋莊全部五十四首詞作中，約有一半的字面不是詩的意象語言。韋莊詞作品字數只不到詩作的 15％，不過韋莊詞中卻將近有一半的字面是另外依據詞體而創造意象詞面，可見韋莊對詞與詩這兩者文體的創作是以不一樣的態度進行。歸納韋莊詩與詞間，語言形式接收或轉化的相關程度，全句相同的有一例，字句片段相同的有六例，字面部分改易的有四例，句意相似的有七例，故實相同的有一例。詩詞語言使用相同的原因有：創作者在描述同樣情境、同時間創作、相同情感、詞有「拼湊分割」現象、小令形式近詩、唐詩能歌。至於構成韋莊詞的意象語詞，主要在於居住環境、室內陳設的描繪，因此再就空間性質來觀察韋莊詩詞用語的不同，發現韋莊詩的空間性質多所在空間，韋莊詞多居處空間。韋莊詩多離心型的現實空間，是壓迫與遙望的呈現。韋莊詩中的空間是開放的、外出的，在他的詩中很少提到「家」的「居處空間」，而是紀錄漂流的、豐富旅程的山水空間。詩中語境意向的呈現具有：1. 開放、現實的山水畫面。韋莊詩常以山水「畫面」架構起現實的遙想空間，藉由詩作畫面中的動靜轉換、視野跳躍以及地點座標的到處游移，可知韋莊詩的空間具有離心開放性的特色。2. 衰暗、昏亂的遠望建構。韋莊詩中多用夕陽這個詞彙，是知識份子對傳統的詩言志的責任感、對時局不滿情緒的感受，故採用夕陽意識影射政局衰亡的消極情況。3. 朦朧、漂泊的迷離窘迫。詩中感嘆無罪卻因禍亂而流離他鄉，如被貶謫遠方，流浪於各地之間不得回鄉。此身位置的不確定性，茫然

無助的視覺矇蔽感在空間描寫中渲染開來。

　　韋莊詩詞空間安排上多不一樣，韋莊詞多向心型的空間，爲媚惑與封閉的呈現。詞中語境意向的呈現爲：1. 隱密、掩蔽的私人空間。詞中女性以內透過簾或窗的隔絕隱約知道外面的世界，然而就觀賞者的角度而言，她與她的所見所聞的一切，不免落入簾外的窺視者眼中，無所不入的以透視的觀點由外進入女性空間並觀看其一舉一動。2. 拼貼、囚禁的富麗牢房。詞以空間中物品的新光亮麗來襯托當時美女的青春動人，即將美女與金玉拼貼的空間關係連接在一起，女性在創作者的思想中就是被金玉空間枷鎖的女子，她只能在裡面徘徊惆悵，與外面隔絕失去消息，獨自在這裡面哀聲嘆息，成了作者筆下美麗女囚的身影。3. 挑逗、香豔的誘惑構築。艷情詞中多大量鋪設精美而又富有暗示性和挑逗性的女性用品，用以激發讀者對於艷情的聯想和滿足他們對女性世界的好奇和窺探慾望，一方面解脫社會道德觀念沈重的壓力。

　　韋莊詞傳承詩，造成詞在語言與藝術手法上較溫庭筠創新的有：

## （一）清淡用語超脫花間穠麗詞彙

　　韋莊詞的清麗淡雅與韋莊詩的古樸清新有關，詩與詞語言特色的相通點是清淡。韋莊詩的色彩以綠色系的顏色爲多，綠蘿、青峰、芳草、青雲、青山等，都是自然山水的色彩呈現。而韋莊詞在使用煙、雨、風、雲類字面，也較溫庭筠多，可見韋莊詞無論在抒情、寫景、敘事或描摹人物的神態方面，都喜用淡雅一類的語言。這與詞家鼻祖溫庭筠在語言上講求綺靡富麗、鏤金錯彩有極大的差別，溫庭筠艷詞在晚唐蘊育唯美浪漫的文風中，簡直是掀起「渭河漲膩」（杜牧〈阿房宮賦〉之語）的高峰浪潮，韋莊能於同樣綺情艷事的時代氛圍中，卻另闢蹊徑，開闢淡雅詞風來，確與其一慣的清淡詩語有關。

## （二）直線敘述取代跳躍排列

　　溫庭筠在詞的創作上，喜歡以「跳躍」的意象排列，暗示情感的

流動。韋莊則不同，韋莊詩詞善用中介詞以展開情節序列，詩擅用串對連接，使上下聯意義緊密相關、連接；詞擅用附屬結構敘述，以「鋪陳其事而直言之」的方式，對詩歌內容直接敘寫，敘物言情，直抒其事，因此詩詞皆有有感事性、時地性、情節性的紀實特色。韋莊善於以時間地點作具體陳述，印證事件的真實性，令人恍置其中，加上情節變化的安置、敘述文式的鋪排，一氣流注，句法流暢且互有關聯，自然散發感人且平易通俗的情感，文筆暢快明達。不像溫庭筠以斷裂敘述，推砌形象的方式陳設文意，使人在費勁鑽研斷裂意象間的模糊處，仍捉不住脈絡條理。

## 三、形式的互通與變異

詩與詞形式最大的不同，在於詞須配合音樂，故其形式變動性較詩大。就句式而言：詞調多為奇偶式句子混合變化的形式，以雙調形式多於單調兩倍多，且多為不對稱的雙調，在文體上，是慢慢脫離近體詩影響的現象。且韋莊使用二十一詞調中，有三詞調具另一體，其中他新創了〈思帝鄉〉、〈河傳〉兩體，詞體在此時仍未完全統一。

就平仄而言，詞的音樂曲折，句式參差，音節抗墜，在平仄上自然也錯落多樣，未能如詩句般，講究粘對工整的規律，呈現規矩、端莊的美感效果，詞雖然每句也有平仄的限定，但不像詩嚴格，而是配合曲調以調整平仄。

就用韻而言：韋莊詞韻多使用轉韻的方式，其次是單押平聲韻為多，再次是單押仄聲韻。以轉韻為主的詞調，音律抑揚頓挫，錯綜起伏，不再像詩一樣受限於一個韻。且韋莊所使用的二十一調中，有十三調幾乎句句用韻，非但用韻位置突破詩之規矩，其用韻之稠密，亦較詩為甚。韋莊詞使用最多腔調是雙調，詞調中有兩調疑是他所創作，其他大部分是倚唐朝燕樂新聲，可見其詞的形式正處在詩過渡到詞體確立的中間變動階段。

韋莊詞中仍保留詩的影響，可歸納為以下幾點：

## （一）就句式而言：較多使用以五言七言構成的詞牌

韋莊的詩體多為句式整齊的七言律詩，而韋莊詞中常使用的詞牌為〈清平樂〉、〈浣溪沙〉、〈菩薩蠻〉、〈天仙子〉，其中〈浣溪沙〉、〈菩薩蠻〉、〈天仙子〉，其字數特色，為五、七言所組成，與近體詩相近，就單算韋莊詞中字句數，五字句與七字句的總數，在韋莊詞中也是佔多數。而且詞中五七言句的音節與其詩的音節相同，也大都是單式句，因此詩的形式仍影響韋莊詞牌與句式的使用。

## （二）就平仄而言：合律與拗句的配合

韋莊詞句中出現的五七言，其平仄是合律多於拗句，詞仍注重近體詩之「一句之中兩平兩仄相間」的輕重對比。詩的平仄是講究粘對的規律變化，但不講究粘對的韋莊詞，其中五言七言句卻出現許多合律的平仄，醞釀諧和穩定的音感。

除了合律的五言七言句，近體詩中產生的拗句，也雜入詞的聲調中。拗句的平仄排列破壞和諧的音感，造成聲律不諧，是近體詩忌諱的格律，卻成為詞調變化的來源，甚至這種平仄拗怒的形式固定在詞曲中同一位置出現，以拗為順，成為詞調的特色，合律夾雜拗句的平仄聲調，配合出自由靈活的聲腔。

## （三）就用韻而言：延續幽微悲涼的聲情

韋莊詩韻以押「陽、庚、微、支、先」為多，先、庚、陽都是鼻音收尾的陽聲韻，陽韻聲情屬於爽朗，具有哀傷的悲調，支微韻，則含有萎而不振、氣餒抑鬱的情思，構成激越或蒼涼的韻味。韋莊詞韻以押三部韻「支、紙、微、未、灰」等為主，與詩韻同樣有「微、支」韻，表現具有怨恨惆悵，含有幽微悲涼的聲情。

## 四、風格的互通與變異

韋莊詩詞風格不同在詩雄漸疏野，詞則秀雅含蓄。韋莊詩主要有雄健疏野風格，表現其胸懷大志的情操，由於韋莊大半輩子都處於顛

沛流離的動盪生活之中，其內容多是有關戰亂等社會重大問題，紀錄
現實，以疏宕自若、「務條趨暢」的書寫條理，構成了雄健疏野的風
格。韋莊詞則敘寫女性的情態美姿、男女情愛、閨怨相思等情感，正
是人與人間最具有含蓄曖昧的關係。韋莊詞境係於情而寫，故不著力
於運詞堆飾，而惟自將一絲一縷之內心深情，曲曲寫出，其所主要表
現的風格爲秀雅含蓄，與詩的風格迥異。

　　然詩的風格亦有影響詞之處，韋莊詞傳承自詩清淡疏朗的風格。

　　韋莊詩清淡自然，淺顯通俗，樸素平直，主要抒寫亂世中的所見
所聞所感，主題內容都是建構在現實生活上，所以語言文字的選擇，
自然偏向樸實清淡的風格。對於現實的失望，他只能默默的拉開與外
部世界的距離，將他的內心世界封閉起來，在內心裡調節情感的平
衡，用心去咀嚼人生的種種挫折，尋求解脫，因此其詩風就顯的清淡
蕭疏了。韋莊詞著色清淡，多自然秀發，清淡、清空，詞中以描摹身
態動詞和「情語」佔主流，口吻尤接近民間文學，其所運用的語言意
象也是具有清淡形象以及毫無修飾的樸素風格，因而使人覺得有一股
清疏淡雅的韻味。由於他自身經歷了民間的樸素的生活，長期貧困生
活，使的他的詞多了一份疏淡平實、眞率自然的人生態度，與其詩風
清淡風格有關，因之他的詞風雖「艷」而不「膩」，雖「麗」而不「密」，
便自有其詩學淵源方面的原因。

　　韋莊詞的總體風格可以「清麗」總括，韋莊晚期爲官之後，其詩
在不脫清淡疏朗的筆法下描寫歡場淫樂、愛恨情仇、閨怨思妓等艷
情，亦受詞之影響而有清麗風格的轉變。

　　韋莊詩詞的互相影響，經由內容、語言、形式、風格的比較，可
知詞因受到韋莊創作詩的傳統寫作經驗，擴大了原來婉約詞的抒寫內
涵、藝術手法等，因以其詞作的新創性而名於世。

## 第三節　研究展望

　　一、本文的研究提供往後探究詩、詞跨文類關係的具體研究模式。詩與詞的關係研究歷來多從「異」的角度發揮，認為兩者不論在外在形式、平仄要求、音韻講究，皆各自不同，呈現出的情感內容、美學效果亦不同，然卻隱蔽了兩者之間，可能存在「同」內涵。影響是極為模糊的概念，單向式的影響論述不夠周延，將會忽略兩者間的交流與對話、制約與呼應，因此經由韋莊詩詞雙向式比較研究中可知，詩吸收了詞體的特質，使詩體內部產生轉變與調整，詞也受詩體啓發，型塑其更為豐富的內在底蘊。把焦點集中在傳承與創新、相同與相異點的比較中，可具體清楚的掌握文類藝術價值的傳釋活動。

　　二、本文研究將可助於往後研究整個詩詞過渡關係的墊腳石，擴大研究晚唐五代的詞人作品與其詩的關係，以塡補晚唐文學史的空白。詞的發展在詩的扶持下，呈現不同的風格，甚至與詩鼎足相立，詩與詞的關係成為當時文人成為重視的話題。但在此成熟之前的開頭，詩也是詞創作的借鏡。然而晚唐詩體走向柔婉，詞體漸次勃興，交疊著詩詞兩大文類的文學史，論者或以連續史觀撰寫，視詞為詩的延續；或以非連續性史觀強調詞在格律、形式諸方面的特色，以有別於詩。〔註29〕然而前者模糊了詩、詞作為兩種獨立文類的個別性；後者瓦解了詩、詞同為詩歌文學的共通性。唯有兼顧其個別性及共通性，才能將詞學創興時期，詩詞緊密互動的關係條理清楚。

　　三、以詞人作品之詩詞關係呈現新的文學歷史脈絡，以交代宋詩之前唐詩與詞的先前影響。對於東坡範式的系統研究，由韋莊之後、李後主、以及蘇軾、黃庭堅諸人，用主體意識抒情寫志的創作群體；或是花間範式，由溫庭筠、馮延巳、晏殊、及歐陽修、秦觀諸人，用暗示象徵來抒發「非我化」詩歌意境的創作群體，皆可依此可作詩詞關係的系統研究。唐末五代之際，是詞的滋長時期，當初詞只是依種徒供歌唱玩賞的艷曲，溫庭筠輩的花間作家，所寫的歌詞，大都是供

〔註29〕此二史觀，參見張漢良：〈文學史的迷思〉，《文學的迷思》（台北：正中書局，1992 年 11 月），頁 26～29。

歌妓們在賓筵別席上唱著「遣情助興」的，他的風格自然與詩劃界而趨於獨立。但是經過韋莊、馮延巳及李後主諸人用以抒情寫志的文學創作，注入新鮮的生命和個性之後，它便開始突破狹小的藩籬，拓展高遠的境界，成爲可用以抒情言志的文學作品。於是開啓了宋詞的新機運，使詞在進入北宋後，一躍而成爲一代的代表文學，足以與詩文分庭抗禮。詩與詞既是斷裂的，卻也是連續的，處於一種相互接受也相互取捨的關係中，以此觀點對晚唐文學史進行敘述，當可呈現新的文學歷史脈絡。

　　四、開展出創作學的研究視野。詩人創作詞的過程，至宋代有詞人點化詩句以填詞，而有「奪胎換骨」的成熟理論出現，著重在自體對外在文學的交涉學習，這只是對於具有典範性質之作品的揣摩模擬的研究；但研究創作者創作作品的方式，則還有內在創作的轉變或沿襲，觀察作者如何在詩詞中處理同樣題材的方式，探究詩中的陳年老套的藝術手法，如何成爲詞中另闢蹊徑的創新運用的過程。從外在學習與內在創新的雙重角度的觀察下，將能了解創作者創作詩詞的心理與手法，進而開展出創作學的新研究視野。

# 附錄一：韋莊詩詞集版本

## （一）韋莊詩版本

| 書　名 | 年　代 | 編者 | 版本或著錄出處 | 卷　數 | 首數 | 補遺詩數 | 序 | 總共首數 | 存佚 |
|---|---|---|---|---|---|---|---|---|---|
| 《浣花集》 | 唐天復三年癸亥（903） | 韋藹 | 韋藹因閒日錄兄（韋莊）之藁草中，或默記於吟詠者，集爲浣花集。〔註1〕 | | | | 有 | 千餘首 | 不可考 |
| 《韋莊集》 | 宋 | 張唐英 | 《蜀檮杌》 | 載韋莊集二十卷 | | | | | 不可考 |
| 《韋莊集》 | 宋 | 王堯臣、王洙、歐陽修等撰 | 《崇文總目》 | 載韋莊集二十卷 | | | | | 不可考 |
| 《韋莊集》 | 宋 | 鄭樵 | 《通志·藝文略》 | 第八別集五載韋莊集二十卷 | | | | | 不可考 |
| 《韋莊集》 | 南宋 | | 書棚本 | 載韋莊集十卷 | | | | | 不可考 |
| 《韋莊集》 | 宋 | 晁公武 | 《郡齋讀書志》 | 載韋莊集五卷 | | | | | 不可考 |
| 《韋莊集》 | 宋 | 陳振孫 | 《直齋書錄解題》 | 載韋莊集一卷 | | | | | 不可考 |
| 《韋莊集》 | 宋 | 脫脫等 | 《宋史·藝文志》七 | 載韋莊集十卷 | | | | | 不可考 |
| 《韋莊集》 | 宋 | 錢曾 | 《述古堂藏書目·宋版書目》 | 載韋莊集十卷 | | | | | 不可考 |
| 《韋莊集》 | 元 | 馬端臨 | 《文獻通考》 | 載韋莊集五卷 | | | | | 不可考 |
| 《浣花集》 | 明 | 朱承爵〈子儋〉 | 朱氏文房刻本 | 十卷 | 249 | 遺詩僅補〈乞彩牋歌〉〈詠白牡丹〉二詩 | 缺韋藹序 | | 存 |
| 《浣花集》 | 明 | 毛晉 | 毛晉汲古閣所刻海虞虞氏綠君亭本 | 十卷 | 249 | 輯佚詩38首（實37首，〈癸丑年下第獻新生輩〉已收在卷八）爲補遺一卷 | 有 | 共286首 | 存 |

---

〔註1〕 韋莊：〈浣花集序〉，見《四部叢刊》（上海：商務印書館，1932年）。

| 版本 | 年代 | 編者 | 底本 | 卷數 | | 補遺 | 韋莊序 | 總數 | 存佚 |
|---|---|---|---|---|---|---|---|---|---|
| 《全唐詩‧韋莊詩》 | 清康熙四十四年三月，至四十五年十月（1705～1706） | 彭定求、楊中訥等十人 | 以明‧胡震亨《唐音統籤》、清‧季振宜《唐詩》爲底本，再加校補而成 | 五卷（六百九十五卷至七百卷）其分卷以各刻本之第一卷仍做第一卷、第二卷第三卷作第二卷，第四第五作三卷，第六第七第八做第四卷，第九第十作五卷 | 249 | 輯佚詩70首外加3斷句爲第七百卷 | 無 | 共319首外加三斷句 | 存 |
| 《浣花集》 | 清（1773～1783） | 紀昀等 | 《景印文淵閣四庫全書》據毛晉汲古閣所刻 | 十卷 | 249 | 輯佚詩37首，爲一卷 | 無 | 共286首 | 存 |
| 《浣花集》 | 清（1919～1922） | 《四部叢刊》縮印江安傅氏藏明朱子儋本 | 十卷 | 249 | 補遺一卷。遺詩僅補〈乞彩牋歌〉〈詠白牡丹〉二詩 | 影印綠君亭本韋序補入 | 共251首 | 存 | |
| 《韋莊集》 | 1998.3 | 向迪琮校訂 | 據《四部叢刊》影印明人朱承爵刻本，清康熙席鑑刻本，清中葉胡介祉谷園刻本，明舊抄本及官本全唐詩本，重加參校 | 十卷 | 249 | 於胡刻本69首外增收〈悼楊氏妓〉〈秦婦吟〉2首，計71首，外加3斷句。 | 影印綠君亭本韋序補入 | 共320首外加3斷句 | 存 |
| 《韋端己詩校注》 | 1969.9 | 江聰平 | 台北：中華書局，據江安傅氏藏明朱子儋刊本 | 十卷 | 249 | 補遺一：輯佚詩69首。外加2斷句，補遺二：輯秦婦吟一首。補遺詩共70首，外加2斷句 | 無 | 共319首外加2斷句 | 存 |
| 《韋莊集校注》 | 1986 | 李誼 | 四川：四川省社會科學院 | 十卷 | 249 | 以明朱承爵刻本《浣花集》爲底本，並參校明綠君亭本（或明汲古閣本）《浣花集》、韋縠《才調集》、諸本《花間集》、《全唐詩》、《全唐文》、《蜀檮杌》、《唐詩記事》、《唐才子傳》、《十國春秋》以及向迪琮《韋莊集》。除了自《全唐詩》補70首（有兩首〈乞彩箋歌〉、〈詠白牡丹〉與朱本重複）又另補四首（〈寄禪月大師〉出自貫休《禪月集》、〈酬張明府〉出自《永樂大典》、〈游牛首山〉出自《金陵梵刹志》以及〈秦婦吟〉出自敦煌寫本）以及殘句數聯。補遺詩共74首，外加4斷句。 | 影印綠君亭本韋序補入 | 323首 | 存 |

　　附註：筆者未見清康熙席鑑刻本、清中葉胡介祉谷園刻本，故未能列於上。

## （二）韋莊詞版本

　　韋莊詞散見各書，向無專集，大部分各本是從花間集抄四十八首，尊前集抄五首、以及草堂詩餘、歷代詩餘等抄幾首。

| 書　名 | 年　　代 | 編　者 | 版　　本 | 首數 | 附　　註 |
|---|---|---|---|---|---|
| 韋莊詞 | 〔後蜀〕 | 〔後蜀〕趙崇祚編 | 《花間集》 | 48 | |
| | 康熙四十四年三月至四十五年十月（1705～1706） | 彭定求、楊中訥等十人 | 《全唐詩》第八百九十二卷 | 54 | 以明・胡震亨《唐音統籤》清、季振宜《唐詩》爲底本，再加校補而成 |
| 《浣花詞》 | 民國十七年（1928） | 王國維 | 海寧王氏排印石印本被收入《唐五代二十一家詞輯》 | 54 | 據《全唐詩》所載，見於《花間集》四十八首，《尊前集》五首（怨王孫、定西蕃二首、清平樂二首），《草堂詩餘》抄〈謁金門春雨足〉一首，〈應天長〉第一闋亦見《陽春錄》中 |
| 《浣花詞》 | 1998 年 3 月 | 向迪琮校訂 | 收錄於《韋莊集》北京，人民文學出版社 | 55 | 從《花間集》抄四十八首，《尊前集》抄五首（〈怨王孫〉、〈定西蕃〉二首、〈清平樂〉二首），由《草堂詩餘》抄〈謁金門・春雨足〉一首，《歷代詩餘》抄〈玉樓春〉一首，共五十五首，並與全唐詩所收五十四首相校。此集比全唐詩、王國維所輯多錄〈玉樓春〉一首。 |
| 《韋莊集校注》 | 1986 年 | 李誼 | 四川：四川省社會科學院 | 55 | 據向迪琮所錄 |
| 《浣花詞》 | 1988 年 12 月 | 曾昭岷校訂 | 收錄於《溫韋馮詞新校》上海，上海古籍出版社，以〔明〕陸元大刻本《花間集》爲底本，其校本則有南宋晁謙之本、鄂州冊子紙本、明吳訥《唐宋名賢百家》詞本、茅一楨刊本、玄覽齋巾箱本、湯顯祖評本、雪艷亭活字本、毛晉汲古閣本花間集、及劉毓盤輯本《浣花詞》，王靜安輯本《浣花詞》，胡鳴盛輯本《韋莊詞注》，夏承燾、劉金城《韋莊詞校註》等，並參校全唐詩、歷代詩餘、唐五代詞諸總集，及五代以來互見各詞之別集 | 54 | 據《全唐詩》所載，見於《花間集》四十八首，《尊前集》五首（怨王孫、定西蕃二首、清平樂瑣窗春暮、綠楊春雨二首），《草堂詩餘》抄〈謁金門・春雨足〉一首，考訂〈玉樓春〉〈小重山・春到長門春草青〉〈小重山・秋到長門丘草黃〉三首爲僞詞。 |

| 《浣花詞》 | 1998 年 3 月 | 向迪琮校訂 | 收錄於《韋莊集》北京，人民文學出版社 | 55 | 從《花間集》抄四十八首，《尊前集》抄五首（怨王孫、定西蕃二首、清平樂二首），由《草堂詩餘》抄〈謁金門春雨足〉一首、〈歷代詩餘〉抄〈玉樓春〉一首，共五十五首，並與全唐詩所收五十四首相校。此集比全唐詩、王國維所輯多錄〈玉樓春〉一首。 |

# 附錄二：韋莊詞內容表格圖

附註：1. 詞的順序以北京中華書局的《全唐詩》為本。

2. 此內容分類主要參考詹乃凡先生之分類，另參考張以仁先生、青山宏先生之作，[註1] 再以己意斟酌分類。

| 詞　　　　　題 | 內　容 | 附　　註 |
|---|---|---|
| 卷 892_1【訴衷情】之一燭燼香殘簾半卷 | 傷春 | |
| 卷 892_1【訴衷情】之二碧沼紅芳煙雨靜 | 相思 | 女思男 |
| 卷 892_2【天仙子】之一悵望前回夢裏期 | 相思 | 男思女 |
| 卷 892_2【天仙子】之二深夜歸來長酩酊 | 感慨 | |
| 卷 892_2【天仙子】之三蟾彩霜華夜不分 | 離情 | |
| 卷 892_2【天仙子】之四夢覺雲屏依舊空 | 相思 | 女思男 |
| 卷 892_2【天仙子】之五金似衣裳玉似身 | 冶遊 | |
| 卷 892_3【江城子（一名水晶簾）】之一恩重嬌多情易傷 | 相愛 | |
| 卷 892_3【江城子（一名水晶簾）】之二髻鬟狼藉黛眉長 | 離情 | |
| 卷 892_4【定西番】之一挑盡金燈紅燼 | 相思 | 女思男 |
| 卷 892_4【定西番】之二芳草叢生縷結 | 邊塞 | 女思男 |
| 卷 892_5【思帝鄉】之一雲髻墜 | 相思 | 女思男 |
| 卷 892_5【思帝鄉】之二春日遊 | 求愛 | |
| 卷 892_6【上行杯】之一芳草灞陵春岸 | 離情 | |
| 卷 892_6【上行杯】之二白馬玉鞭金轡 | 離情 | |
| 卷 892_7【酒泉子】月落星沈 | 相思 | 女思男 |
| 卷 892_8【女冠子】之一四月十七 | 相思 | 女思男 |
| 卷 892_8【女冠子】之二昨夜夜半 | 相思 | 男思女 |
| 卷 892_9【浣溪沙】之一清曉妝成寒食天 | 傷春 | |

〔註 1〕見〔日〕青山宏：《唐宋詞研究》（北京：北京大學出版社，1995 年
1 月），頁 35～36。張以仁：〈《花間集》中的非情詞〉《文史哲學報》
四十八期（1998 年 6 月）。詹乃凡：《韋莊男女情詞研究》（國立台
灣大學中國文學研究所碩士論文，2002 年），頁 90～94。

| | | |
|---|---|---|
| 卷 892_9【浣溪沙】之二欲上鞦韆四體慵 | 傷春 | |
| 卷 892_9【浣溪沙】之三惆悵夢餘山月斜 | 相思 | 男思女 |
| 卷 892_9【浣溪沙】之四綠樹藏鶯鶯正啼 | 冶遊〔註2〕 | |
| 卷 892_9【浣溪沙】之五夜夜相思更漏殘 | 相思 | 女思男 |
| 卷 892_10【歸國遙】之一春欲暮 | 相思 | 女思男 |
| 卷 892_10【歸國遙】之二金翡翠 | 相思 | 女思男 |
| 卷 892_10【歸國遙】之三春欲晚 | 相思 | 女思男 |
| 卷 892_11【菩薩蠻】之一紅樓別夜堪惆悵 | 離情 | 男憶女 |
| 卷 892_11【菩薩蠻】之二人人盡說江南好 | 賞游 | |
| 卷 892_11【菩薩蠻】之三如今卻憶江南樂 | 懷舊 | |
| 卷 892_11【菩薩蠻】之四勸君今夜須沈醉 | 歡樂 | |
| 卷 892_11【菩薩蠻】之五洛陽城裏春光好 | 離情 | |
| 卷 892_12【更漏子】鐘鼓寒 | 相思 | 女思男 |
| 卷 892_13【謁金門（一名花自落、垂楊碧、出塞）】之一春雨足 | 相思 | 女思男 |
| 卷 892_13【謁金門（一名花自落、垂楊碧、出塞）】之二春漏促 | 悼亡 | |
| 卷 892_13【謁金門（一名花自落、垂楊碧、出塞）】之三空相憶 | 相思 | 女思男 |
| 卷 892_14【清平樂】之一春愁南陌 | 憂患 | |
| 卷 892_14【清平樂】之二野花芳草 | 相思 | 女思男 |
| 卷 892_14【清平樂】之三何處遊女 | 冶遊 | |
| 卷 892_14【清平樂】之四鶯啼殘月 | 離情 | |
| 卷 892_14【清平樂】之五瑣窗春暮 | 相思 | 女思男 |
| 卷 892_14【清平樂】之六綠楊春雨 | 相思 | 女思男 |
| 卷 892_15【喜遷鶯（即鶴沖天）】之一人洶洶 | 登科 | |
| 卷 892_15【喜遷鶯（即鶴沖天）】之二街鼓動 | 登科 | |

〔註2〕 張以仁以為是人物詞，詠醉客。他以為詞中因有「滿身蘭麝醉如泥」句，蕭繼宗乃以「狂與艷幷」説之。大概是到酒家狂飲歸來，有如太白的「醉入胡姬酒肆中」，但寫酒狂，不在艷色，因此不把他當作艷詞。且以為「蘭麝」不一定指婦女，似指麝香蘭燭。張以仁之説雖不無道理，然《花間派詞傳》云：「本篇寫遊子歡會醉後的神態，愁緒全在言外」「滿身蘭麝」解釋為「身上沾滿了女人的化妝品的氣味。」且詹乃凡以詞中出現的「白銅堤」指襄陽有名的行樂處，「弄珠江」暗示鄭交甫遇漢水游女的故事。鄭交甫對游女「目而挑之」，游女解佩以贈，從這個故事來看，已經有男女傳情的味道。故此詞應是描寫男子出外尋找歌伎宴飲行樂之後醉醺醺的結果。見張以仁：〈《花間集》中的非情詞〉《文史哲學報》四十八期（1998 年 6月），頁 19。顧農、徐俠：《花間派詞傳》（長春：吉林人民，1999年），頁 131。詹乃凡：《韋莊男女情詞研究》（國立台灣大學中國文學研究所碩士論文，2002），頁 90～94。

| | | |
|---|---|---|
| 卷 892_16【應天長】之一綠槐陰裏黃鶯語 | 相思 | 女思男 |
| 卷 892_16【應天長】之二別來半歲音書絕 | 相思 | 女思男 |
| 卷 892_17【荷葉杯】之一絕代佳人難得 | 悼亡 | 男思女 |
| 卷 892_17【荷葉杯】之二記得那年花下 | 相思 | 男思女 |
| 卷 892_18【河傳】之一何處 | 弔古 | 男子懷舊 |
| 卷 892_18【河傳】之二春晚 | 冶游〔註3〕 | |
| 卷 892_18【河傳】之三錦浦 | 冶遊 | |
| 卷 892_19【怨王孫（與河傳、月照梨花二詞同調）】錦里 | 冶遊 | 男子對女性的欣賞與遐想 |
| 卷 892_20【木蘭花】獨上小樓春欲暮 | 邊塞 | 女思男 |
| 卷 892_21【小重山】一閉昭陽春又春 | 宮怨 | |
| 卷 892_22【望遠行】欲別無言倚畫屏 | 離情 | |
| 卷 892_22【玉樓春】日照玉樓花似錦 | 冶遊 | |

冶遊：原意是指男女出外游樂，《樂府詩集・子夜四時歌》：「冶遊步春露，艷覓同心郎」。也指狎妓，宋方千里〈迎春樂〉：「紅深綠暗春無跡，芳心蕩，冶遊客」。然此處主要是指後者，較多是描寫男子主動出去尋找歌伎的遊樂過程。包括嫖娼宿伎、遊樂歡宴、聽歌觀舞等與歌伎有關的娛樂和交往活動。

相思：指男女別後身在異地異時的懷念相思之作，通常是與離別當時有一段時間。相思有男子思念女方，也有女方的閨怨相思，更有可解釋為男性懷念君主或女性懷念王孫的不明顯地帶。

離情：指當時離別難分難捨的情況，與相思雖有重疊之處，但離別當時的新裂傷口，與之後的撫思疤痕，還是有其不同。且離別只單寫女方送男方的情形，但相思則有男思女或女思男的由兩個角度寫作的不同。

弔古：具詠史的情懷，對前代史實隱含幽諷。

相愛：指描寫男女歡合時的嬌媚姿態與撩人艷情的過程。

傷春：通常是女子在春暮時分，傷心年華如花謝老去。

〔註3〕 張以仁以為此詞為賞游詞。「『錦城花滿，狂殺游人』寫春游盛況。『翠城爭勸臨邛酒，纖纖手』寫當罏酒女的殷勤，是本地風光；『鐘鼓正是黃昏，暗銷魂』，是惜春的情緒，皆未涉及男女情事。」然翠城也可能是酒樓歌伎之女多人爭著勸酒，如是則非純粹游賞詞。

憂患：寫愛君憂國。

賞游：寫觀賞景色之樂。

感慨：寫宴飲後的歡醉行態，感慨人生苦短。

求愛：寫大膽追求之情感。

悼亡：悼念人物。

邊塞：女子所思男子在邊塞。

宮怨：女子所思對象爲君王。

登科：寫登科地時的熱鬧場面。

懷舊：回想以前的生活

歡樂：當時歡樂場景，未涉及男女艷情。

| 內容 | 冶遊 | 相思 | 離情 | 傷春 | 相愛 | 弔古 | 憂患 | 賞游 | 感慨 | 求愛 | 悼亡 | 邊塞 | 宮怨 | 登科 | 懷舊 | 歡樂 |
|---|---|---|---|---|---|---|---|---|---|---|---|---|---|---|---|---|
| 首數 | 7 | 22 | 8 | 3 | 1 | 1 | 1 | 1 | 1 | 1 | 2 | 2 | 1 | 2 | 1 | 1 |

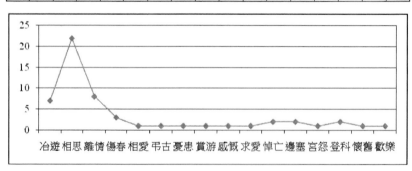

# 重要參考書目

## 一、韋莊著作及研究論著

1. 浣花集，韋莊，四部叢刊集部，上海：商務印書館，1932 年，上海涵芬樓影印明朱氏刻本。

2. 浣花集，韋莊，景印文淵閣四庫全書，冊 1084，臺北：臺灣商務印書館，1983 年。。

3. 浣花集，韋莊，四庫全書，冊 1084，上海：上海古籍出版社，1987 年，據臺灣商務印書館「景印文淵閣四庫全書」重印。

4. 浣花集，韋莊，四部叢刊初編縮本，冊 43，台北：台灣商務印書館，1975 年，據上海商務印書館縮印宋刊本影印。

5. 浣花集，韋莊，清康熙四十一年洞庭席氏刊唐詩百名唐家全集之一，國立故宮博物院藏。

6. 韋莊集校注，李誼校注，四川：四川省社會科學院出版社，1986 年。

7. 韋莊集，向迪琮，北京：人民文學出版社，1998 年。

8. 韋端己詩校注，江聰平，台北：台灣中華書局，1969 年 9 月。

9. 韋莊詞注，胡鳴盛，1923 年石印本，傅斯年圖書館藏。

10. 韋莊詞校注，劉金城校注，北京：中國社會科學出版社，1985 年。

11. 溫韋馮詞新校，曾昭岷，上海，上海古籍出版社，1988 年 12 月。

12. 花間集，湯顯祖評本，明萬曆四十八年刊本，國家圖書館善本室。

13. 宋紹興本花間集附校注，李冰若評注，台北：鼎文書局，1974 年。

14. 花間集評注，李冰若，北京：人民文學出版，1993 年。

15. 花間集註，華鍾彥，鄭州：中州書畫社，1983 年 3 月。

16. 花間詞派選集，王新霞，北京：北京師範學院出版社，1993 年 9 月。

17. 花間集，蕭繼宗評點，台北：台灣學生書局，1996 年 8 月。

18. 花間集新注，沈祥源、傅生文，南昌：江西人民出版社，1997 年 2 月。

19. 花間集，李一氓校，北京：人民文學出版社，1998 年 3 月。

20. 花間派詞傳，顧農、徐俠，吉林：吉林人民出版社，1999 年。

（研究論著按生平、通論、詩、詞順序）

21. 韋端己年譜，夏承燾，唐宋詞人年譜，台北：明倫出版社，1970 年 12 月。

22. 韋莊年譜附詩詞全集，曲瀅生編，北平：我輩語叢刊社，1932 年排印本。

23. 韋莊生平考訂，劉星夜，光明日報，1957 年 5 月 26 日。

24. 韋莊生平小考，黃震雲，唐代文學研究，第 4 輯，廣西：廣西師範大學出版，1993 年 11 月。

25. 韋莊生平新考，齊濤，文學遺產，1996 年第 3 期。

26. 韋莊簡論，王水照，唐宋文學論集，濟南：齊魯書社，1984 年 7 月。

27. 韋莊評傳，何壽慈，中國文學季刊，創刊號，1929 年 8 月。

28. 花間詞人事輯，陳尚君，附錄花間詞人年表，收錄於，唐代文學叢考，北京：中國社會科學出版社，1997 年 10 月。

29. 韋莊研究，黃彩勤，台中：私立東海大學中文所碩士論文，1988 年。

30. 韋莊男女情詞研究，詹乃凡，臺北：國立台灣大學中國文學研究所碩士論文，2002 年。

31. 溫庭筠詩詞中感覺之表現，李恩禧，臺北：國立政治大學中文研究所碩士論文，1992 年。

32. 花間集女性敘寫研究，王怡芬，臺北：國立政治大學中文研究所碩士論文，1999 年。

33. 韋端己及其詩詞研究，江聰平，高雄：國立高雄師範大學國文學系博士論文，1997 年。

34. 韋莊詩繫年，齊濤，山東大學學報，1996 年第 2 期。

35. 論韋莊與韋莊詩，齊濤，文史哲，1996 年第 5 期。

36. 論韋莊詩中的「夕陽情緒」，任海天，北方論叢，1996 年 2 期。

37. 秦婦吟研究彙錄，顏廷亮、趙以武輯，上海：上海古籍出版社，1990 年 7 月。

38. 無情的歷史有情的詩人——韋莊《台城》詩賞析，景凱旋，古典文學知識，1997 年 1 期。

39. 韋莊詩的感傷色彩及其成因，曹治邦，甘肅高師學報，5 卷 1 期，2000年。

40. 溫韋詞研究，姜尚賢，台南，自印本，1971 年 7 月初版。

41. 溫庭筠韋莊與詞的創始，鄭騫，收錄在羅聯添編，中國文學史論文選集，臺北：台灣學生書局，1979 年 3 月。

42. 讀韋莊詞札記，施蟄存，詞學第一輯，上海：華東師範大學出版社，1981 年 11 月。

43. 韋莊的詞，沈謙，中國語文，83 卷 3 期，1988 年 9 月。

44. 唐宋名家詞賞析（1）溫庭筠、韋莊、馮延巳、李煜，葉嘉瑩，臺北：大安出版社，1992 年 4 月，韋莊，葉嘉瑩，收入唐宋詞十七講（上），臺北：桂冠圖書公司，2000 年。

45. 論韋莊詞對溫庭筠詞的沿襲和創新，曹章慶，廣東教育學院學報，1993 年 5 期。

46. 韋莊詞新探，陳慧寧，香港，香港新亞研究所文學組碩士畢業論文，1997 年 7 月。

47. 從溫庭筠、韋莊、李珣三人詞作試探花間詞三派風格——以主題意象、感覺方式為主，洪華穗，國立編譯館館刊，26 卷 2 期，1997 年 12 月，。

48. 興於微言與知人論世：看溫庭筠、韋莊詞，葉嘉瑩，收入迦陵說詞講稿（上），臺北：桂冠圖書公司，2000 年。

49. 溫庭筠、韋莊詞的「語言特徵」與「敘述手法」之比較析論，吳明德，中國學術年刊，22 期，2001 年 5 月。

50. 從女性型態情意的書寫論溫韋詞風之形成，李文鈺，中國文學研究，15 期，2001 年 6 月。

51. 花間集的女性形象研究，賴珮如，台中：東海大學中文研究所碩士論文，1997 年 5 月。

## 二、叢刻、選集、別集

1. 全唐詩，中華書局主編，北京：新華書店，1992 年。

2. 樂府詩集，〔宋〕郭茂倩，臺北：里仁書局，1984 年 9 月。

3. 唐詩鼓吹箋註，〔元〕郝天挺註〔元〕廖文炳解，臺北：新文豐出版公司，1979 年 10 月。

4. 全唐五代詞，張璋、黃畬，臺北：文史哲出版社，1986 年 10 月。

5. 全唐五代詞釋注，孔範今，西安：陝西人民出版社，1998 年 10 月。

6. 全唐五代詞，曾昭岷等編，北京：中華書局，1999 年 12 月。

7. 敦煌曲校錄，任二北編校，上海：文藝聯合出版社，1955 年 5 月。

8. 唐詩一千首（金聖嘆批選唐詩六百首），金聖嘆選批、天南逸叟校定，臺北：五洲出版社，1968 年。

9. 唐人選唐詩新編，傅璇琮，西安：陝西人民教育出版社，1996 年 7 月。

10. 唐五代兩宋詞簡析，劉永濟，臺北：龍田出版社，1982 年 1 月。

11. 唐宋詞簡釋，唐圭璋，臺北：木鐸出版社，1982 年 3 月。

12. 唐宋詞簡編，唐圭璋，上海：上海古籍出版社，1986 年 11 月。

13. 唐宋元明百家詞，〔明〕吳訥，臺北：廣文書局，1971 年 5 月。

14. 草堂詩餘，〔宋〕佚名編，臺北：臺灣商務印書館，影印文淵閣四庫全書本，1986 年 3 月。

15. 花草粹編，〔明〕陳耀文編，影印文淵閣四庫全書本，臺北：臺灣商務印書館，1986 年 3 月。

16. 詞綜，〔清〕朱彝尊，四部備要本，臺北：台灣中華書局，1965 年。

17. 詞選、續詞選，鄭騫，臺北：中國文化大學出版部，1991 年 11 月。

18. 陸士衡集，〔晉〕陸機，叢書集成初編本，北京：中華書局，1985 年。

19. 陽春集，〔南唐〕馮延巳，臺北：世界書局，1982 年 4 月。

20. 歐陽修全集，〔宋〕歐陽修，臺北：世界書局，1991 年 10 月。

21. 姑溪居士集，〔宋〕李之儀，景印文淵閣四庫全書本，臺北：台灣商務印書館，1970 年。

22. 南雷集·南雷詩歷，〔明〕黃宗羲，叢書集成新編，臺北：新文豐出版社，1985 年。

## 三、詩文評、美學與修辭

1. 百種詩話類編，臺靜農，台北：藝文印書館，1974 年 5 月。

2. 中國歷代文論選，郭紹虞，香港：中華書局，1979 年。

3. 文心雕龍注，范文瀾，臺北：開明書店，1993 年 5 月。

4. 唐詩記事，〔宋〕計有功，臺北：木鐸出版社，1982 年。

5. 全唐詩話，〔宋〕尤袤的，叢書集成初編冊 2556，北京市：中華書局，1985 年，新一版。

6. 唐音癸籤，〔明〕胡震亨，臺北：木鐸出版社，1982 年 7 月。

7. 五代詩話，〔清〕王士禎，叢書集成初編冊 2590，北京市：中華書局，1985 年。

8. 竹莊詩話，〔宋〕何溪汶，景印文淵閣四庫全書，臺北：台灣商務印書館，1986 年。

9. 後山詩話，〔宋〕陳師道，歷代詩話本，臺北：木鐸出版社，1982 年 2 月。

10. 滄浪詩話，〔宋〕嚴羽，叢書集成初編冊 2571，北京：中華書局，1985 年。

11. 升庵詩話箋證，〔明〕楊慎著、王仲鏞箋證，上海：上海古籍出版社，1987 年 12 月。

12. 詩藪，〔明〕胡應麟，臺北：文馨出版社，1973 年 5 月。

13. 載酒園詩話，〔清〕賀裳，清詩話續編，臺北：木鐸出版社，1983 年。

14. 一瓢詩話，〔清〕薛雪，叢書集成續編，臺北：新文豐出版公司，1989 年。

15. 甌原詩說，〔清〕冒春榮，清詩話續編，上海：上海古籍出版社，1983 年。

16. 中國文學史，葉慶炳，臺北：台灣學生，1997 年 6 月初版。

17. 中國文學發展史，劉大杰，臺北：華正書局，1994 年 7 月初版。

18. 中國文學流變史，李曰剛撰，臺北：聯貫出版社，1976 年 10 月。

19. 中國文學史論文選集，羅聯添編，臺北：台灣學生書局，1979 年 3 月。

20. 中國詩歌寫作史，黃紹清，廣西：廣西教育出版社，1994 年 8 月。

21. 中國詩史，陸侃如、馮沅君撰，北京：作家出版社，1956 年 9 月。

22. 叢生的文體——唐宋文學五大文體的繁榮，劉明華，南京：江蘇教育出版社，2000 年 10 月。

23. 唐詩史，許總，南京：江蘇教育出版社，1994 年 6 月。

24. 唐詩史，楊世明，重慶：重慶出版社，1996 年 10 月。

25. 唐代文學史，吳庚舜、董乃斌主編，北京：人民文學出版社，1995 年 12 月。

26. 隋唐五代文學史，羅宗強，上海：上海古籍出版社，1986 年 8 月。

27. 隋唐五代詩歌史論，張松如，吉林：吉林教育出版社，1995 年 12 月。

28. 隋唐五代文學思想史，羅宗強，北京：中華書局，1999 年。

29. 詩境淺說，俞雲陛，臺北：台灣開明書局，1962 年 11 月台三版。

30. 唐詩美學探索，張福慶，北京：華文出版社，2000 年 1 月。

31. 唐詩演進論，羅時進，南京：江蘇古籍出版社，2001 年 9 月。

32. 唐詩風格論，王明居，合肥：安徽大學出版社，2001 年 7 月。

33. 唐代文學的文化精神，鄧小軍，臺北：文津出版社，1993 年。

34. 唐代文學叢考，陳尚君：收錄於，北京：中國社會科學出版社，1997 年 10 月。

35. 唐代文學研究（第七輯），中國唐代文學學會、西北大學中文系、廣西師範大學出版社主編，廣西：廣西師範大學出版社，1988 年。

36. 第四屆唐代文化學術研討會論文集，國立成功大學中國文學系主編，台南：國立成功大學，1999 年 1 月。

37. 唐代文化學術研討會論文集，吳雪美,徐瑋琳編輯，臺北：國立東吳大學中文系，2000 年。

38. 第五屆唐代文化學術研討會論文集，中國唐代學會，國立中正大學中國文學系，國立中正大學歷史系主編，高雄：麗文文化，2001 年 1 月。

39. 唐代文化學術研討會論文集，吳雪美、徐瑋琳編主編，臺北：東吳中文系，2000 年 7 月。

40. 今存十種唐人選唐詩考，呂光華，臺北：國立政治大學中國文學研究所碩士論文，1984 年。

41. 唐代歌詩與詩歌——論歌詩傳唱在唐詩創作中的地位和作用，吳相洲，北京：北京大學出版社，2000 年 5 月。

42. 杜甫評傳，莫礪鋒，南京：南京大學出版社，1993 年 10 月。

43. 李商隱詩研究論文集，國立中山大學中文學會主編，臺北：天工書局，1984 年 9 月。

44. 溫庭筠及其詩歌研究，李淑芬，國立台灣大學中國文學研究所碩士論文，2000 年 6 月。

45. 五代作家的人格與詩格，張興武，北京：人民文學出版社，2000 年 3 月初版。

46. 詩歌與戲曲，曾永義，臺北：聯經出版事業公司，1988 年。

47. 陳寅恪先生論文集，陳寅恪，臺北：九思出版社，1977 年 6 月。

48. 王國維先生全集續編，王國維，臺北：台灣大通書局，1976 年。

49. 中國詩學（設計篇、思想篇），黃永武，巨流圖書公司，1979 年 4 月。

50. 詩文聲律論稿，啓功，臺北：明文書局出版社，1982 年 10 月。

51. 漢語詩律學，王力，上海：上海教育出版社，1988 年 1 月第 8 次印刷（1958 年 1 月新知識第一版）。

52. 古典詩韻易檢，許清雲，臺北：文津出版社，1993 年。

53. 近體詩創作理論，許清雲，臺北：洪葉文化，1997 年。

54. 古典詩的形式結構，張夢機，板橋，駱駝出版社，1997 年 7 月。

55. 中國詩律學，葉桂桐，臺北：文津出版社有限公司，1998 年。

56. 談藝錄，錢鍾書，北京：中華書局，1984 年。

57. 中國詩歌研究，羅宗濤，臺北：中央文物供應社，1985 年 6 月初版。

58. 中國詩歌美學，蕭馳，北京大學出版社 1986 年 10 月。

59. 中國詩歌藝術研究，袁行霈，臺北：五南圖書出版社，1989 年 5 月台灣初版。

60. 中國詩歌藝術研究（增訂本），袁行霈，北京：北京大學出版社，1997 年 5 月第一次印刷。

61. 美學的散步，宗白華，臺北：洪範書店，1982 年第二版。

62. 藝術問題，蘇珊・朗格，北京：中國社會科學出版社，1983 年。

63. 境界的再生，柯慶明，臺北：幼獅文化，1984 年。

64. 詩與美，黃永武，臺北：洪範書店，1985 年 5 月，三版。

65. 中國山水詩研究，王國瓔，臺北：聯經出版社，1986 年。

66. 審美經驗現象學，〔法〕杜夫海納，收錄於世界藝術與美學第七輯，北京：文化藝術出版社，1986 年。

67. 字句鍛鍊法，黃永武，臺北：洪範書局，1986 年 11 月五版。

68. 小說結構美學，金健人，臺北：木鐸出版社，1988 年 6 月。

69. 文藝心理學，朱光潛，臺北：金楓出版有限公司，1987 年 8 月。

70. 文學和語文裏的修辭，楊子嬰、孫芳銘、王宜早（Jong Sze Ying 1987；Sun Fang Ming 1987；Wang Yizao 1987），香港：麥克米倫出版，1987 年。

71. 意像的流變，蔡英俊主編，臺北：聯經出版公司，1989 年第六次印行。

72. 影響的焦慮：詩歌理論，哈羅德・布魯姆（Harold Bloom）著；徐文博譯，臺北：新文藝出版社，1990 年。

73. 中國小說敘事模式的轉變，陳平原，臺北：九大文化股份有限公司，1990 年 5 月。

74. 文學創作心理學，許一青，上海：學林出版社，1990 年 12 月。

75. 詩美學，李元洛，臺北：東大圖書，1990 年 2 月。

76. 一首詩的誕生，白靈，臺北：九歌出版社，1991 年。

77. 語言與文學空間，簡政珍，臺北：漢光文化事業，1991 年 6 月第二版。

78. 詩的瞬間狂喜，簡政珍，臺北：時報文化出版企業有限公司，1991 年 9 月。

79. 風騷與艷情──中國古典詩詞的女性研究，康正果，臺北：雲龍出版社，1991 年。

80. 文學的迷思，張漢良，臺北：正中書局，1992 年 11 月。

81. 萬川之月──中國山水詩的心靈境界，胡曉明，臺北：錦繡出版事業有限公司，1992 年。

82. 文體演變及其文化意味，陶東風，昆明，雲南人民出版社，1994 年 5 月。

83. 文體與文體的創造，童慶炳，昆明，雲南人民出版社，1994 年 5 月。

84. 中國古代詩學本體論闡釋，毛正夫，臺北：五南圖書出版社，1997 年 4 月。

85. 中國古代文學十大主題──原型與流變，王立，臺北：文史哲出版社，1994 年 7 月。

86. 晚唐鐘聲──中國文化的精神原形，傅道彬，北京：東方出版社，1996 年 6 月。

87. 寫作美學，張紅雨，高雄：麗文文化事業公司，1996 年 10 月。

88. 文學語言概論，李潤新，北京：語言學院出版社，1994 年 10 月。

89. 語言表現風格論──語言美的探索，鄭榮馨，合肥，安徽大學出版社，1999 年。

90. 語言風格與文學韻律，竺家寧，臺北：五南圖書出版公司，2001 年 3 月。

91. 明末清初小說中男女扮裝之性別與文化意義，蔡祝青，國立南華大學文學研究所碩士論文，2001 年。

92. 中國名妓藝術史，嚴明，臺北：文津出版社，1992 年 8 月。

93. 全唐詩流派品匯，孫映逵主編，太原，北岳文藝出版社，1998 年 9 月。

94. 唐詩鑑賞辭典，蕭滌非等撰寫，上海：上海辭書出版社，2001 年 1 月第 23 次印刷。

95. 唐五代詞鑒賞辭典，潘慎主編，北京：北京燕山出版社，1991 年 5

月。

96. 唐宋詞鑒賞辭典（唐・五代・北宋卷），唐圭璋等撰，上海：上海辭書出版社，1988 年 4 月。

97. 修辭通鑑，成偉鈞、唐仲揚、向宏業，中和，建宏出版社，1996 年。

# 四、詞　話

1. 詞話叢編，唐圭璋編，臺北：新文豐出版公司，1988 年。

2. 古今詞話，〔宋〕楊湜撰，詞話叢編本，臺北：新文豐出版社，1988 年。

3. 碧雞漫志，〔宋〕王灼，詞話叢編本，臺北：新文豐出版公司，1988 年。

4. 苕溪漁隱叢話，〔宋〕胡仔集，北京：人民文學出版社，1984 年。

5. 詞源，〔宋〕張炎，詞話叢編本，臺北：新文豐出版公司，1988 年。

6. 樂府指迷，〔宋〕沈義父，詞話叢編本，臺北：新文豐出版公司，1988 年。

7. 藝苑卮言，〔明〕王世貞，詞話叢編本，臺北：新文豐出版公司，1988 年。

8. 詞品，〔明〕楊慎，詞話叢編本，臺北：新文豐出版公司，1988 年。

9. 古今詞論，〔清〕王又華，詞話叢編本，臺北：新文豐出版公司，1988 年。

10. 七頌誦詞繹，〔清〕劉體仁，詞話叢編本。

11. 遠志齋詞衷，〔清〕鄒祇謨，詞話叢編本，臺北：新文豐出版公司，1988 年。

12. 花草蒙拾，〔清〕王士禎，詞話叢編本，臺北：新文豐出版公司，1988 年。

13. 雨村詞話，〔清〕李調元，詞話叢編本，臺北：新文豐出版公司，1988 年。

14. 皺水軒詞荃，〔清〕賀裳，詞話叢編本，臺北：新文豐出版公司，1988 年。

15. 西圃詞說，〔清〕田同之，詞話叢編本，臺北：新文豐出版公司，1988 年。

16. 銅鼓書堂詞話，〔清〕查禮，詞話叢編本，臺北：新文豐出版公司，1988 年。

17. 介存齋論詞雜著，〔清〕周濟，詞話叢編本，臺北：新文豐出版公司，

1988 年。

18. 詞苑萃編，〔清〕馮金伯輯，詞話叢編本，臺北：新文豐出版公司，1988 年。

19. 蓮子居詞話，〔清〕吳衡照，詞話叢編本，臺北：新文豐出版公司，1988 年。

20. 樂府餘論，〔清〕宋翔鳳，詞話叢編本，臺北：新文豐出版公司，1988 年。

21. 白雨齋詞話，〔清〕陳廷焯，詞話叢編本，臺北：新文豐出版公司，1988 年。

22. 復堂詞話，〔清〕譚獻，詞話叢編本，臺北：新文豐出版公司，1988 年。

23. 詞徵，〔清〕張德瀛，詞話叢編本，臺北：新文豐出版公司，1988 年。

24. 詞統源流，〔清〕彭孫遹，百部叢書集成冊 2677，臺北：藝文印書館，1967 年。

25. 香研居詞麈，〔清〕方成培，叢書集成初編冊 1674，北京市：中華書局，1985 年。

26. 詞林紀事，〔清〕張宗橚，臺北：木鐸出版社，1982 年 4 月。

27. 詞苑叢談，〔清〕徐釚，臺北：仁愛書局，1985 年 3 月。

28. 詞則，〔清〕陳廷焯編，上海：上海古籍出版社，1984 年 5 月。

29. 人間詞話，〔清〕王國維，詞話叢編本，臺北：新文豐出版公司，1988 年。

30. 人間詞話新注，〔清〕王國維原著、滕咸惠校注，臺北：里仁書局，1983 年 11 月初版。

31. 人間詞話譯注，〔清〕王國維原著、施議對譯注，臺北：貫雅文化事業公司，1991 年。

32. 蕙風詞話，〔清〕況周頤，詞話叢編本，臺北：新文豐出版公司，1988 年。

## 五、詞論、詞律

1. 詩詞賦散論，胡國瑞，上海：上海古籍出版社，1992 年 8 月。

2. 唐聲詩，任半塘（又名任中敏），上海市：上海古籍出版，1982 年。

3. 詩詞散論，繆鉞，臺北：台灣開明書店，1982 年 10 月。

4. 詞體起源與唐聲詩研究，陳枚秀，逢甲大學中國文學研究所碩士論文，2000 年 6 月。

5. 李商隱詩與《花間集》詞關係之研究——以「女性敘述者」爲主的考察，李宜學，國立中山大學中文系碩士論文，1999 年。

6. 五代詩詞比較研究，李寶玲，臺北：國立政治大學中國文學研究所碩士論文，1990 年 6 月。

7. 唐宋詞流變，木齋，北京：京華出版社，1997 年 11 月。

8. 唐宋詞史論，王兆鵬，北京：人民文學出版社，2000 年 1 月。

9. 唐宋詞流派史，劉揚忠，福州，福建人民出版社，1999 年 3 月。

10. 婉約詞派的流變，艾治平，瀋陽，遼寧大學出版社，2000 年 5 月第二次印刷。

11. 唐五代詞史論稿，劉尊明，北京：文化藝術出版社，2000 年 10 月初版。

12. 唐五代詞紀事會評，史雙元，安徽，黃山書社，1995 年 12 月。

13. 詞曲史，王易，北京：東方出版社，1996 年 3 月初版。

14. 晚唐迄北宋詞體演進與詞人風格，孫康宜著；李奭學譯，臺北：聯經出版事業公司，1994 年。

15. 北宋十大詞家研究，黃文吉，臺北：文史哲出版社，1995 年。

16. 南宋詞研究，王偉勇，臺北：文史哲出版社，1987 年 9 月。

17. 宋南渡詞人群體研究，王兆鵬，臺北：文津出版社，1992 年。

18. 稼軒詞編年箋注，鄧廣銘，臺北：華正書局，1982 年初版。

19. 唐五代兩宋詞簡析，劉永濟選釋，臺北：龍田出版社，1982 年 1 月。

20. 唐宋詞簡釋，唐圭璋選釋，臺北：木鐸出版社，1982 年 3 月。

21. 唐宋詞欣賞，夏承燾撰，臺北：文津書局，1983 年 10 月。

22. 讀詞偶得，俞平伯，上海：上海書店，1984 年 12 月。

23. 唐五代兩宋詞選釋，俞陛雲選釋，臺北：文史哲出版社，1988 年 7 月。

24. 詞的特點，歷代詞論新編，龔兆吉，北京：北京師範大學出版社，1984 年 11 月。

25. 唐宋詞論叢，夏承燾，香港，中華書局，1985 年。

26. 詞學論稿，華東師範大學中文系中國古典文學研究室編，上海：華東師範大學出版社，1986 年 9 月，。

27. 唐宋詩詞探勝，吳熊和等編撰，杭州，浙江古籍出版社，1997 年 1 月。

28. 唐宋名家詞選，龍沐勛選，臺北：台灣開明書局，1976 年 8 月。

29. 靈谿詞説，葉嘉瑩，上海：上海古籍出版社，1987 年。

30. 迦陵論詞叢稿，葉嘉瑩，臺北：明文書局，1987 年 12 月 1 日三版。

31. 唐宋名家詞賞析，葉嘉瑩撰，臺北：大安出版社，1988 年 12 月。

32. 詞學論叢，唐圭璋，臺北：宏業書局，1988 年 9 月。

33. 唐宋詞通論，吳熊和，杭州，浙江古籍出版社，1989 年 3 月。

34. 詞學古今談，葉嘉瑩，臺北：萬卷樓圖書公司，1992 年 10 月。

35. 詞學考詮，林玫儀，臺北：聯經出版事業公司，1993 年 5 月。

36. 靈谿詞説，繆鉞、葉嘉瑩，臺北：正中書局，1993 年 8 月。

37. 唐宋詞美學，鄧喬彬，濟南：齊魯書社，1993 年 12 月。

38. 唐宋詞研究，〔日〕青山宏、程郁綴譯，北京：北京大學出版社，1995 年 1 月。

39. 唐宋詞主題探索，楊海明，高雄：麗文文化事業公司，1995 年。

40. 花間詞論集，張以仁，臺北：中央研究院中國文哲研究所，1996 年。

41. 花間集的主題與感覺，洪華穗，臺北：文津出版社，1999 年。

42. 唐宋詞審美觀照，吳惠娟，上海：學林出版社，1999 年。

43. 袖珍詞學，張麗珠，臺北：里仁書局，2001 年 5 月。

44. 宋詞的登望意識與境界，王隆升，臺北：文津出版社，1998 年 9 月。

45. 詞曲，蔣伯潛，臺北：世界書局，1975 年。

46. 詩詞曲藝術論，趙山林，杭州，浙江教育出版社，1988 年 6 月。

47. 詩、詞、曲的研究，中華文化復興運動推行委員會、文藝研究促進委員會主編，臺北：中華文化復興運動推行委員會，1991 年。

48. 從詩到曲，鄭騫撰，臺北：中國文化雜誌社，1971 年 3 月。

49. 詞苑叢談，徐釚撰，臺北：廣文書局，1968 年 7 月。

50. 詞律探原，張夢機，臺北：文史哲出版社，1981 年 11 月。

51. 詞學新銓，弓英德，臺北：商務印書館，1982 年 9 月。

52. 詞學，張正體著、何志浩校，臺北：台灣商務印書館，1988 年 1 月。

53. 詞學理論綜考，梁榮基，北京：北京大學出版社，1991 年 8 月。

54. 詞筌，余毅恆，正中書局，1991 年 10 月。

55. 詞範，徐柚子，上海：華東師範大學出版社，1993 年 4 月第一次印刷。

56. 詞譜格律原論，徐信義，臺北：文史哲出版社，1995 年 1 月。

57. 倚聲學，龍沐勛，臺北：里仁書局，1996 年。

58. 中原音韻,周德清,臺北:學海出版社,1996 年 3 月。

59. 倚聲學,龍沐勛,臺北:里仁書局,2000 年 9 月出版二刷)。

60. 宋人擇調之翹楚──浣溪沙詞調研究,林鍾勇,臺北:萬卷樓圖書股份有限公司,2002 年。

61. 詞學研究書目,黃文吉主編,臺北:文津出版社,1993 年初版。

62. 詞學論著總論目,林枚儀主編,台北中央研究院中國文哲研究所籌備處,1995 年。

63. 唐宋詞鑑賞辭典,唐圭璋主編,南京:江蘇古籍出版社,1986 年 12 月。

# 六、史部、子部及其他

1. 資治通鑑,〔宋〕司馬光撰、〔元〕胡三省音注,景印文淵閣四庫全書本,臺北:臺灣商務,1984 年。

2. 資治通鑑,〔宋〕司馬光撰、〔元〕胡三省音注,四部叢刊初編縮本冊十一,臺北:臺灣商務印書館,1975 年台三版。

3. 新校本漢書,〔漢〕班固撰,臺北:鼎文書局,1979 年。

4. 晉書,〔唐〕唐太宗御撰,臺北:鼎文書局,1979 年。

5. 舊唐書,〔宋〕薛居正等撰,新校本二十五史・舊唐書,臺北市,鼎文書局,1980 年。

6. 新唐書,〔宋〕歐陽修撰,景印文淵閣四庫全書本,臺北:臺灣商務印書館,1984 年。

7. 新唐書,〔宋〕歐陽修撰,新校本二十五史・新唐書,臺北市,鼎文書局,1979 年。

8. 唐會要,〔宋〕王溥,北京:中華書局,1998 年 11 月第四次印刷。

9. 唐摭言,〔五代〕王定保,叢書集成初編冊 2740,北京:中華書局,1985 年。

10. 太平廣記,〔宋〕李昉,臺北市,西南出版社,1983 年。

11. 開元天寶遺事,〔後周〕王仁裕,景印文淵閣四庫全書本,臺北:台灣商務印書館,1984 年 6 月。

12. 蜀檮杌,〔宋〕張唐英撰,景印文淵閣四庫全書本,臺北:臺灣商務印書館,1984 年。

13. 十國春秋,〔清〕吳任臣撰、徐敏霞、周瑩點校,北京:中華書局,1983 年 12 月。

14. 讀畫齋叢書,〔清〕顧修,臺北:藝文印書館,1967 年初版。

15. 新譯吳越春秋，〔後漢〕趙曄撰、黃仁生注釋，臺北：三民書局，1996年 2 月。

16. 新校本南史，〔唐〕李延壽撰，臺北：鼎文書局，1979 年。

17. 新五代史，〔宋〕歐陽修撰，景印文淵閣四庫全書本，臺北市，臺灣商務印書館，1984 年。

18. 舊五代史，〔宋〕薛居正，景印文淵閣四庫全書本，臺北市，臺灣商務印書館，1984 年。

19. 宋史，〔元〕脫脫等，臺北：藝文印書館，1973 年。

20. 北夢鎖言（外十二種），〔宋〕孫光憲，上海：上海古籍出版社，1991年 12 月。

21. 崇文總目，〔宋〕王堯臣、王洙、歐陽修等奉敕撰，景印文淵閣四庫全書本，臺北：臺灣商務印書館，1984 年。

22. 通志，〔宋〕鄭樵，景印文淵閣四庫全書本，臺北：臺灣商務印書館，1984 年。

23. 郡齋讀書志，〔宋〕王堯臣，景印文淵閣四庫全書本，臺北：臺灣商務印書館，1984 年。

24. 直齋書錄解題，〔宋〕陳振孫，臺北：臺灣商務，1978 年。

25. 述古堂藏書目，〔宋〕錢曾，叢書集成初編本，北京：中華書局，1985年。

26. 文獻通考，〔元〕馬端臨，臺北：新興書局，1965 年。

27. 隋唐史，王壽南，臺北：三民書局，1986 年 12 月初版。

28. 唐代江西地區開發研究，黃玫茵，臺北：台灣大學文學院，1996 年。

29. 唐代藩鎮與中央關係之研究，王壽南，臺北：大化書局，1978 年 9 月。

30. 中國世界的全盛，姚大中，臺北：三民出版社，1983 年 1 月初版。

31. 唐代史事考釋，黃永年，臺北：聯經，1998 年。

32. 唐代藩鎮之亂，余衍福，台中：聯邦書局出版事業，1980 年 9 月。

33. 女人的世界史（THE WOMEN'S HISTORY OF THE WORLD），羅莎琳・邁爾斯（Rosalind Miles）著，刁筱華譯，台北麥田出版社，1988年 12 月。

34. 中國歷史地名大辭典，劉鈞仁，東京：凌雲書房，1980 年 10 月初版。

35. 中國歷史地名要覽，〔日〕青山定雄著，洪北江編，臺北：原樂天出版社，1975 年 2 月 1 日再版。

36. 四庫全書簡明目錄，永瑢等，臺北：河洛圖書出版社，1975 年 3 月。

37. 呂氏春秋，〔秦〕呂不韋撰，叢書集成初編・呂氏春秋，北京：中華書局，1991 年。

38. 淮南子，〔漢〕劉安撰〔漢〕高誘注，臺北：中華書局，1993 年 6 月。

39. 世說新語，〔宋〕劉義慶撰、〔梁〕劉孝標注，四部備要子部，臺北：中華書局，1992 年。

40. 唐才子傳校正，〔元〕辛文房撰、周本淳校正，臺北：文津出版社，1988 年 3 月。

41. 唐才子傳，辛文房，叢書集成初編冊 3380，北京：中華書局，1991 年，。

42. 唐才子傳校注，孫映逵，北京：中國社會科學出版社，1991 年 6 月。

43. 夢溪筆談，〔宋〕沈括，叢書集成初編冊 281，北京：中華書局，1985 年。

44. 碧雞漫志，〔宋〕王灼，叢書集成初編冊 2674，北京：中華書局，1985 年。

45. 容齋隨筆，〔宋〕洪邁，四部叢刊廣編，臺北：臺灣商務印書館，1981 年。

46. 能改齋漫錄，〔宋〕吳曾，景印文淵閣四庫全書本，台灣，商務印書館，1985 年。

47. 困學紀聞，〔宋〕王應麟，四部叢刊續編本，臺北：台灣商務印書館，1966 年。

48. 朱子語類，〔宋〕黎靖德編輯，東京：中文出版社，縮印本，1979 年 2 月。

49. 日知錄，〔明〕顧炎武撰，景印文淵閣四庫全書本，臺北：台灣商務印書館，1985 年。

50. 與西方史家論中國史學，杜維運，臺北：東大圖書有限公司，1981 年 8 月，。

51. 中國學術思想變遷之大勢，梁啓超，臺北：台灣中華書局，1989 年 6 月十版。

52. 當代學術研究思辨，周勛初，南京：南京大學出版社，1993 年 5 月。

53. 中國古代詩人的仕隱情結，木齋、張愛東、郭淑雲，北京：京華出版社，2000 年。

54. 判斷力批判，〔德〕康德，臺北：商務印書館，1964 年。

55. 人類理解論，〔英〕洛克；關文運譯，臺北：台灣商務印書館，1983 年。

56. 資本論，吳家駟譯，臺北：時報文化出版公司，1990 年。

57. 父權體制與資本主義——馬克思主義之女性主義，上野千鶴子著，劉靜貞、洪金珠譯，臺北：時報文化，1997 年。

58. 女性主義經典——十八世紀歐洲啓蒙，二十世紀本土反思，顧燕翎、鄭至慧主編，臺北：女書文化，1999 年。

59. 中國園林建築研究，丹青藝叢編委會編纂，臺北：丹青圖書有限公司，1985 年 10 月。

60. 中國傳統建築入門，閻長城、曉鵬，臺北：丹青圖書有限公司，1987 年 6 月。

61. 空間、力與社會，黃應貴主編，臺北：中央研究院民族研究所，1995 年 12 月。

62. 旅行與文藝國際會議論文集，劉昭明主編，臺北：書林出版社，2001 年。

## 七、單篇論文（按詩、詞、其他順序）

1. 詩與詞的關係及其形成發展，范義田，東方雜誌，第 30 卷 22 號，1933 年 11 月。

2. 杜詩早期流傳考，陳尚君，唐代文學叢考，北京：中國社會科學出版社，1997 年 10 月。

3. 唐代黃昏送別詩初探，侯迺慧，法商學報，33 期，1997 年 8 月。

4. 破體與宋詩特色之形成——「以文爲詩」、「以議論爲詩」、「以賦爲詩」爲例，張高評，成大中文學報，2 期，1994 年 2 月。

5. 溫庭筠詩詞比較研究，羅宋濤，古典文學，7 集，臺北：台灣學生書局，1985 年 8 月。

6. 詞 "別是一家"：古典詩詞美學特質異趨論——以溫庭筠的詞與綺艷詩爲中心，遲寶東，天津社會科學，1999 年五期。

7. 晚唐詩人溫庭筠爲何以詞名世？——從溫庭筠詩詞藝術的相同處談溫詞之開創性，施寬文，大陸雜誌，101 卷，3 期，2000 年 9 月。

8. 試論「以詩爲詞」的判斷標準，劉石，中國文化研究所學報，卷 4，1995 年。

9. 詞的詩化，宋詞蓬勃發展的一項重要因素，徐信義，中國古典文學研究會主編古典文學，第四集，臺北：台灣學生書局印行，1982 年。

10. 詞的起源，胡適，清華學報，1 卷 2 期，1924 年 12 月。

11. 讀詞小識，張以仁，台大中文學報，創刊號，1985 年 11 月。

12. 詞體出現與發展的詩史意義，羅漫，中國社會科學，1995 年 5 月。

13. 詞的本質特徵與詞的起源──詞學研究兩個基本理論問題的闡釋，劉尊明、王兆鵬，文學評論，1996 年 5 月，。

14. 論唐宋詞體演進與律賦之關係，曹辛華，宋詞文學研究叢刊，4 期，1998 年 12 月。

15. 肇發傳統：論花間詞的審美理想與功能曲向，喬力，遼寧大學學報，1996 年 4 期。

16. 《花間集》中的非情詞（上），張以仁，文史哲學報，48 期，1998 年 6 月。

17. 《花間集》中的非情詞（下），張以仁，文史哲學報，49 期，1998 年 12 月。

18. 《花間集》的沿襲，〔日〕澤崎久和，詞學 9 輯，上海：華東師範大學出版社，1992 年 7 月。

19. 唐聲詩歌詞考，黃坤堯，香港中文大學中文研究所學報，13 期，1982 年。

20. 以唐、五代小令為例試述詞律之形成，王偉勇，東吳文史學報，11 號，1993 年 3 月。

21. 論宋代詩詞異同之爭，李昌集，揚州師院學報：社科版，1989 年 2 月。

22. 宋詞中詩典運用之類型析論，曹淑娟，國立編譯館館刊，23 卷，2 期，1994 年 12 月。

23. 兩宋詞人取材唐詩之方法，王偉勇，東吳中文學報，1 期，1995 年 5 月。

24. 晏殊「珠玉詞」借鑒唐詩之探析──兩宋詞人大量借鑒唐詩之先驅，王偉勇，東吳中文學報，3 期，1997 年 5 月。

25. 「臨川先生歌曲」借鑒唐詩之探析──王安石為詞壇開啟集句入詞之風氣，王偉勇，東吳中文學報，四期，1998 年 5 月。

26. 賀鑄《東山詞》取材唐詩借鑒唐詩之方法，王偉勇，東吳中文學報，2 期，1995 年 5 月。

27. 「詩莊詞媚曲俗」的審美旨趣及文化意涵，潘麗珠，中國學術年刊，23 期，臺北：國立台灣師範大學國文研究所，2002 年。

28. 女性慾望與男性權威的建構──張資平戀愛小說的敘事模式及其文化闡釋，巫小黎，國文天地，15 卷 8 期，1990 年 1 月。

29. 男性情色幻想的美典──溫庭筠詞的女性再現，張淑香，中國文哲研究集刊，17 期，2000 年 9 月。

30. 詩詞曲用韻初探，蔡孟珍，國文學報，25 期，1996 年 6 月。

31. 現象學地理學——存在空間的一個詮釋，潘朝陽，中國地理學會會刊，19 期，1991 年 7 月。

32. 九份的空間美學，李謁政，當代，105 期，1995 年 1 月。

33. 空間‧地方觀與「大地具現」暨「經典訴說」的宗教性詮釋，潘朝陽，中國文哲研究通訊，10 卷 3 期，2000 年 9 月。

34. 文學世界中的空間創設，尤雅姿，中國文哲研究通訊，10 卷 3 期，2000 年 9 月。

35. 雨：一個古典意象的原型分析，傅道彬，北方論叢，1993 年 4 期。

36. 暮色蒼茫中的落寞情——黃昏意象與文人審美心態，錢季平，文史知識，1995 年 3 月。